BASTEI
LÜBBE

Von Ephraim Kishon sind u. a. bei Bastei Lübbe Taschenbücher lieferbar:

15 207-7 Undank ist der Welten Lohn
15 167-4 Das Kamel im Nadelöhr
15 125-9 Kishons beste Geschichten
15 073-2 Eintagsfliegen leben länger
14 963-7 Dreh'n Sie sich um, Frau Lot!
14 919-X Arche Noah, Touristenklasse
14 872-X Kein Applaus für Podmanitzki
14 816-9 Hausapotheke für Gesunde
14 779-0 Wer's glaubt, wird selig
14 731-6 Kishon für Manager
14 697-2 Beinahe die Wahrheit
14 628-X … und die beste Ehefrau von allen
14 350-7 Kishon – Beste Familiengeschichten
12 016-7 Kishon für alle Fälle

Über den Autor

Ephraim Kishon wurde 1924 in Budapest als Hoffmann Ferenc geboren. 1944 wurde er in das Vernichtungslager Sobibor transportiert, konnte fliehen, überlebte als Nichtjude getarnt und absolvierte anschließend die Kunstakademie als diplomierter Bildhauer. Ab 1945 erste schriftstellerische Erfolge mit Theaterstücken und Satiren. 1949 floh er von Ungarn nach Israel und wurde dort zu dem weltbekannten Satiriker Ephraim Kishon. 2003 heiratete er nach dem Tod seiner zweiten Frau die Schriftstellerin Lisa Witasek. Er hat fünf Enkelkinder von den berühmten Kindern Rafael, Amir und Renana.
Die Weltauflage der Kishon-Bücher beträgt 43 Millionen, davon 33 Millionen in deutscher Sprache. Sie wurden in 37 Sprachen übersetzt. Kishons »Familiengeschichten« ist, von der Bibel abgesehen, das meistverkaufte hebräische Buch der Welt.
Ephraim Kishon verstarb am 29. Januar 2005 im schweizerischen Appenzell und wurde in Tel Aviv beigesetzt.

Ephraim

KISHON

Der Glückspilz

Satirischer Roman

Ins Deutsche übertragen von
Ephraim Kishon, Ursula Abrahamy und
Brigitte Sinhuber-Harenberg

BASTEI LÜBBE

BASTEI LÜBBE TASCHENBUCH
Band 15 427

1. Auflage: Januar 2006

Vollständige Taschenbuchausgabe

Bastei Lübbe Taschenbücher in der Verlagsgruppe Lübbe

Lizenzausgabe: Verlagsgruppe Lübbe GmbH & Co. KG,
Bergisch Gladbach
Umschlaggestaltung: Gisela Kullowatz
Titelillustration: Rudolf Angerer
Satz: hanseatenSatz-bremen, Bremen
Druck und Verarbeitung: Ebner & Spiegel, Ulm
Printed in Germany
ISBN 3-404-15427-4

Der besten Ehefrau
von allen gewidmet

A. K.

Inhalt

Der Tiefpunkt

Ich glaube, es ist Zeit, dass ich mich vorstelle: Mein Name ist Karl Müller, zumindest kam ich vor fünfundfünfzig Jahren mit diesem Namen zur Welt. Seit zweiundzwanzig Jahren bin ich mit Hilde Müller verheiratet, die seit dreißig Jahren als Lehrerin für Sozialkunde am Alois-Lüstenauer-Privatgymnasium beschäftigt ist. Gemeinsam sind wir beide seit dreiundzwanzig Jahren die Eltern unserer dreiundzwanzigjährigen Tochter Benedictina.

Das sind die wesentlichen Fakten meines Lebens. Als Beruf könnte ich noch drittklassiger Schauspieler angeben, wobei ich mich einmal sogar internationalen Ansehens erfreute, zu meinem großen Bedauern allerdings nur in meinem eigenen Land. Ja, so etwas kommt vor.

Vielleicht schieße ich jetzt ein weiteres Eigentor, wenn ich nun anfange, mit meiner ganzen Unerfahrenheit meine wahnwitzige Geschichte zu erzählen. Zwar hatte ich schon von klein auf eine besondere Neigung zum Schreiben, wahrscheinlich auch ein wenig Talent, aber dabei blieb's dann auch. Schließlich war über mich bis vor kurzem nicht viel mehr zu berichten als die oben erwähnten bescheidenen Meilensteine. Ich galt als farblose Person, weder gut noch schlecht, nicht zuletzt in meiner Eigenschaft als aktiver Ehemann. Ich weiß nicht einmal, warum ich Schauspieler wurde und warum ich verheiratet bin. Dennoch wollte auch ich immer jemand sein, aber welche Art von Jemand hätte ich eben genauer festlegen müssen. Als mein Vater Gustav Müller noch väterlich war, sagte er einmal zu mir:

»Vergiss nie, mein Junge, dass die Gegenwart nichts weiter ist als die Vergangenheit der Zukunft.«

Ich weiß nicht genau, was er damit sagen wollte, und ich glaube, auch er wusste es nicht, sondern hatte es irgendwann in der Stadtbücherei gelesen, in der er jeden Morgen für Reinlichkeit sorgte. Vermutlich meinte er, man sollte die Dinge nicht allzu ernst nehmen. Er selbst brachte dieses Prinzip zur praktischen Anwendung, als ihn meine Mutter vor fünfundfünfzig Jahren verließ. Damals begann mein Vater zu trinken, was ihm ungemein half, sich nicht mehr mit der Gegenwart auseinander setzen zu müssen. Bis zum heutigen Tag behauptet er, die Probleme im Leben entstehen aufgrund von Mangel an Alkohol.

Auch ich litt unter den Umständen, die meine Jugend prägten. Dennoch verbrachte ich die zwei schönsten Jahre meines Lebens in der fünften Klasse des Gymnasiums, das ich beinahe abgeschlossen habe. Meine Lehrer ermunterten mich, nicht aufzugeben, und ich machte meine ersten Schritte auf die Bretter der Schülerbühne, die mir die Welt bedeuteten. Einmal probte ich sogar den König Lear, doch dann ersetzte man mich durch einen anderen talentlosen Schüler, mit der fadenscheinigen Ausrede, ich würde stottern, wenn ich aufgeregt bin. Dabei hatte mir der König Lear sehr gut gefallen, nicht zuletzt wegen der vielen Töchter, die sich an meinem Hof tummelten.

Ich gebe zu, schon seit früher Jugend verspürte ich ein bemerkenswertes Interesse an Mädchen, vor allem an den flotten Bienen, wie die Halbstarken sagen. Aufgrund meiner nicht sehr eindrucksvollen Größe und meiner eher unmarkanten Gesichtszüge fehlten mir zunächst die Gelegenheiten, mich diesen bewundernswerten Kreaturen des anderen Geschlechts zu nähern. Ich musste mich damit begnügen, jene Magazine durchzublättern, die die schönen Modelle aus allen Blickwinkeln in Hochglanz abbilden, lustvoll für den minderbemittelten Mann, dem solch feine Unzüchtigkeiten wohl versagt bleiben. Auch die Tatsache, dass ich mangels anderer Alternativen Schauspieler blieb und winzige Nebenrollen auf Nebenbühnen spielte, trug nicht unbedingt zur Verbesserung meiner beklagenswerten Lage bei. Die jungen Schauspielerinnen, die meine Fantasie entfachten, schwärmten bis zur Besinnungslosigkeit für die großen Stars und die kleinen Regisseure, was ich als empörende Ungerechtigkeit empfand.

Unter diesen Umständen war eine diplomierte Lehrerin der Rettungsanker für mich, vor allem in finanzieller Hinsicht. Mit dem Bettellohn, der mir von Zeit zu Zeit als Statist oder Bühnenarbeiter in den Schoß fiel, konnte ich mich kaum über Wasser halten. Sie, Hilde, war in meinem Alter oder ein wenig darüber, machte jedoch kein Geheimnis daraus, dass sie das völlig gleichgültig ließ. Trotz ihrer äußeren Erscheinung, die nicht ganz der meiner Models in den Magazinen entsprach, brachten wir eine ganz passable Tochter zur Welt und galten gemeinsam mit Benedictina lange Zeit als eine fast normale Familie. Da sich meine Gattin schon frühmorgens auf den Weg machte, um ihre wichtigen pädagogischen Pflichten im Lüstenauer zu erfüllen, blieb uns erfreulicherweise gar keine Zeit für Meinungsverschiedenheiten. Mit Ausnahme der Magazine, auf die ich taktvoll verzichtete. Ich begnügte mich mit Prospekten für Damenmode, in denen sich immer wieder ein paar Mädels in sparsamen Bikinis oder durchsichtigen Nachthemden finden ließen. Diese Prospekte werden bekanntlich in jedes Haus geschickt. Ich sammelte sie in meinem Kleiderschrank, bis meine Frau sie eines Tages entdeckte und in den Papierkorb warf.

»Billigmode«, bemerkte Hilde. »Unter deinem Niveau.«

Ich stimmte ihr zu. »Hildelein«, sagte ich, »du hast vollkommen Recht«, und versteckte die Prospekte im hintersten Winkel unserer, genauer gesagt, ihrer Wohnung.

So war alles in schönster Ordnung, legal und ohne jede Hoffnung auf Änderung. In jener Zeit, in der ich mich mit dieser biederen Routine, die man vornehmerweise das geringere Übel nennt, abzufinden versuchte, traf ich zum ersten Mal den Psychotherapeuten Leonard Böhm vom vierten Stock unseres Hauses.

Ich saß an jenem Vormittag im Treppenhaus auf einer Stufe und weinte. Böhm war auf dem Weg nach unten, als er mich in diesem Zustand vorfand. Er fragte:

»Ist Ihnen nicht gut, mein Herr?«

»Doch«, antwortete ich. »Ich grüble nur.«

»Ein sehr emotionelles Grübeln«, urteilte der Mann, der sich auf die Seele der Menschen spezialisiert hatte. »Sie wohnen bei Frau Müller, wenn ich mich nicht irre.«

»Ich wohne nicht. Ich bin der Müller.«

Wir machten uns miteinander bekannt. Er fragte, ob er sich neben mich auf die Stufe setzen dürfe. Vermutlich hatte ich sein professionelles Interesse geweckt. Leider konnte ich es nicht befriedigen. Ich war an diesem Morgen mit dem linken Fuß aufgestanden. Hilde hatte im Tageslicht besonders reizlos ausgesehen und wirkte auch ziemlich dick. Am Abend zuvor hatte ich mir noch schnell einen Film mit Jugendverbot reingezogen, in dem eine Amanda ihren Mann nach Strich und Faden betrog. Amanda hatte ein Paar prachtvoller Schenkel, sodass ich mich fragen musste, warum sich eine solch bewundernswerte Frau in aller Öffentlichkeit filmen lässt, anstatt einer ordentlichen und respektvollen Arbeit nachzugehen, sagen wir im Rahmen einer Privatschule, um nur eine Möglichkeit zu nennen.

»Erlauben Sie mir die Frage als Diplompsychotherapeut«, wandte sich mein Nachbar an mich. »Worüber haben Sie vorhin gegrübelt?«

»Über Schenkel.«

»Amanda.«

»Genau.«

Es hat gefunkt zwischen uns. Obwohl Böhm stark kurzsichtig war und ziemlich kahlköpfig, eigentlich der Typ Mann, der aufs Klo geht, wenn er beim Duschen pinkeln muss. Im düsteren Treppenhaus machte er mir den Vorschlag, mich für die nächsten fünf Monate in seine Behandlung zu begeben. Seine Begeisterung ließ jedoch deutlich nach, als ich ihm klar machte, ich sitze hier herum, weil ich nichts Besseres zu tun habe. Ich war arbeitslos, im wahrsten Sinne des Wortes.

»Und wovon leben Sie, Herr Müller?«

»Ich bin der Gigolo meiner Frau.«

Drei Monate zuvor hatte ich noch einen Job in einem Kindertheater gehabt, wo ich den klugen Esel spielte. Danach hatte mir Sascha keine neuen Angebote mehr gebracht. Sascha arbeitete als Tischlergehilfe bei einem Bühnenbildner und fungierte aus Mitleid als mein Manager in der Theaterwelt. Erst vor einer Woche sagte er zu mir:

»Karlo, leider will dich niemand, auch umsonst nicht.«

Und da wunderte sich dieser Psycho neben mir, dass ich heulte.

»Beruhigen Sie sich«, beruhigte er mich. »Ich werde Ihnen helfen, Ihre Komplexe loszuwerden. Ich borge Ihnen das Buch des Gelehrten Dr. Spock, in dem er den verheirateten Mann darauf vorbereitet, was er Monat für Monat zu erwarten hat. Kennen Sie Dr. Spock?«

»Von Raumschiff Enterprise?«

Ehrlich gesagt war ich in jener Zeit kein leidenschaftlicher Leser. Es erforderte zu viel Konzentration. Böhm eilte jedoch in seine Wohnung und brachte mir ein kleines Büchlein. Er las mir sogar den englischen Originaltitel vor: »The Common Sense of Husbands and Men«.

»Das wird Ihnen helfen«, verabschiedete sich der Psycho und fügte hinzu: »Man darf die Hoffnung niemals aufgeben, mein Freund.«

»He«, rief ich ihm nach, »sind Sie verheiratet?«

»Geschieden.«

»Was wollen Sie dann von mir?«

Ich blieb allein mit Dr. Spock. Ich öffnete ihn einfach in der Mitte, wo ich auf Seite 101 die fett gedruckte Überschrift las: »Einhundertacht Monate nach der Hochzeit treten für den Ehemann unlösbare Probleme auf. Wie können sie gelöst werden?«

Ich schlug das Buch wieder zu. Wahrscheinlich auch geschieden, dieser Spock. Für mich gibt es keine Lösung, fasste ich meine Situation zusammen. Ich bin verdammt in alle Ewigkeit, wie schon ein Filmtitel einst prophezeite.

Dann aber trat die Brille in Erscheinung.

Es war nicht meine Brille, sondern die von Carla Weinstock. Das Besondere daran ist, dass Carla eigentlich keine Brille trug, weil es nicht zu ihrem Image als offizielle Traumfrau passte. Carla war ein blondes Nationaldenkmal und hatte einen Hüftschwung, der für arbeitslose Fernsehzuschauer eine wahre Herausforderung bedeutete. Bis heute ist es nicht klar, wer Carla Weinstock zu ihrer Zeit eigentlich war. In ihrer Freizeit betrieb sie allerdings so etwas wie Synchronschwimmen. Wie auch immer, sie war ganz einfach Carla, ein lebender Beweis dafür, dass Gott ein ausgezeichneter Bildhauer ist. Die Klatschspalten erzählten, sie habe in ihrem kurzen Leben einige Ehemänner gehabt, einer davon soll sogar ihr eigener gewesen sein. Nach den Pressefotos zu urteilen, trug Carla prinzipiell zu hohe Absätze und zog nur an, was ihr als das erforderliche Minimum erschien.

Und jetzt muss der Schauplatz gewechselt werden. Ich habe nämlich etwas zu berichten, das ich erst später, also im Nachhinein erfuhr.

Die Schlüsselfigur der Geschichte ist der bekannte Film-Producer Martin Sulz, auch heute noch unangefochtener Herrscher in seiner Zunft. Niemand weiß genau, warum er sie beherrscht, aber das tut nichts zur Sache. Sulz hat seine Finger so gut wie in jedem billigen Filmprojekt, und Gerüchten zufolge hat er eine halbe Milliarde auf der Bank, sowohl auf seinem Privatkonto wie auch als Schulden. Seine wirtschaftliche Lage ist somit durchaus stabil. Erwartungsgemäß hat er einen Bauch, raucht teure Zigarren und ebnet weiblichen Starlets den Weg zum Ruhm. Die kleinen Fische in der Branche lästern, es gäbe nur drei Dinge, die ihn wirklich interessieren: Geld,

Sex und beides zusammen. Sulz selbst stört diese Nachrede nicht im Geringsten. Er hat in seinem Leben schon viel mitgemacht. In seiner Jugend, als er noch Koffer in den Hotels schleppte, träumte er davon, »Hilton« zu heißen, um seinen Namen auf den geklauten Handtüchern zu lesen. So jedenfalls erzählt man sich.

Eines sonnigen Tages hatte also Sulz der Große Carla von seiner Sekretärin zu einem kurzen Treffen in ein kleines griechisches Restaurant bitten lassen. Bei dieser Gelegenheit erwähnte er beiläufig, er spiele gerade mit dem Gedanken an einen neuen Film. Carla war im mörderischen Minirock erschienen und machte kein Geheimnis aus ihrem persönlichen Interesse an dem faszinierenden Projekt. Ihre kurzsichtigen, grünen Augen strahlten Wärme aus und Producer Sulz zerschmolz in den Flammen.

»Ich habe mich Hals über Kopf in Sie verliebt, Carla«, erklärte er heiser. »Aber vielleicht ist dies nicht der geeignete Ort, die Möglichkeit einer engeren Zusammenarbeit auf verschiedenen Gebieten zu erörtern.«

»Sie haben völlig Recht, Darling«, antwortete die Traumfrau. »Ich schlage vor, dass wir uns morgen wieder hier treffen und uns dann an einen ruhigeren Ort zurückziehen. Vielleicht in Ihre Wohnung, Martin.«

Sulz murmelte, es werde sich gewiss eine Lösung finden, und Carla stolzierte hüftenschwingend davon, schnurgerade in eine glänzende Zukunft im Filmbusiness.

Am nächsten Tag war die Suite im nahe liegenden Hotel bereits reserviert und die blaue Pille in Sulzens Hosentasche stand auf Abruf bereit. Alles schien den Spielregeln zu entsprechen, doch plötzlich entwickelten die Ereignisse eine für Sulz ärgerliche Eigendynamik.

Auf Carlas süßer Nase saß diesmal nämlich eine Brille. Und so sah sie zum ersten Mal, dass Sulz verheiratet war.

Diese Entdeckung veränderte zwangsläufig die strategische Lage. Der geplante Film rückte in den Mittelpunkt des Treffens, er erhielt von der Traumfrau so etwas wie ein Upgrading im Sinne von ›Zuerst die Rolle, dann die Belohnung‹.

»Mein Schatz«, flüsterte Sulz und sein Blick verhieß Glaubwürdigkeit, »ich bin verrückt nach dir, du wirst in meinem Fernsehfilm die Hauptrolle spielen, so wahr ich hier sitze.«

»Film, welcher Film? Ich dachte eher an eine Serie.«

»Alles ist möglich, meine Süße, aber erst müssen wir uns näher kennen lernen«, erklärte der Producer und schoss gleich nach: »Oder träumst du etwa nicht von einer rauschenden Blitzkarriere in der Welt der Cinematografie?«

»Zuallererst träume ich von Ihnen, Martin. Aber bevor ich völlig den Kopf verliere, muss ich sicherstellen, dass ich mit meiner Liebe nicht allein dastehe. Drei Folgen im Fernsehen, von je einer halben Stunde. Das könnte mein Gewissen wegen einer Affäre mit einem verheirateten Mann eventuell beruhigen.«

Carla war hinreißend, vor allem als sie langsam ihre Brille abnahm und Sulz unter dem Tisch gefühlvoll auf den Fuß trat. Die Suite jedoch musste vorübergehend storniert werden und Sulz schickte Carla zum Teufel. So eine wie die finde ich an jeder Ecke, murmelte er vor sich hin, und fast einen ganzen Tag blieb er dabei. Bis er herausfand, dass niemand auf der Erde an irgendeiner Ecke auf ihn wartete. Da wuchs in seinem Herzen der Entschluss, die beschissene Serie doch zu produzieren, so billig wie möglich.

Carla übersandte ihm die besten Glückwünsche, begleitet von einem Foto, das in den Tagen aufgenommen worden war, als sie noch dringend Kohle benötigte. Mit verhaltenem Zorn rief Schulz das Team seiner Nullen zusammen und verhängte ein Arbeitsprogramm für die nächsten achtundvierzig Stunden. Der ausgemergelte Produktionsleiter bat um das Drehbuch, dessen Existenz in den Lustwogen seines Chefs völlig untergegangen war.

»Zerbrich dir nicht den Kopf, du Zahnstocher«, hüstelte Sulz und knallte seine Faust auf den Tisch. »Ums Drehbuch kümmere ich mich selbst. Das Einzige, was zählt, ist sparen, sparen und noch mal sparen.«

»Herr Sulz«, warf ein besonders Mutiger dazwischen, »kann man denn auf diese Weise eine gute Serie drehen?«

»Wer hat denn gesagt, dass sie gut sein soll?«

Sulz hatte es satt, noch mehr seiner wertvollen Zeit zu verplempern, und wandte sich an seinen Haus- und Hofagenten, der in Windeseile alle Versager des Metiers herbeischaffen sollte, um mit ihnen die drei halben Stunden für die begehrte Schlampe zu besetzen.

An jenem Morgen klingelte dann auch bei Hilde das Telefon. Sie reichte mir den Hörer:

»Ich glaube, es ist ein Scherz. Irgendein Idiot faselt etwas von einer Rolle.«

Es war kein Scherz, es war Sascha. Sulzens Haus- und Hofagent hatte mich im hintersten Winkel der Branche aufgestöbert.

»Hör mal, Karlo«, sagte Sascha. »Sulz bietet dir eine Rolle mit Text in einer kleinen Serie an, ist aber nicht bereit, dir auch nur einen müden Pfennig zu bezahlen.«

Das traf mich:

»Sascha, das muss ich mir noch überlegen.«

»Ich habe bereits für dich unterschrieben.«

Am Abend streichelte mir Hildchen sanft übers Haar: »Nimm die Rolle an«, meinte sie, »vielleicht wirst du dabei entdeckt. Und unter uns, vielleicht hockst du dann nicht den ganzen Tag sinnlos zu Hause.«

Hilde war klüger als ich, auch wenn sie ständig zunahm. Mit einem mulmigen Gefühl im Bauch rief ich Sascha zurück und teilte ihm mit, ich sei einverstanden, aber ein paar Kreuzer müssten dabei doch herausspringen.

Sascha gelang es, ein persönliches Treffen mit Sulz für mich zu arrangieren, noch dazu im Büro des Producers. »Und das ist noch nicht alles«, resümierte er seine erfolgreiche Vermittlung, »ich habe dem Kerl fünfzehn Dollar pro Tag abgeknöpft.«

»Sascha, du bist der Größte, ein geborener Agent.«

»Wem sagst du das.«

Das Gespräch mit Sulz war kurz und lief nach Plan. Wie zwischen meinem Agenten und der Sekretärin des Producers vereinbart, traf ich auf die Minute genau um 11 Uhr 15 in seinem Büro in der Stadtmitte ein. Sulz war beschäftigt, und man bat mich, ein wenig zu warten. Um 13 Uhr 45 öffnete sich die Tür und seine rothaarige Assistentin trat aus seinem Zimmer. Ich wurde eingelassen.

Sulz saß vor einem überladenen Schreibtisch und notierte etwas. Er schaute auch nicht auf, als er mich begrüßte.

»Müller?«

Dann sagte er: »Nehmen Sie Platz«, und schrieb weiter. Stumm setzte ich mich auf einen freien Stuhl. Immerhin handelte es sich hier um Martin Sulz persönlich. Nach einer Viertelstunde hob der Producer erstmals den Blick und musterte mich mit stechenden Augen vom Scheitel bis zur Sohle. In diesem Augenblick dachte ich voll Dankbarkeit an meine Hilde, die nicht nur meine Hosen bügelte, sondern eigenhändig auch meine seit Monaten verwahrlosten Haare getrimmt hatte. »Hab keine Angst vor diesem Mann«, munterte sie mich auf. »Vielleicht bist du nicht ganz so wichtig wie er, aber du bist in jedem Fall anständiger. Bewahr dir deine Würde.«

Als diplomierte Pädagogin war Hilde natürlich sehr eloquent, und fast war ich in Versuchung geraten, sie zu bitten, an meiner Stelle zum Treffen zu gehen. Mein gesunder Menschenverstand riet mir jedoch, dass der Producer wahrscheinlich vor allem mich sehen wollte.

»Müller«, beendete Sulz unsere Audition. »Sie spielen den Arzt.«

Ich fragte leicht stotternd, was ich als Arzt zu tun hätte. Sulz lehnte sich in seinem schwarzen Sessel zurück und zündete eine Zigarre an:

»Ich habe die Inspiration, einen neuartigen Konflikt zu kreieren«, erklärte er. »Sie, Müller, sind als Chirurg in eine Krankenschwester verliebt, die von Carla Weinstock verkörpert wird. Sie tätscheln sie bei allen Operationen, doch Carla hängt an ihrem Mann, einem gewalttätigen Typen, gemimt von unserem führenden Schauspieler, Giorgio Ramasury selbst.«

Hier hielt der Producer inne, um meine Reaktion auf diese überwältigende Starparade abzuwarten. Vor lauter

Aufregung brachte ich keine einzige Silbe hervor. Was um Gottes willen hatte ich unter all diesen Giganten zu suchen?

»Der Ehemann, also Ramasury, tobt natürlich wegen Ihrer perversen Versuche, Carla auf dem Operationstisch zu überfallen«, fuhr Sulz genüsslich fort. »Zum Schluss ermordet er Sie auf bestialische Weise mit dem Skalpell. Hinter dieser grausamen Tat steht Ramasurys unerträgliche Schwiegermutter, die ich mit meiner Frau besetze. Sie hatte in jungen Jahren Gesangsunterricht.«

Er wies auf ihr silbergerahmtes Foto auf seinem Schreibtisch. In meinem ganzen Leben hatte ich noch kein hässlicheres Weib gesehen. Ein Gesicht wie ein Minenfeld. Zum Glück war sie nicht meine Schwiegermutter.

»Verzeihen Sie bitte, Herr Sulz«, stammelte ich, »ich verstehe überhaupt nichts von Medizin, ich bin ein gesunder Mensch, wenn Sie wissen, was ich meine …«

»Hören Sie, Müller«, unterbrach mich der Producer, »Sie haben einen Vertrag mit mir. Ihre Agentur hat unterschrieben.«

Er zeigte mir ein eng beschriebenes Blatt, das mit dem Stempel von »Sascha & Sohn, Theateragentur GmbH« versehen war, dann vertiefte er sich wieder in seine Notizen.

Mir wurde klar, ich durfte bei dieser Serie auf keinen Fall mitmachen. Giorgio Ramasury war ein fast zwei Meter großer Karatekämpfer, der sich auf dem Bildschirm nach jedem Sieg mit seinen hundert Kilos auf seinen geschlagenen Gegner setzte. Nein, soll dieser Ramasury nicht mich, sondern seine Großmutter auf bestialische Weise mit dem Skalpell abschlachten, ich lehne dankend ab.

Sulzens stechender Blick wirkte ein wenig genervt.

»Müller, Sie stehen unter Vertrag bei mir«, erinnerte er mich und fragte, ob ich denn nicht von einer rauschenden Blitzkarriere in der cinematografischen Welt träume.

Ich träumte hauptsächlich von den fünfzehn Dollar pro Tag und irgendwie auch von einem Operationstisch mit Carla Weinstock darauf.

»Ich bin kein besonders erfahrener Schauspieler, Herr Sulz«, versuchte ich meine prekäre Situation zu erklären. »Einmal war ich der alte Posaunenbläser des Bataillons, aber meistens spielte ich den klugen Esel. Richtige Texte musste ich eigentlich noch nie sprechen.«

»Sie müssen nicht viel sprechen, Müller, Sie sind ein respektabler Chirurg. Sie haben eine Maske vor dem Mund und man sieht nur Ihre Augen. Die männliche Hauptrolle spielt wie gesagt sowieso Giorgio Ramasury. Und jetzt bitte ich Sie zu gehen. Meine Assistentin Ursula-Mary-Lou wird Ihnen das Drehbuch und einen Vorschuss in bar auf die ersten drei Drehtage geben. Lernen Sie Ihre Rolle. Bye.«

»Wiedersehen, Herr Sulz«, stotterte ich. »Vielen Dank für alles … Wenn ich zu Hause erzähle, dass eine solche Persönlichkeit … Pardon …«

Ich fuhr mit einem Taxi nach Hause. Das Geld brannte in meiner Tasche, die Schwärze vor meinen Augen. Warum hat Sulz mich genommen, warum ausgerechnet mich?

Noch nie war Hilde so nett zu mir gewesen.

»Siehst du, du bist ein Schauspieler wie jeder andere«, schmeichelte sie. »Du wirst als Chirurg großartig aussehen. Wir kaufen dir einen weißen Kittel, damit du zu Hause üben kannst. Und ich borge dir meine Brille mit dem schwarzen Rahmen.«

Schon am nächsten Tag brachte sie einen weißen Kittel. Er machte aus mir keinen Arzt, eher einen respektablen Damenfrisör vom Land. Danach schleppte mich Hilde ins Bezirkskrankenhaus am anderen Ende der Stadt, um mich mit der sterilen Atmosphäre vertraut zu machen. Es roch sehr schlecht und die Chirurgen kamen mir mit ihren Gesichtsmasken wie Terroristen vor.

»Das ist leider nichts für mich«, flüsterte ich meiner lieben Frau ins Ohr. »Ich wäre viel besser zum Patienten geeignet.«

Auch das Drehbuch von Sulz unter dem vorläufigen Titel »Das Brennen im Herzen« beunruhigte mich. Zunächst weil es in der Handschrift eines zurückgebliebenen Kindes hingekritzelt war, aber auch, weil sich mein Text als Chirurg auf das Mantra »Skalpell bitte« beschränkte, das ich Schwester Carla während der Operationen alle zwei Minuten zuraunen sollte. Gleichzeitig sollte ich Carla mit animalischen Lustlauten serienweise überfallen, was für mich weder menschlich noch finanziell zu rechtfertigen war. Aber, wie gesagt, Sascha hatte bereits unterschrieben und ich den Vorschuss kassiert.

Eine Woche vor Drehbeginn versammelten wir uns alle im Büro des Producers zu einem operativen Briefing. Ursula-Mary-Lou servierte sogar Gebäck und Cola. Es war die erste Gelegenheit, meine Kollegen kennen zu lernen. Sie benahmen sich ein wenig seltsam. Frau Sulz, die Schwiegermutter in der Serie, tat mich mit einer Handbewegung ab, und die bezaubernde Carla behandelte mich, als sei ich Luft. Giorgio Ramasury hingegen brach in schallendes Gelächter aus, als er mich erblickte:

»Das soll der Arzt sein?«, brüllte der Riese. »Auf diesen Pimpf bin ich eifersüchtig?«

Sulz kicherte zustimmend und bat mich, ihm ins Nebenzimmer zu folgen.

»Frau Weinstock hat eine Bitte an Sie«, teilte er mir vertraulich mit. »Aus persönlichen Gründen möchte sie von Ihnen nicht angefasst werden, nicht einmal von Ihrem kleinen Finger.«

»Aber, Herr Sulz, im Drehbuch steht doch, dass ich sie tätscheln soll.«

»Deshalb werden Sie ja rechtzeitig abgeschlachtet. Also, halten Sie sich im Zaum.«

Frau Sulz, in Wirklichkeit noch abstoßender als auf dem Schreibtisch, holte uns zurück. Der ausgemergelte Produktionsleiter gab ein paar technische Fakten bekannt, wie zum Beispiel die Dauer der Dreharbeiten, nämlich eineinhalb Tage für eine halbstündige Folge. Zunächst würden nur die beiden ersten Folgen gedreht, eine davon als »Pilot«, wie es in unserem Gewerbe heißt, also eine Art Visitenkarte, mit der wir uns dem breiten Publikum vorstellen. Für die Dreharbeiten waren eigens zwei Schauplätze vorbereitet worden, das Schlafzimmer der Sulzens sowie das Gästezimmer, das mit einer Bahre versehen und somit zu meiner Klinik umfunktioniert worden war.

»Die Serie wird mit einer kleinen Sechzehn-Millimeter-Kamera gedreht«, beendete der Produktionsleiter das operative Briefing. »Die Regie übernimmt Martin Sulz. Kostüme und Requisiten bringt jeder selbst von zu

Hause mit. Das wäre alles. Auf Wiedersehen in einer Woche, sechs Uhr früh.«

Ich fühlte mich wie ein Zwerg im Land der Gullivers. Ich suchte Sulz, um ihn zu überreden, eventuell doch auf meine Teilnahme zu verzichten, aber er war bereits weg. Ich erwischte nur noch seine Gattin an der Tür.

»Bitte, gnädige Frau, helfen Sie mir«, kam ich ihr, »ich werde ein miserabler Arzt sein.«

»Das müssen Sie mit Sulz regeln, ich spreche nicht mit diesem Deppen«, antwortete das Weib. »Ohnedies werden Sie von Ramasury zerfleischt.«

»Vielleicht könnte er mich gleich am Anfang beseitigen?«

»Sprechen Sie mit ihm. Schließlich kriegt er sechshundertfünfzig Dollar am Tag.«

Sie war nervös, die Hexe, sehr nervös. Wahrscheinlich wegen des tiefen Dekolletés Carlas oder wegen des vielsagenden Lächelns der rothaarigen Ursula-Mary-Lou im Hintergrund.

Ich flüchtete in den Schoß meiner Hilde und begann zu begreifen, warum sich Menschen unter dem Einfluss persönlicher Katastrophen dem Glauben zuwenden. Und etwas anderes hatte ich auch verstanden, nämlich, warum Sulz mich genommen hat. Weil ich nichts kostete. Weil ich der billigste Schmierer auf dem Markt war. Sonnenklar. Und das hatte Sascha für mich unterschrieben.

Wie auch immer, ich versuchte, die Woche bis zu Beginn der Dreharbeiten zu nützen. Ich band mir ein weißes Tuch vor das Gesicht und probte »Skalpell bitte« vor dem Badezimmerspiegel. Dabei dämmerte mir, wie selbstverständlich es doch war, dass eine bezaubernde Schönheit wie

Carla einen Niemand im Kittel wie mich abblitzen lässt. Umso weniger verstand ich, warum dieser blöde Klotz Ramasury mich unbedingt abmurksen muss. Hilde erklärte mir, dass Unlogik manchmal logischer sei als Logik, und ich begriff überhaupt nichts mehr. Um mich abzulenken, beschloss ich, das Buch von Dr. Spock, das mir der Psycho gegeben hatte, doch wieder in die Hand zu nehmen.

»Die exzentrische Verhaltensweise des verheirateten Mannes im Alter von vierundfünfzig Jahren«, stand auf Seite 70 fett gedruckt. Und der erste Absatz darunter: »Der verheiratete Mann gerät in den ersten drei Monaten seines vierundfünfzigsten Jahres in eine psychische Blockade bezüglich seiner Zukunft. Im fünften Monat tritt er in den leidgeprägten Höhepunkt der Krise ein, sowohl was die Unfähigkeit betrifft, seine existenziellen Ziele zu verwirklichen, als auch im Zusammenhang mit der unerfüllten sexuellen Beziehung zu seiner immer dicker werdenden Ehefrau. In den meisten Fällen nehmen die Aussichten des verheirateten Mannes auf eine unerwartete Erfüllung seiner geheimen Wünsche im siebenten bis achten Monat dieses kritischen Jahres zu, wobei er jedoch Gefahr läuft, sich für mindestens zwei Jahre und vier Monate in die Komplikation eines befriedigenden, jedoch riskanten Doppellebens zu verstricken.«

Stuss, dachte ich. Aber irgendwie beunruhigte mich Dr. Spocks Diagnose, vor allem wegen der Tatsache, dass ich damals genau vierundfünfzig Jahre und vier Monate alt war. Und woher wusste er bitte schön, dass Hilde von Tag zu Tag runder wurde?

Die Nacht vor dem Jüngsten Gericht verbrachte ich schlaflos. Am Abend zuvor war mir plötzlich eingefallen, dass ich noch nie in einem Film mitgespielt hatte. Als ich vor einigen Jahren in den Weihnachtsferien erfolgreich den klugen Esel gab, hatte mich die Werbeagentur einer bekannten Brauerei für einen Spot engagiert. Meine Rolle war, mit großem Durst eine ganze Maß Weißbier aus dem Ort Geilingen zu trinken und zwischen zwei Schlucken und einem kräftigen Rülpser zu sagen: »Oh ja, Weißbier aus Geilingen macht den müden Mann wieder munter.« Leider schaffte ich es nicht, den Satz zu beenden, und manchmal rülpste ich auch an falscher Stelle. Als ich beim zehnten Take sagte, »Das Bier aus Weißlingen macht den Mann wieder geil«, wurde ich ohne Gage gefeuert. Und jetzt sollte ich plötzlich in Martin Sulzens Klinik operieren? Wo ich doch nicht einmal Mitglied in der Schauspielergewerkschaft war.

Diese düsteren Gedanken bescherten mir übelste Laune. Doch Hilde bestand darauf, dass ich am ersten Aufnahmetag in meiner ganzen Pracht als Arzt am Drehort erscheine, und steckte mich wieder in den weißen Kittel und in ihre schwarz gerahmte Brille. Ich sah durch ihre Gläser ein wenig verschwommen, doch Hilde fand, ich erwecke Respekt. Mütterlich drückte sie mir einen feuchten Kuss auf die Stirn, schob mich zur Tür hinaus und wünschte mir viel Erfolg.

Mir war schon alles egal. Vor allem, da ich bereits um vier Uhr nachts aufgestanden war, denn Ursula-Mary-Lou hatte mich telefonisch eine Stunde vor Drehbeginn bestellt. Im Studio, das heißt in Sulzens Wohnung, war es ganz still. Nur mit Hilfe des Dienstmädchens konnte ich

Sulz ausfindig machen, und zwar im Bett, wo er neben seiner schnarchenden Ehefrau lag.

Der Producer, im roten Seidenschlafanzug, war eigentlich recht freundlich und bedankte sich für mein Kommen. Nachdem er wacher geworden war und sich in seinem Bett aufgesetzt hatte, fragte er mich sogar, ob ich vielleicht Lust auf ein Glas Weißwein hätte.

»Karl«, sagte er herzlich, »ich habe das Gefühl, dies ist der Beginn einer langen und fruchtbaren Zusammenarbeit.«

Das herzliche »Karl« erschreckte mich. Seit meinem Eindringen in sein Schlafzimmer hatte mich das untrügliche Gefühl beschlichen, etwas Fürchterliches werde geschehen. Und ich weiß auch nicht warum, aber ich musste ständig an Dr. Spocks fünften Monat mit dem leidgeprägten Höhepunkt auf Seite 70 denken.

Sulz zündete eine Zigarre an, lehnte sich zurück und betrachtete ausdauernd die Zimmerdecke.

»Übrigens«, summte er. »Sie spielen nicht den Arzt.«

Ich sagte gar nichts, nahm nur die schwarz gerahmte Brille ab.

»Sie spielen Carlas brutalen Ehemann.«

Das war es also. Das Jüngste Gericht. Mit den letzten Überresten meiner geistigen Kräfte versuchte ich, hinter das Geheimnis dieses plötzlichen Wandels zu kommen, die Erleuchtung blieb jedoch aus. Erst nach Monaten wurde mir der wahre Hintergrund dieses irrwitzigen Ereignisses bekannt.

Die Wende war nur einen Tag vor meinem frühzeitigen Erscheinen im Studio ins Rollen gekommen. Giorgio Ramasury soll plötzlich im Büro des Producers aufgetaucht sein, hatte sich auf dessen Schreibtischrand platziert und zwischen seinen berühmten Zähnen hervorgezischt:

»Sulz, ich spiele den Arzt!«

Der Producer war wie vom Blitz getroffen. Klar, die bezaubernde Carla Weinstock hatte ihn dazu veranlasst, die beschissene Serie zu drehen, doch keine Station würde sie ohne den Megastar Ramasury senden.

»Giorgio, sind Sie denn völlig übergeschnappt?«, soll Sulz gebrüllt haben. »Der Arzt ist doch eine jämmerliche Rolle, er macht kaum den Mund auf und operiert nur unentwegt. Ihr Image als Superstar wäre ruiniert.«

»Mein Herr«, sagte der Star, »Giorgio Ramasury ist unantastbar.«

»Zweifellos, keine Frage. Aber waren Sie nicht von der Rolle des gewalttätigen Ehemannes hingerissen, als Sie das Drehbuch lasen?«

»Ich habe es nicht gelesen. Ich brauche es nicht zu lesen. Ich bin beim Publikum als erbarmungsloser Kämpfer bekannt, aber ich kämpfe stets für das Noble. Und jetzt soll ich plötzlich einen eifersüchtigen Zwerg spielen, der auch noch zum Mörder wird?«

»Na gut, dann werden eben nicht Sie ihn, sondern umgekehrt, der Arzt wird Sie ermorden.«

»Niemand ermordet Ramasury, mein Freund. Entweder spiele ich den Oberarzt, den alle Schwestern vergöttern, oder Sie können mich vergessen.«

»Lieber Ramasury, wenn ich mich nicht irre, stehen Sie bei mir unter Vertrag, nicht wahr?«

»Sie können sich Ihren Vertrag in die Haare schmieren.«

»Giorgio, Giorgio, um Gottes willen, wir sind doch

Freunde. Denken Sie an unsere wunderbare Produktion. Wer soll denn dann den Ehemann spielen?«

»Der Pimpf.«

Ich kam also zu meiner neuen Hauptrolle wie die Jungfrau zum Kind. Die bezaubernde Carla hatte keine besonderen Einwände gegen die Umbesetzung. Sie stellte lediglich zur Bedingung, in der ganzen Serie ausschließlich mit Ramasury zu turteln, worauf ihr Sulz sein Ehrenwort gab. Und ein armes Würstchen wie mich konnte er noch schneller überreden.

»Lieber Herr Sulz«, stellte ich die letzte Frage, »darf ich Frau Weinstock auch als ihr Ehemann nicht anrühren?«

»Ich fürchte, nicht.«

»Warum nicht?«

»Was weiß ich? Vielleicht sind Sie schwul.«

»Warum hat sie mich dann geheiratet?«

»Ein bedauerliches Versehen. Vergessen Sie nicht, Müller, Sie haben es mit einem verantwortungsvollen Regisseur zu tun, der auch das kleinste Detail bedenkt. Und immerhin hat Ramasury für Sie auf seine Rolle verzichtet. Also, legen Sie jetzt endlich Ihren lächerlichen weißen Kittel ab und lernen Sie den Text des brutalen Ehemannes.«

»Jetzt, so plötzlich … lernen …«

»Glauben Sie, Müller, nicht umsonst ist Martin Sulz der bedeutendste zeitgenössische Filmemacher. Während Sie die letzte Nacht lustig geschlummert haben, warf er den Drehplan um. Heute Morgen werden nur die Szenen in Ramasurys Klinik gedreht. Sie haben also bis heute Mittag Zeit, in die Rolle des Ehemannes zu schlüpfen.«

Ich stand auf und zog von dannen. An der Tür blieb

ich stehen, um Sulz, der inzwischen wieder ein kleines Nickerchen hielt, eine allerletzte Frage zu stellen.

»Warum eigentlich hat Ramasury auf seine Rolle für mich verzichtet?«

»Warum, fragen Sie«, war plötzlich die Stimme von Frau Sulz aus den weichen Federkissen zu hören. »Ich werde Ihnen sagen, warum. Weil in unserem Klinikzimmer ein sehr weiches Sofa steht …«

»Genau«, murmelte Sulz unter der Decke. »Das ist alles, was sie im Kopf haben. Carla, Carla, Carla …«

Die Dreharbeiten brachten mich um.

Alles, was ich befürchtet hatte, trat ein, mit voller Wucht. Schrecken dieser Art findet man sonst nur im »Inferno« von Dante, falls jemand heutzutage überhaupt noch so viele Wörter lesen kann.

Der Albtraum begann pünktlich zu Mittag, wie es der schlaftrunkene Producer vorgesehen hatte. Ich war nach Hause getaumelt, um mich in den wenigen verbleibenden Stunden auf die neue Rolle zu konzentrieren, aber das Trauma des Geilinger Weißbiers kam wieder hoch. Ich war nicht nur außer Stande, den Schwall von Worten zu verdauen, die mir in den Mund gelegt werden sollten, sondern, noch schlimmer, ich verstand ganz einfach nicht, was der brutale Ehemann von seiner, das heißt meiner Frau, also Frau Weinstock, überhaupt wollte.

Ich flehte Hilde an, sie möge von ihrem Lüstenauer nach Hause kommen, um mich mit ihrem überlegenen Intellekt zu retten. Sie kam, doch auch sie ging im sinnlosen Wortsalat des Drehbuches unter. Letztlich riet sie mir, mehr mich selbst einzubringen und Sulzens Schmarren situationsbedingt durch eigene Worte zu ersetzen. Den Direktoren vom Lüstenauer teilte Hilde mit, sie leide an starken Kopfschmerzen, was von der Wahrheit gar nicht so weit entfernt war, und begleitete mich zur Hinrichtung im Studio Sulz.

»Ich lass dich nicht allein«, versprach sie. »Schau bei den Aufnahmen einfach immer zu mir.«

Mit ihrer gewohnten Gelassenheit nahm sie in einer Ecke des Zimmers Platz, in dem ich laut Regieanweisung mit der Sexbombe der Nation, beziehungsweise der Krankenschwester in der Serie, das tägliche Leben teilte. Carla, im lilafarbenen Negligé, ignorierte mich nach wie vor. Deutlich vermied sie es, sich in meiner Nähe aufzuhalten, wohl aus Angst, ich könnte sie zufällig berühren. Nicht gerade die ideale Voraussetzung für eine bitter-süße Liebesszene, die der Producer und Regisseur Sulz von uns erwartete. Mit Müh und Not begab ich mich in die Rolle des brutalen und schwulen Ehemannes, der noch dazu Manfred hieß, und Carla musste ich als mein untreues Weib ausgerechnet Gloria nennen. Meine Eifersucht laut Skript auf den feschen Oberarzt, verkörpert von Ramasury, fiel mir schon leichter. Besonders da Carla zu Beginn der Proben darauf bestand, vor ihrem kleinen Schminktisch mit dem Rücken zu mir zu sitzen, damit sie mich nicht sehen musste.

Sulz brüllte »Action« und jemand machte mit einem kleinen Holzstück »klick«. Ich wanderte hin und her, ohne zu wissen, was ich tun sollte. Hilde konnte mir nichts zuflüstern, zog in ihrer Ecke nur immer wieder mit den Fingern ihre Mundwinkel nach oben, offenbar wegen meines jämmerlichen Gesichtsausdruckes. Carla malte ihre perfekten Lippen knallrot und deklamierte ihren ersten Satz:

»Manfred, du nervst mich, vor allem mit deiner krankhaften Eifersucht. Du weißt genau, warum zwischen uns nichts läuft. Dennoch bin ich bereit zu schwören, dass zwischen mir und meinem hinreißenden Oberarzt reinste Unschuld herrscht.«

Schwindlig von der Anstrengung, mich an irgendetwas aus dem Drehbuch zu erinnern, setzte ich meine Wanderung Richtung Hilde fort und schwieg weiterhin wie ein Fisch. Sulz stoppte wütend die Aufnahme:

»Müller, schauen Sie nicht dauernd in die Kamera und zu Ihrer Frau, Sie Vollidiot. Mein Budget reicht für einen Take pro Szene. Und Sie, Frau Müller, hören Sie auf, Ihrem Mann Zeichen zu geben, sonst schmeiß ich Sie raus. Action, Wiederholung!«

Ich blieb wie der besagte Fisch. Jetzt sprang Sulz aus seinem Regiestuhl auf und brüllte mich an, ich solle endlich meine Liebe beteuern, ganz egal wie, Hauptsache, ich schwiege nicht, wenn die Kamera läuft. Ich fiel auf einen Stuhl und brach in bitterliches Schluchzen aus.

»Ich wusste, dass es so kommen wird, ich hab es ja gleich gesagt ...«, heulte ich. »Natürlich kann man Fräulein Weinstock lieben ... Solche Schenkel und alles ... aber mir fällt kein Wort mehr ein ... da heule ich wie ein Kind ... Womit habe ich das verdient ... Ich hab Sie gewarnt, Herr Sulz, ich bin kein Schauspieler ...«

Sulz schrie »Cut« und verließ eilig den Raum, begleitet von seinen Assistenten. Ich vergrub mich in Hildes Schoß, die sich mit meiner Krawatte die Tränen aus ihren

Augen wischte. Der dürre Produktionsleiter erschien in der Tür und bat Carla hinaus.

»Gott sei Dank, Hilde«, seufzte ich erleichtert, »der Albtraum ist vorbei.«

Nichts war vorbei. Die ganze Bagage kehrte zurück, und Regisseur Sulz erklärte unerwartet ruhig, eine solche Panne könne am ersten Drehtag jedem erfahrenen Schauspieler passieren.

»Ich habe mit Fräulein Weinstock vereinbart, weiterzumachen.«

Danach legte mir Sulz die Hand auf die Schulter und sagte verständnisvoll:

»Gehen Sie heim, Müller, und verinnerlichen Sie Ihre neue Rolle. Hier geht alles seinen Weg. Wir drehen mit Ramasury in der Klinik weiter …«

Daheim legte mir Hilde ein nasses Handtuch auf die Stirn und empfahl mir, mich ein wenig auszuruhen. Aber ich mit meinem Verantwortungsbewusstsein konnte mich nicht zurückhalten, und schon um neun Uhr abends nahm ich das Drehbuch zur Hand. Um halb zehn legte ich es wieder weg. Mein Gedächtnis war den dümmlichen Dialogen nicht gewachsen, am allerwenigsten den Debatten mit Frau Sulz in ihrer Lieblingsrolle als böse Schwiegermutter. Außerdem wurde ich unfreiwilliger Ohrenzeuge eines Telefonats zwischen meiner Frau und ihrer Tochter, nachdem ich in meinem Zimmer vorsichtig den Hörer abgehoben hatte.

»Was für ein Versager«, äußerte sich Benedictina, »nur

einen Trottel wie Papa kann es so hinblättern. Was wird er jetzt tun, Mutti?«

»Ich weiß es nicht, mein Schatz. Manchmal bin ich richtig froh, dass wenigstens du normal bist. Dein Vater ist nicht einmal im Stande, auch nur einen einzigen Satz seiner Rolle herauszukriegen. Aber er war schon immer so.«

»Warum hast du ihn dann geheiratet?«

»Ich hab mich in den armen Kerl verliebt.«

»Wie denn?«

»Kann passieren.«

Ich ging ins Bett. Konnte es sein, dass Hilde mich einmal wirklich geliebt hatte? Wird sie vielleicht deswegen immer dicker? Wie auch immer, das Nachdenken machte mich müde und ich verfiel sofort in einen tiefen und ruhigen Schlaf. Bis halb drei in der Nacht, als ich schweißgebadet aufwachte. Es wurde mir nämlich schlagartig bewusst, dass ich in wenigen Stunden wieder vor der Kamera stehen würde, in die man nicht hineinschauen darf. Mühsam quälte ich mich aus dem Bett und wollte nicht einmal den Kaffee trinken, den Hilde ausnahmsweise für mich kochte.

»Ich muss da aussteigen, meine Liebe«, sagte ich. »Auch wenn Sascha für mich unterschrieben hat.«

Im Studio erwartete uns ein freundlich blinzelnder Producer.

»Ich habe über den spontanen Ausbruch Herrn Müllers von gestern Mittag nachgedacht, Gnädigste«, wandte sich Sulz an meine Frau. »Herr Müller hat instinktiv den Stil des unsterblichen Regisseurs Federico Fellini übernommen, der seinerzeit systematisch vermied, seinen Akteuren vorzuschreiben, was sie zu sagen haben und was nicht. Der italienische Gigant hat sich ganz auf ihre Intuition verlassen. Dasselbe gilt von nun an auch für Ihren hochbegabten Mann, Gnädigste. Soll er sagen, was ihm in den Sinn kommt. Mein Team hat entsprechende Anweisungen erhalten.«

Sulzens menschliche Sicht der Dinge berührte mich nicht unangenehm. In der Tat befreite mich der freundliche Fettwanst von allen Zukunftsängsten, an denen ich litt, seitdem mein Vertrag mit ihm von Sascha unterschrieben worden war.

Was ich aber noch erzählen möchte, ist das entscheidende Vieraugengespräch zwischen Sulz und dem Star Weinstock. Dank meiner reichen Erfahrung mit dem Charakter der Beteiligten kann ich diesmal für die Authentizität meiner freien Rekonstruktion bürgen.

»Sie wissen, meine Carla, wie sehr ich Sie als Schauspielerin schätze«, begann Sulz sich herauszureden und ließ seinen Blick in ihre schönen Augen sinken. »Das Letzte, was Martin tun würde, wäre, dir die Rolle deines Lebens zu versauen. Die Produktion steht fest, trotz aller Probleme mit der männlichen Besetzung, du weißt schon ...«

»Gut«, nickte Carla, »und was wird aus dem Pimpf?«

»Nichts. Müller soll schwatzen, was er will. Ich werde das Gestottere dieses Idioten mitdrehen und dann von einem brillanten und preisgünstigen Schauspieler den Originaltext sprechen lassen. Das ist Fellinis bekanntes Präsublimatives Audiosynchronsystem, von dem Sie sicherlich schon gehört haben.«

»Natürlich«, antwortete Carla, »Hauptsache, er rührt mich nicht an.«

»Auf gar keinen Fall. Ich zeichne mit dem Pimpf sowieso nur den Piloten auf, eventuell noch eine zweite Folge, danach schmeiß ich ihn raus. Hätt ich ihm nicht schon zwei Drittel seiner Gage bezahlt, er wäre schon geflogen.«

»Was soll das heißen, Pilot und zweite Folge, Martin. Wir haben uns auf mindestens drei Folgen geeinigt, oder?«

»Was Sulz verspricht, mein Täubchen, dafür kannst du deine Hand ins Feuer legen. Der Anfang ist lediglich der Anfang, damit ich die Fortsetzung der Serie endlos für dich fortsetzen kann. Du könntest mich natürlich inspirieren, wenn wir schon in den nächsten Tagen, du weißt schon ...«

»Nichts da, mein Herr. Das kriegen Sie erst dann von mir, wenn dieser Pilot ausgestrahlt wird.«

»Haben Sie kein Vertrauen zu mir?«

»Vollstes Vertrauen, Martin. Aber aus Prinzip steige ich niemals vor Piloten ins Bett.«

Ungefähr so muss es gelaufen sein, das Hintergrundgespräch über meine künstlerische Freiheit. Eigentlich gut, dass ich damals nichts davon wusste.

In meiner Szene mit Frau Sulz machte ich nämlich ausführlich Gebrauch von meinem felliniartigen Privileg, und zwar unbekümmert, wie es nur ein freier Mensch vermag.

»Manfred, ich liebe dich wie einen eigenen Sohn«, deklamierte meine böse Schwiegermutter das Skript ihres Mannes ohne die italienische Freiheit. »Gerade wegen dieser ehrlich empfundenen Liebe erachte ich es als meine Pflicht, Manfred, dich auf etwas hinzuweisen, das dir sicherlich keine Freude bereiten wird. Du sollst wissen, oh mein Manfred, dass meine liederliche Tochter Gloria bereits seit eineinhalb Jahren den Operationstisch im Krankenhaus mit dem Oberarzt teilt.«

»Warum erzählen Sie mir das, Frau Sulz«, antwortete

ich frei von der Leber weg. »Sie treibt es mit Ramasury auf Ihrer weichen Couch im Operationssaal.«

»Was?«

Die Hexe verstummte. Sie warf ihrem Mann Hilfe suchende Blicke zu, dieser bedeutete ihr jedoch, ganz ruhig weiterzumachen.

»Ich bin mir bewusst, dass du mir grollst, weil ich dir die Augen geöffnet habe, Manfred«, fuhr Schwiegermama fort. »Glaube mir, Manfred, die Wahrheit spricht aus meinem Herzen.«

»Ist das ein Witz?«, fragte ich freiheitstrunken. »Alle Männer in diesem Studio sind hinter Carla Weinstock her.«

»Meinen Sie auch mein Mann?«

»Kamera aus!«, brüllte Sulz, hochrot angelaufen. Meine Frau in der Ecke verbarg ihr Gesicht in den Händen. Das gesamte Team schien von einer vorübergehenden Lähmung befallen. Sulz aber hielt sich mit lobenswerter Treue an die Lehren Fellinis und gab mir ein Zeichen, das besagte: ›Sehen Sie, genau das hab ich gemeint.‹

Nach einer kurzen Pause hatte ich eine Liebesszene mit Carla, ausgerechnet im Badezimmer der Wohnung. Sie saß mit ihren beiden Schenkeln im Badewasser und ich war wieder einmal schwach wie ein Waschlappen. Sie war einfach traumhaft.

»Du bist schön, Gloria …«, stammelte ich völlig frei, während ich mich am Rand der Badewanne festhielt, »du hast wirklich keine Ähnlichkeit mit deiner Mutter …«

»Ich bin dein, mit Körper und Seele«, versuchte Gloria die Situation zu retten. »Zweifle nicht an meiner Treue. Bitte, sage mir, wie ich mein Verlangen nach dir, und nur nach dir, beweisen kann. Was erwartest du von mir?«

Ich weiß nicht, was mit mir geschah. Wahrscheinlich war ich schon ziemlich müde oder die große Freiheit war mir zu Kopf gestiegen. Ich hüpfte ins Wasser und mein Schrei hallte von den trostlosen Wänden des Badezimmers wider:

»Ich will dich küssen, Schönste ... Was sagst du dazu ... Nur das erwarte ich.«

Carla sprang aus der Wanne und flüchtete in die Arme des Producers.

»Er hat mich angefasst«, kreischte sie. »So wahr mir Gott helfe, Sulz, er hat mich angefasst.«

Mit ausnehmender Höflichkeit zog Sulz seinen Hausmantel aus und drapierte ihn mit onkelhaftem Flüstern um die schlanke Gestalt des Badewannenflüchtlings. Hilde bat um Erlaubnis, mich unverzüglich nach Hause zu bringen. Sulz stimmte zu.

»Macht nichts, Gnädigste«, stöhnte er, »nur noch ein paar Tage.«

Zu Hause behauptete Hilde, sie hätte mich bisher nicht von dieser Seite gekannt. »Ich mich auch nicht«, gestand ich. »Anscheinend muss ich zu meinem Psychomann.«

Ich machte mich auf den Weg in den vierten Stock, Psycho war jedoch nicht da. Also suchte ich Hilfe bei Dr. Spock. Ich schlug Seite 84 auf und fand die fett gedruckte Überschrift: »Ehemann über einhundertacht Monate verheiratet, sein ungewöhnliches Verhalten zwischen dem fünften und sechsten Monat seines vierundfünfzigsten Jahres«. Danach folgte in kleineren Buchstaben die Erklärung: »In dieser Zeit tritt der Mann in eine Übergangsphase ein, die hormonelle Veränderungen in ihm auslöst und ihn zu Gedanken und Taten veranlasst, die sein Umfeld befremden könnten. Besonders störend wirkt sich dieser Prozess in der zweiten Woche des fünften Monats auf seine Gattin aus, die den Konflikt erfolglos beizulegen sucht. Der Mann ist über die veränderte Einstellung zu seiner Frau verzweifelt, aber in sein Bewusstsein schleicht sich gleichzeitig auch ein komisches Gefühl der Genugtuung ein, von der Art: ›Ein Mann, der keine Angst vor seiner Frau hat, ist kein Mann.‹«

Hilde zeigte jedoch keinerlei Verständnis für hormonelle Schübe.

»Diese Weinstock turnt dich wohl an«, stichelte sie. »Hast du noch nie eine nackte Frau gesehen?«

»Nicht so eine.«

»Man hat dich systematisch in einen Pornofilm hineingezogen, mein Schatz.«

»Wer, Fellini?«

In den nächsten Tagen war ich alles andere als pflegeleicht. Dr. Spock hatte es ja prophezeit, obwohl seine Ausführungen immer komplizierter wurden. Trotzdem war ich zufrieden, dass der Gelehrte diesmal auf Seite 84 nicht darauf hingewiesen hatte, dass Hilde ständig zunahm.

Der zweite Tag der Dreharbeiten begann mit Sulzens großmütiger Erklärung, mein Ausbruch in der Badewanne sei so großartig gewesen, dass er in seiner Eigenschaft als Regisseur beschlossen habe, das Drehbuch zu ändern. Er werde mir meinen Herzenswunsch erfüllen, Carla trotz ihrer starken Aversion küssen zu dürfen. Für die sofortige Umsetzung dieser konstruktiven Veränderung habe er sogar bereits einen Statisten engagiert, der mir von hinten täuschend ähnlich sähe und ebenso klein gewachsen sei wie ich.

Ich war ein wenig enttäuscht. Mir war bewusst, dass Carla wegen ihrer Komplexe jeden physischen Kontakt zu mir scheute, aber ich hatte dies für eine dieser Kapricen gehalten, an denen alle Frauen leiden, die zu schön geraten sind.

»Entschuldigen Sie bitte, lieber Herr Sulz«, fragte ich, »warum küsse ich Carla nicht selbst?«

»Müller, Müller«, seufzte Sulz, »wir hatten doch vereinbart, dass Sie schwul sind.«

»Auch Schwule können küssen.«

»Nicht bei mir.«

Als man begann, diese delikate Szene zu drehen, verließen Hilde und ich demonstrativ den Raum. Der Statist, der mir ähnlich sah, war lediglich mit einer knappen Badehose und einem pechschwarzen Unterhemd bekleidet, während sich Carla in ein schneeweißes Nachthemd gehüllt hatte. Das war nicht mehr Fellini, sondern Sulz pur. Nur meinem Agenten Sascha zuliebe, der ja für mich unterschrieben hatte, stieg ich aus diesem ganzen Geschäft noch immer nicht aus. Durch die geschlossene Tür konnten wir die aufreizenden Geräusche eines Handgemenges zwischen meinem Double und meiner Ehefrau Gloria hören. Kaum waren diese verstummt, stürmte ich wutentbrannt ins Zimmer und forderte von Sulz, die eben aufgezeichnete Sex-Szene anzuschauen.

Sulz lehnte klipp und klar ab.

»Sie werden, Müller, alles rechtzeitig sehen.«

Bei dieser Gelegenheit teilte er mir nebenbei mit, er

habe heute Morgen beschlossen, fürs Erste nur den Piloten zu drehen, um die Publikumsreaktionen zu testen.

»Und es ist ein altes Prinzip von mir«, erklärte er, »niemals eine Szene vor dem Piloten zu zeigen.«

Seine Offenheit milderte mein Misstrauen. Es freute mich sogar, bald ein paar Tage Ruhe zu haben. Zunächst jedoch stand mir nach der skandalösen Kuss-Szene noch ein feuriger Liebesauftritt mit meinen eigenen Worten bevor.

Inzwischen brachte Carla ihre zerzauste Frisur in Ordnung, sie zog das durchsichtige Negligé aus und ihre Schwesternuniform an. Offensichtlich machte sie sich für die nächste Klinik-Szene zurecht, um dort ihren verantwortungsvollen Tätigkeiten nachzugehen. Einen Moment verweilte sie noch vor dem Spiegel auf ihrem kleinen Schminktisch und murmelte ihren Pflichttext aus dem Skript:

»Ich hoffe, du bist jetzt befriedigt, Manfred. Ich muss sagen, deine Küsse waren äußerst feurig. Was hast du empfunden, als du meinen zitternden Körper in deinen Armen hieltest?«

Ich saß auf einem Tisch, auf Anweisung des Regisseurs in einiger Entfernung von Carla. Ihr zugepudertes, indifferentes Gesicht erweckte meine Abneigung. Meine diplomierte pädagogische Ehefrau erkannte meine Stimmung und gab mir heftige Zeichen, ich möge den Frieden bewahren. Doch mein angestauter Frust brach mit derartiger Wucht heraus, dass ich sogar vergaß zu stottern:

»Was ich empfunden habe, fragst du mich, schöne Frau, wo du doch ebenso gut weißt, dass nicht ich deinen herrlichen Körper an meine Brust drücken durfte, sondern ein ganz anderer, irgendein Glücksvogel, den ich nicht einmal kenne und den auch du zum ersten Mal gesehen hast, hoffe ich jedenfalls. Ich glaube, du bist nicht einmal fähig, die Welt eines armen Schluckers zu begreifen, schöne Frau, die Sehnsucht, mein Double sein zu dürfen. Ist mir egal, wenn der große Regisseur und meine Frau es hören, ja, auch ich sehne mich nach einer Umarmung mit dir, die mir anscheinend niemals vergönnt sein wird ...«

Carla ließ von ihren Puderdosen ab und blickte mich für einen Moment verblüfft an, fasste sich jedoch schnell und deklamierte ihren Text weiter:

»Warum sagst du so etwas, geliebter Mann? Nagt die Eifersucht schon wieder an deinem Herzen, trotz der Zärtlichkeiten, die wir erst vor wenigen Minuten ausgetauscht haben?«

Meine Geduld war am Ende. Diese Schlampe im Schwesternkleid machte sich ganz einfach lustig über mich. Und was mich besonders ärgerte, sie lachte zu Recht. Ich bin kein Italiener, aber ich begann, diesen Fellini zu mögen. Wenn mich mein Gedächtnis nicht täuscht, setzte ich meinen Monolog nicht eben der Situation entsprechend fort. Ich schrie aus vollem Halse:

»Was soll dieses Grinsen, Carla? Was soll dieser ganze Zirkus, wenn du mir verbietest, dich auch nur mit dem kleinen Finger zu berühren? Schön, man hat hier einen Schwulen aus mir gemacht, aber vielleicht darf ich mich trotzdem darüber aufregen, wenn irgendein Dahergelaufener deine Lippen küsst. Was ist daran so komisch, verdammt noch mal?«

»Cut!«, brüllte der Regisseur, und Schwester Gloria wäre sofort in die Klinik geflüchtet, wäre da nicht die Tür aus dem Rahmen geflogen und der Herr Oberarzt im grünen Chirurgenkittel hereingestürmt. In seiner Pranke hielt er die Überreste eines zertrümmerten Sofas.

»Solche Möbel stellt ihr mir zur Verfügung, zum Teufel mit euch«, tobte der Gigant und riss sich die Operationsmaske vom Gesicht. Er stürzte sich direkt auf Sulz. »Die mieseste Rolle hast du mir gegeben, du elender Bluffer. Schon seit Tagen tue ich nichts anderes, als Puppen aufzuschneiden, ohne auch nur ein Wort zu sagen außer deinem verdammten ›Skalpell bitte‹ …«

Sulz zog sich an die Wand zurück:

»Nicht hier und nicht jetzt, Giorgio. Sie haben mich doch selbst gebeten, an Stelle des Pimpfs den vergötterten Oberarzt zu spielen.«

»Na und? Seit wann hörst du auf mich?«

Es herrschte keine gute Stimmung am Drehort. Carla wirkte zwischen den beiden Männern ihres bunten Lebens völlig verloren. Mir selbst war es höchst unangenehm, meinen ersten Piloten ausgerechnet in einer derart peinlichen Atmosphäre beenden zu müssen.

»Komm, Hildchen«, sagte ich zu meiner verstummten Frau. »Diese Serie wird sowieso niemals gesendet.«

Ein wenig Geld von meiner Gage hatte ich trotz allem in der Tasche. Eigentlich ganz gut, dass Sascha unterschrieben hat.

Die Wende

Er wurde gesendet. Der Pilot wurde gesendet. Ja, manchmal hält das Schicksal haarsträubende Überraschungen für uns bereit und der liebe Gott kann auch nicht alle unsere Fragen beantworten, wahrscheinlich weil Er mit seinem geliebten Universum überfordert ist.

An den Abenden nach dem erlösenden Ende des Albtraums versank ich in meinen lautlosen Hohlraum, hing in herrlicher Einsamkeit in meiner Wohnung herum und suchte heimlich nach Amandas Schenkeln auf dem Bildschirm. Einmal tauchte stattdessen Carla auf, in einem Werbespot für viereckige Tampons oder so etwas, aber da schaltete ich den Apparat sofort aus, denn alles, was mich auch nur im Entferntesten an den Irrsinn der Dreharbeiten erinnerte, bereitete mir Schlaflosigkeit. Der bevorstehende Tod der Serie war mein einziger Trost.

Die Stille rund um mich wurde nach ungefähr einer Woche unterbrochen. Ein hektischer Anruf des äußerst nervösen Sascha riss mich aus meiner »psychischen Blockade«, wie Dr. Spock meine Lage seinerzeit auf Seite 70 so treffend definiert hatte.

»Ich hab von der Katastrophe gehört«, teilte mir mein Agent mit. »Ich will nur klarstellen, diese Pleite war nicht meine Initiative. Ich habe zwischen dir und Sulz nur vermittelt, weil du mein Freund bist.«

»Klar«, stimmte ich zu, »ich bin an allem schuld. Lass uns die Sache vergessen.«

»Das wird nicht gehen, Karlo. Heute Morgen rief mich Frau Sulz an. Ihr Mann kocht vor Wut und fordert mit Nachdruck, dass du ihm innerhalb von fünf Tagen deine Gage samt Zinsen zurückzahlst, plus einer angemessenen Abfindung für den Schaden, den du angerichtet hast. Sie behauptet, du hättest dich nicht an den Text des Skripts gehalten, sondern einen solchen Quatsch gefaselt, dass ihr ganz übel wurde.«

»Sulz wollte, dass ich frei von der Leber weg rede. Frag meine Frau.«

»Da muss ich überhaupt niemanden fragen, Karlo. Sulz will dich verklagen.«

»Soll er ruhig. Ist mir wurscht.«

Ich stand kurz vor einem Schwächeanfall und hatte das Gefühl, das ganze Blut laufe aus meinem Hirn. Verklagen, um Gottes willen. Erst am Abend konnte mich Hilde wieder auf den Boden zurückholen. Ihrer Meinung nach hatte Sulz aus juristischer Sicht absolut keine Chance.

»In dem Vertrag, den dein idiotischer Sascha unterschrieben hat, wird nicht erwähnt, dass du den Text wie ein Roboter herunterrasseln musst«, urteilte meine liebe Frau. »Wie auch immer, wir werden sofort einen Anwalt aufsuchen. Ich kenne sogar einen, Dr. Thomas Friedländer. Er ist keine Koryphäe, aber er hat mir sehr bei meiner Scheidung geholfen.«

Ich hatte bis dahin keine Ahnung gehabt, dass ich mit einer geschiedenen Frau verheiratet war. Wir hatten nie darüber gesprochen. Nicht, dass das irgendetwas geändert hätte, aber trotzdem. In meiner jämmerlichen Verfassung blieb mir jedoch nichts anderes übrig, als die Neuigkeit zu ignorieren und zur Tagesordnung überzugehen. Nur eine einzige Frage erforderte noch eine Antwort:

»Sag, Hildchen«, fragte ich, »von wem um Gottes willen bist du geschieden?«

»Von meinem zweiten Exmann.«

Da hörte ich auf, in der Vergangenheit herumzuwühlen. Und was Dr. Friedländers Comeback in unserer Familie betraf, waren unsere Verhandlungen mit ihm kurz und bündig, sowohl wegen des Zeitdrucks als auch wegen der Dunkelheit in seinem winzigen Büro.

»Die Situation ist problematisch«, urteilte der Jurist, nachdem ihn Hilde über Sulzens Forderung informiert hatte. »Wenn sich dieser Produzent einen teuren Anwalt nimmt, dann haben wir vor Gericht keine Chance. Es sei denn, wir erklären, Herr Müller sei nicht im Besitz seiner vollen geistigen Kräfte.«

Wir meinten, das ginge nicht. Ich sei zwar recht schweigsam, aber doch ziemlich in Ordnung.

»Na ja, dann legen wir eben Berufung in der nächsten Instanz ein. Der Prozess muss auf jeden Fall um einige Jahre hinausgezögert werden. Hilde, mein Schätzchen, kümmere dich bitte um das entsprechende psychiatrische Gutachten für deinen Mann.«

Ich teilte ihm mit, ich hätte so einen Psychomenschen im vierten Stock. Dann gingen wir. Das heißt, Hilde zahlte und wir gingen. Zu Hause wartete Benedictina auf uns. Unsere besorgte Tochter wollte wissen, wie es ihren Eltern ginge, was los sei, was es Neues gebe …

»Wir sind ziemlich müde, Kind«, wurde sie von ihrer Mutter unterbrochen. »Komm lieber gleich zu ›Übrigens‹.«

»Übrigens«, sagte Benedictina, »ich bin ziemlich in den Miesen …«

Meinen Blitzbesuch in der cinematografischen Welt erwähnte sie mit keiner Silbe, jedenfalls nicht, solange ich dabei war. Ich zog mich in das stille Eckchen meines hoffnungslosen, zukunftsarmen und fernsehfreien Zimmers zurück. Die Frustration griff mit spitzen Krallen nach mir. Am Abend hatte meine Depression ein Ausmaß erreicht, das es rechtfertigte, meinen Vater auf seinem Handy anzurufen.

»Wie schön«, erklang Papas jugendliche Stimme, der wahrscheinlich wieder einmal dabei war, die Gegenwart zu vergessen. »Seit Jahren denke ich schon daran, dass mein Sohn mich vielleicht einmal anruft. Nun, mein Sohn, was fehlt dir denn?«

»Alles in Ordnung, Papa. Ich rufe einfach nur an.«

»Geld?«

»Unwichtig. Du weißt, ich bin ein geborener Proletarier.«

»Na gut. Deine Frau nimmt also zu.«

Wahrscheinlich hatte auch Papa früher einmal Dr. Spock überflogen. Es war allerdings eigenartig, je mehr sich Hilde in den letzten Tagen um mich sorgte, desto stärker wurde meine proletarische Wachsamkeit auf ihr Gewicht.

»Ja, Papa«, gestand ich, »Hilde hat zugenommen.«

»Wie viel Kilo?«

»Mindestens zwanzig.«

»Dann musst du jetzt anfangen, auf dich aufzupassen, mein Sohn. Normalerweise fangen die Ehemänner nach fünfzehn Kilo an zu trinken. Ich empfehle dir eine

Flasche Bier, gemischt mit einem Gläschen polnischen Wodka. Das macht deine Frau sofort schlanker.«

Nach einigen Tagen erhielt ich von ihm einen Umschlag mit einem Fünfziger. Mir brach das Herz. Es war ein beachtlicher Teil von Papas spärlicher Rente. Aber der Geldschein und meine Scham waren nicht die Lösung für das, was mich wirklich quälte.

Seit urlanger Zeit waren Hilde und ich nämlich nicht mehr intim gewesen. Vermutlich wegen ihres Gewichts. Oder es verhielt sich umgekehrt und sie nahm zu, eben weil wir nicht intim waren. Die Frage wird niemals geklärt werden, denn wir haben stets vermieden, das heikle Thema zu berühren.

Trotzdem beunruhigte mich dieses schwelende Tabu, denn in mir begann sich eine Zuneigung für meine pummelige Leidenspartnerin zu regen. Allerdings nur in meinem Herzen. Dr. Spock teilte mein Dilemma in den fett gedruckten Buchstaben auf Seite 103: »Die Schwierigkeiten des Mannes, nach über hundertacht Monaten Partnerschaft die eheliche Beischlaffrequenz beizubehalten«. Die klein gedruckte Erklärung war diesmal länger: »Der sechste Monat im vierundfünfzigsten Lebensjahr des Mannes gilt als kritisch. Die Betroffenen stellen in dieser Phase fest, dass man nur im Rahmen einer langjährigen Ehe lernen kann, ohne Frau auszukommen. Am Anfang der zweiten Woche dieses kritischen Monats begreift der verheiratete Mann erstmals, dass die Institution Ehe einen Sieg der Hoffnung über die statistischen Erfahrungen darstellt. Gegen Ende der zweiten Woche geht er also von der Praxis zur Theorie über und betreibt in seinen vier Wänden Oralsex, das heißt, er spricht bloß über den Sex. In der dritten, der entscheidenden Woche, ruft sich der Mann seine Jahrzehnte zurückliegende Hochzeit in Erinnerung, als er vor den Behörden das Versprechen gab, nur der Tod werde ihn und seine Auserwählte scheiden. Er muss feststellen, dass es sich dabei um ein leeres Versprechen ohne jeden praktischen Inhalt handelte. Zu Beginn der vierten Woche des kritischen Monats spielt jeder Repräsentant des männlichen Geschlechts im vierundfünfzigsten Lebensjahr mit dem Gedanken an eine Trennung von seiner Partnerin. Mit Ausnahme von Schiffskapitänen und Piloten, die sich aus nur ihnen bekannten Gründen nie scheiden lassen. Die bodenfesten Männer, die bis zur ersten Woche des siebten Monats durchhalten, werden damit belohnt, zu ihrer aufrichtigen Freude feststellen zu können, dass das Lieheselixier, das im Sexleben wirklich funktioniert, eine Berufskarriere ist.« (S. auch S. 212, »Wenn der Ehemann jeden Abend aus einer anderen Richtung heimkommt«.)

Meine Hilde kam auch im kritischen sechsten Monat jeden Abend aus derselben Richtung nach Hause, direkt aus dem Privatgymnasium Lüstenauer, und brachte mir die Tageszeitungen mit, die sie im Lehrerzimmer klaute. Immer panischer schlug ich die Blätter auf, denn es hätte ja etwas über die verdammte Serie drinstehen können, auch wenn sie sowieso nie gesendet würde. Zu meiner Erleichterung erschien kein einziger Satz über diesen Jahrhundertflop, mit Ausnahme eines kurzen Interviews mit Martin Sulz, der sich weigerte, zu seiner Produktion Stellung zu nehmen.

»Ein ernsthafter Künstler spricht niemals über sein Projekt, bevor es vollendet ist«, verkündete der große Producer aus verständlichen Gründen. Ich selbst war ihm nicht gram, aber der junge Journalist, dem es nicht gelungen war, Sulz zum Reden zu bewegen, fügte in dem verpatzten Interview aus Rachsucht hinzu, »der geizige Filmzar pflege in seinen Studios das Klopapier zu nummerieren«, was übrigens nicht stimmte, da Sulz in seiner Wohnung den Mitarbeitern den Zugang zu den Toiletten streng untersagte.

Ich war noch immer mit meinem anstehenden Prozess beschäftigt. Der heimliche Berufsethiker in mir gab nämlich zu, dass ich mit meinem felliniartigen Auftritt die Serie begraben hatte. Dann aber, wie ein Blitz aus düsterem Himmel, erschien in einer Klatschspalte Ramasurys geschwätziges Interview, und die Serie schien von den Toten aufzuerstehen.

Der führende Schauspieler nahm kein Blatt vor den Mund:

»Ich bin froh und stolz, mit Filmgrößen wie Martin Sulz und Carla Weinstock zusammenarbeiten zu dürfen«, so Ramasury. »Schon bei den Aufnahmen zum Piloten spürte ich mit jeder Faser, dass ich an einem Meisterwerk mitwirke, das in die Filmgeschichte eingehen wird …«

»Schon gut«, unterbrach ihn der Kolumnist, »mich würde eher interessieren, wieso das Sofa in Ihrer Klinik zusammengebrochen ist.«

»Welches Sofa? Da war kein Sofa.«

»Das können Sie Ihrer Großmutter erzählen, Ramasury«, so das Klatschmaul. »Wir haben ein Foto, Sie mit den Trümmern des Sofas.«

»Ach so, das meinen Sie. Warum, ist das wichtig?«

»Sehr wichtig sogar. Mir ist zu Ohren gekommen, dass Sie die Weinstock bis zum Zusammenbrechen des Sofas gebumst haben.«

»Ich pflege mich nicht mit schmutzigen Tratschereien abzugeben, mein Herr.«

»Man hat Sie beide dabei fotografiert.«

»Wer?«

»Der Produktionsleiter. Sie waren nicht allein, Ramasury. Sie haben die Carla ganz schön vergewaltigt, nicht wahr?«

»Ich habe es nicht nötig, Frauen zu vergewaltigen.«

»So reden alle. Im Stadtpark von Los Angeles wird in jeder Stunde eine Frau vergewaltigt.«

»Arme Frau.«

»O. K., alter Kumpel, erzählen Sie mir von Ihren Zukunftsplänen.«

»Was gibt es da schon groß zu erzählen? Ich warte auf den Piloten ...«

Ich wurde unruhig. Der Kretin wartete auf den Piloten. Und dann klingelte es auch noch an der Tür. Vor mir stand eine blonde Fotografin der großen Tageszeitung, eigentlich eine recht hübsche, junge Dame.

»Wir machen Fotos von allen, die bei Sulz im Piloten drin sind«, teilte die Blonde mit. »Darf ich rein? Dauert nur ein paar Minuten.«

»Moment mal, liebes Fräulein«, stotterte ich. »Wer hat Sie geschickt?«

»Mein Redakteur.«

»Wie, welcher Pilot wird gesendet?«

»Keine Ahnung. Sie stehen auf meiner Liste, also bin

ich hier. Dauert nur ein paar Minuten. Haben Sie dunklen Hintergrund?«

Sie knipste schnell ein paar Bilder von mir. Sie hatte große, braune Rehaugen.

»Keine Angst«, beruhigte sie mich. »Wir schreiben nichts über Sie. Dauert nur ein paar Minuten.«

Bevor sie ging, zeigte sie mir noch die Fotos meiner Kollegen. Ramasury täuschte einen in Gedanken versunkenen Intellektuellen vor, dessen Blick in die Ferne schweift, während Carla mit hochgerutschtem Mini auf einem weißen Barhocker saß.

Dann verschwand die Fotografin samt ihren Rehaugen so schnell, wie sie gekommen war. Aber meine Unruhe wegen des verdammten Piloten blieb.

»Beruhige dich doch«, rief mich Hilde zur Ordnung. »Wenn sie diesen Schund tatsächlich senden, was ich nicht glaube, dann wird ein Schauspieler an deiner Stelle sprechen.«

»Ich bin auch Schauspieler.«

In einer der mondlosen Nächte konnte auch Hildelein nicht schlafen und rüttelte mich wach:

»Schau, Karli, am Tag pennst du jede halbe Stunde ein, aber in der Nacht bist du putzmunter. Was hältst du davon, diese Gottesgabe zu nützen, um mit ein bisschen Kleingeld meine Haushaltskasse aufzubessern?«

»Soll ich vielleicht Nachtwächter werden?«

»Ja.«

Hilde fand eine Anzeige in der Zeitung: »Solider Kommunalbetrieb sucht erfahrenen Nachtwächter auf Tagesbasis.«

Ob ich wollte oder nicht, ich wurde engagiert, um eine

Miederwarenboutique zu bewachen, deren Schaufenster von Demonstranten eingeschlagen worden war, die gegen die hohen Benzinpreise protestiert hatten.

Leider übte ich meine neue Betätigung nur eine einzige Nacht aus, weil ich auf meinem Schemel vor der Boutique sofort eingenickt war. Bei Morgengrauen weckte mich die hysterische Boutiquebesitzerin mit ihren spitzen Ellbogen.

»Dreckiger Lump«, brüllte sie. »Hau bloß ab.«

»Ich bin kein Lump«, wies ich sie zurecht, »meine Vorfahren kommen aus Bulgarien.«

Nicht einen Pfennig hat mir die Spinne bezahlt.

Trotzdem bummelte ich recht gut gelaunt nach Hause. Immerhin hatte ich seit langer Zeit endlich wieder wie ein Mensch geschlafen. Hilde war schon im Lüstenauer, hatte mir jedoch das Bett gemacht, damit ich mich nach meiner anstrengenden Nachtwache ausruhen könne. Ich legte mich also ein wenig hin, vergaß allerdings, das Telefon abzuschalten, und meine rücksichtslose Tochter weckte mich auf.

»Hör mal, Papa«, piepste die Kleine. »Ich hab einen Freund beim Fernsehen, und der hat mich heute früh angerufen, dass dein Pilot in der Primetime kommt. Echt super.«

Mit meiner Ruhe war es schlagartig vorbei.

»Wie Prime, welche Prime?«, fragte ich schlotternd. »Was soll das heißen?«

»Die beste Sendezeit, Papa, mit ganz vielen Zuschauern.«

Ich legte den Hörer auf und beschloss, mir das Leben zu nehmen. Im Hinblick darauf, dass ich in allen Bereichen versagt hatte, als Ehemann, als Schauspieler und zuletzt sogar als Nachtwächter, erschien mir meine Entschlossenheit logisch. Meine verlorene Seele war am Ende. Mit letzter Kraft steckte ich Papas Fünfziger in einen Umschlag und hinterließ Hilde einen Zettel, sie möge ihn an meinen Alten zurückschicken.

»Liebe Hildi«, schrieb ich mit zitternder Hand, »verzeih mir.«

Danach ließ ich ein Bad ein, wie im Film, und zu allem bereit tauchte ich bis zum Kinn ins warme Wasser. Ich wartete auf das Ende, und meine plötzliche innere Ruhe überraschte mich angenehm. Die Entscheidung, meine Schande in dieser Primedings nicht erleben zu müssen, ja, diese selbstständige Initiative zur Wahrung meiner menschlichen Ehre verlieh mir die Kraft, meinen Qualen ein würdiges Ende zu setzen …

Hilde riss mich zu früh aus meinem traumlosen Tiefschlaf. So aufgeregt hatte ich sie noch nie gesehen:

»Bist du verrückt?«, brüllte sie mit vor Wut geröteten Wangen. »Was soll denn das für eine Überraschung sein?«

»Entschuldigung«, sagte ich, »ich will sterben.«

Sie zerrte mich aus dem Wasser und trocknete mich mit einem Stapel Handtücher ab.

»Karli, du bist krank«, stellte sie bekümmert fest. »Vielleicht solltest du endlich zu deinem Psychiater gehen, wie Thomas Friedländer vorgeschlagen hat.«

Mir war alles egal. Der Pilot stand vor der Tür. Ich zog meinen weißen Kittel an, der meine ursprüngliche Rolle als Chirurg unzerknittert überstanden hatte, und stieg die Treppen zum Psychotempel von Leonard Böhm hinauf.

Zu meiner Überraschung traf ich ihn schon im dritten

Stock. Psycho hockte auf der Treppe und atmete schwer. Eine Welle von Sympathie erfasste mich im Hinblick auf diese Schicksalsgemeinschaft. Letzten Endes ist doch jeder Mensch nur ein Mensch, dachte ich mir, jeder trägt sein Kreuz, egal ob er ein angesehener Wissenschaftler oder ein vom Glück verlassener Idiot ist.

Ich setzte mich zu ihm und legte meine Hand tröstend auf seine:

»Was ist passiert, Leonard?«

»Der Aufzug ist kaputt«, schnaufte der Psycho, »vier Stockwerke sind zu viel für mich.«

Das herzliche Mitgefühl schlug in Empörung um.

»Wegen eines beschissenen Aufzugs schnaufen Sie wie eine Trompete?«, fauchte ich den trägen Kerl an. »Glauben Sie mir, es gibt schlimmere Probleme im Leben.«

»Was ist denn Ihr Problem, Herr Müller?«

»Ich, zum Beispiel, will sterben.«

»Sehr gut, ich dachte schon, es wäre etwas Ernstes«, atmete der Psycho auf. »Sie sollten wissen, lieber Müller, psychosymptomalen Forschungsarbeiten zufolge will jeder Mensch mindestens ein- bis zweimal in seinem Leben sterben, aber nicht jedem gelingt es. Was bedrückt Sie denn, mein Freund?«

»Bei mir häufen sich die Probleme.«

»Das glauben Sie nur.«

Psycho musterte mich prüfend, und ich schrumpfte unter seinem scharfen, vieldioptrischen Blick zusammen. Wir versanken für eine Weile in tiefes Schweigen. Mir war klar, dass er in den Abgründen meiner Seele las wie in einem offenen Buch. Leonard Böhm nahm langsam seine Brille ab und ließ sie in der Luft baumeln:

»Ja«, erklärte er, »die Mutter.«

Noch bevor ich reagieren konnte, setzte er seine Analyse fort:

»Schon bei unserem ersten Treffen, als wir uns über den Fernsehcharakter einer gewissen Amanda unterhielten, schon damals zeichnete sich vor meinen Augen eine klare Diagnose ab. Die zahlreichen Probleme, mit deren Existenz Sie sich herumplagen, sind inhaltsleere Illusionen, mein Herr, subperversuelle Alternativen, um es in den Begriffen der modernen Psychometrie auszudrücken.« Böhm verstummte für einen Moment, setzte seine Brille wieder auf und fügte hinzu: »Müller, Sie wollen in den Leib Ihrer Mutter zurückkehren. Kämpfen Sie nicht dagegen an. Zur Erfüllung dieser heimlichen Sehnsucht sind Sie ja sogar bereit, Ihrem Leben ein Ende zu setzen, um eine Wiedergeburt zu erleben. Wirklich bedauerlich, dass ich Sie nicht sofort nach unserer ersten Sitzung behandeln konnte. Wie auch immer, ich benötige noch einige Fakten, um meine Diagnose zu vervollständigen. Versuchen wir uns zu erinnern, wann und warum Sie zum letzten Mal mit Ihrer Mutter gestritten haben.«

»Ich hab nicht gestritten.«

»Trotzdem. Unser besonderes Verhältnis zur Muttergestalt erfordert Mut. Erinnern Sie sich.«

»Ich kann nicht, Herr Böhm.«

»Erinnern Sie sich, mein Freund. Dieses Mosaik verdrängter Eindrücke ist der Schlüssel zu Ihrer Wahrheit.«

»Wie?«

»Wie? Ich sage Ihnen wie, sogar ohne Honorar, Müller. Alle Ereignisse Ihres Lebens wurden in Milliarden von grauen Zellen in Ihrem Nervensystem gespeichert. Sie stellen das geheime Versteck Ihres wahren Seins dar, auch wenn jeden Tag zehn Millionen graue Zellen auf natürlichem Wege sterben. Öffnen Sie die Tore zu diesem Archiv weit, Müller. Vielleicht sind Sie noch immer in Ihre Mutter verliebt, ohne sich dessen bewusst zu sein.«

»Ich bin nicht verliebt.«

»Wirklich nicht?«

»Ich war ein drei Wochen altes Baby, als ich sie zum letzten Mal gesehen habe, Herr Böhm.«

»Aha«, schloss der Psycho seine Diagnose nachdenklich ab. »Genau wie ich sagte, Müller, das ist der Hintergrund für Ihren traumatischen Zustand.«

Ich stand vorsichtig auf und ging nach Hause, zurück zum Mutterleib meiner Frau.

»Und«, fragte Hilde, »habt ihr etwas herausgefunden?«

»Ja. Man sollte Psycho unverzüglich zur Beobachtung schicken.«

Ich zog mich schnell in mein Zimmer zurück, nahm meinen Taschenrechner und stellte eine beiläufige Rechnung über den Bestand meiner grauen Zellen auf. Ich war längst im Minus.

Danach nahm der eintönige und sinnlose Alltag wieder seinen Lauf. Ich verschanzte mich in unserem Haus, weit entfernt vom Lärm der Welt, und blätterte in den vertrauten Modeprospekten, bis Hilde vom Lüstenauer mit den Zeitungen kam. Dabei bat ich sie jeden Tag, keine mehr mitzubringen, denn ich wollte nicht lesen, wann mein Untergang zur Primetime gesendet wird. In diesen Tagen fraß ich unkontrolliert und trank Papas Bier-Wodka-Cocktail. Mit Ausnahme meiner Frau sprach ich mit niemandem, hob nicht einmal den Hörer ab. Die Atmosphäre ähnelte der einer Hinrichtungszelle. Mein leicht besoffener Menschenverstand riet mir, noch rechtzeitig vor dem Piloten ins Ausland zu fliehen. In Hildes Büchersammlung fand ich sogar einige Landkarten, und ich konzentrierte mich auf Südamerika, vor allem auf Brasilien, wegen Amanda.

Ich rief im Lüstenauer an, um Hilde vorsichtig anzudeuten, sie solle sich nicht wundern, wenn ich für einige Zeit verschwunden wäre. Die Telefonistin der Schule konnte sie jedoch nicht finden. Ich zog mir noch ein Gläschen rein, schleppte einen großen Koffer in mein Zimmer und begann meine Sachen zu packen, vor allem gebügelte Hemden, aber nur wenige Unterhosen, denn die sieht man ja nicht. Ich steckte noch ein paar Flaschen ein, den Stadtplan von Buenos Aires und dann klingelte das Telefon.

Ich dachte, Hilde rufe zurück, und hob ab. Es war jedoch Sascha, und an seiner Stimme konnte man erkennen, dass ich nicht der Einzige war, der Spirituosen einpackte.

»Hör … hör mal …«, stieß mein Agent krächzend hervor, »du bist der Größte … du bist Ro… Roman … du …«

Sascha schluchzte auf, und ich ließ ihn in Ruhe. Ich wusste nur zu gut, warum er trank. Weil er in meinem Namen unterschrieben hatte. Ich warf gerade Spock in den Koffer und überlegte, ob ich nicht auch Hilde mitnehmen sollte, als es an der Tür klopfte und ein minderjähriger Bote eintrat.

»Sind sie Romanowitz?«, fragte er und stellte eine große Vase mit vielen weißen Rosen ab. Er drückte mir einen kleinen Umschlag in die Hand und wartete auf sein Trinkgeld. Ich erklärte ihm, dass ich soeben dabei sei, nach Südamerika zu verreisen, und öffnete den Umschlag.

»Danke«, stand auf einem Zettel in Großbuchstaben, »Dein Martin.«

Kostbare Rosen?

Die Tür ging auf und Hilde trat wankend ein, eine Zeitung unter dem Arm. Sie war weiß wie die Wand und ließ sich in den erstbesten Sessel fallen. Mit Mühe brachte sie hervor:

»Die Sendung … Brauche einen Arzt …«

Sie deutete mit dem Finger auf die Zeitung. Ich warf einen Blick darauf und begann zu schwitzen. Science-Fiction, dachte ich, oder ich bin total besoffen …

Es handelte sich um die wichtigste Tageszeitung im Lande und die Schlagzeile auf der ersten Seite lautete *A Star is born*, und unter den korpulenten Buchstaben … in der Zeitung, die jeden Morgen vom ganzen Land gelesen wird … ein Foto auf der ersten Seite … Ja, mein Foto … und unter meinem Porträt stand …

Camillo L. Romanoff
Der unbekannte Schauspieler,
der über Nacht die Nation eroberte

Ich sank zu Boden und kroch zu Hilde, die mit geschlossenen Augen im Sessel lag. Ich bot ihr ein Glas Wodka an, konnte jedoch ihre zusammengekniffenen Lippen nicht öffnen und kippte das Glas selbst hinunter, denn ich brauchte es ebenso dringend wie sie. Danach warf ich den Koffer in den Schrank und nahm Dr. Spock zur Hand. Am Rande des physischen Zusammenbruchs fand ich auf Seite 103, dass der bodenfeste Mann in der ersten Woche des siebten Monats belohnt wird …

Es war der dritte Juli, im siebten Monat. An den Rest erinnere ich mich nicht.

Ich musste wohl einen komischen Eindruck gemacht haben. Jedenfalls rannte Hilde ins Nebenhaus, um einen Internisten zu alarmieren, aber als sie an einem Zeitungsstand vorbeikam, wurde ihr von den Schlagzeilen schwindlig, sodass sie alle vorhandenen Zeitungen aufkaufte.

Bevor sie atemlos nach Hause kam, hatte ich bereits begonnen, den langen Artikel unter meinem riesigen Konterfei in der wichtigen Tageszeitung zu lesen. Wort für Wort kann ich wiedergeben, was der bekannte Kunstkritiker Gerschon Glasskopf in der Nacht verfasst hatte, denn dieser Zeitungsausschnitt schmückt heute, in Gold gerahmt, die Wand des Arbeitszimmers in meiner Villa.

Der bedeutende Kritiker, allgemein als »Kunstpapst« bekannt, begann seinen Artikel mit einem umfassenden Rückblick auf die Theater- und Kunstgeschichte seit ihrer Entstehung. Er machte kein Geheimnis aus seiner Enttäuschung, dass seit dem griechischen Theater keine nennenswerte Entwicklung in der Bühnenkonzeption stattgefunden habe. Seiner Meinung nach gebe es keinerlei Hoffnung, dass der enorme Vorsprung, den sich die moderne Malerei und die zeitgenössische Musik in der Zwischenzeit verschafft hätten, mit den versteinerten Prinzipien der Theaterwelt jemals wieder aufgeholt werden könne.

So schrieb G. Glasskopf, doch im nächsten Absatz kam er zum Kern: »Heute Nacht, in der Primetime, wurde eine tausendjährige Stagnation durchbrochen, als der Pilot der Serie ›Im Wirbel der Leidenschaft‹ auf Zelluloid verewigt, ausgestrahlt wurde. Ein unbekannter Schauspieler und ein gewiefter Produzent von Filmen eines gewissen Genres erteilten uns eine unvergessliche Lektion in der Unbegrenztheit der Filmwelt und verursachten eine derart explosive Wende in der theatralischen Denkweise, wie sie in ihrer Bedeutung nur unzureichend in Worte gefasst werden kann.«

Das hatte er tatsächlich geschrieben, Gerschon Glasskopf höchstpersönlich, Wort für Wort, und so hängt es wie gesagt an meiner Wand.

»Zunächst wollte ich mir die Sendung nur wegen G. Ramasury anschauen (übrigens wunderbar in der Rolle des geilen Chirurgen), jedoch ungefähr in der Mitte des Piloten, als meine Frau und Tochter ergriffen in Tränen ausbrachen und auch ich bereits feuchte Augen hatte, beschloss ich, einige Freunde und Kollegen anzurufen, damit sie wenigstens nicht das Ende dieses einmaligen Erlebnisses versäumten. Doch alle, die ich erreichte, waren schon von anderen Zuschauern informiert worden. Die ganze Nation saß heute Nacht gefesselt vor dem Bildschirm.«

Unter dem Einfluss dieser eindrucksvollen Kritik

kippte ich schnell noch ein Gläschen, ich weiß nicht mehr, das wievielte.

»Was tat C. L. Romanoff?«, fuhr der einflussreichste Kritiker in seiner Rezension fort. »Unter der Regie von Martin Sulz zerstampfte er die uralten Gesetze der Schauspielerei, machte Schluss mit der verlogenen These, Schauspieler wie Zuschauer seien sich nicht bewusst, dass das Spiel auf der Bühne keine Wirklichkeit, sondern nur ihre jämmerliche Imitation ist und der Schauspieler nicht der Charakter und der Charakter nicht der Schauspieler sei, dass beide eigentlich eins sind und trotz allem zwei. Camillo Lloyd Romanoff als ein vom Schicksal geschlagener Ehemann, hoffnungslos in seine wunderschöne Frau verliebt, stellte heute Nacht alle professionellen Normen in den Schatten, und er tat dies virtuos, sowohl mit seiner strahlenden, metaformhaften Offenheit wie auch als lebender Beweis für die Vorurteile, die unsere heuchlerische Gesellschaft noch immer gegen das homosexuelle Lager hegt.«

Gegen die Rezension an sich hatte ich nichts einzuwenden. Leider enthielt sie jedoch einige faktische Fehler. Allein dass mir der Kritiker den rätselhaften Namen C. L. Romanoff gab, irritierte mich außerordentlich. Ich rief meinen Vater an und fragte ihn, ob in unserem Stammbaum zufällig ein Romanoff vorkäme.

»Quatsch«, antwortete mein Alter. »Wir sind alle Müllers. Was ist denn mit dir los?«

Ich beruhigte ihn, es sei alles in Ordnung, und wandte mich wieder der hochinteressanten Kritik zu:

»Romanoff spielte nicht, er lebte seine Wahrheit, er kreierte ein Dasein aus dem Nichts, eine Art kleines, dokumentarisches Opus, vor dessen Impulsen es kein Entkommen gibt. Wer ist dieser herrliche Mann, woher kommt er? Wir bewundern, nein, wir danken Martin Sulz für die aufregendste Entdeckung des Jahres.«

Nun vergab der hohe Richter über die zeitgenössische Kunst noch einige Superlative an die andere aufregende Entdeckung, nämlich Carla Weinstock, »die nicht nur eine äußerst attraktive Frau ist und Gerüchten zufolge auch außerhalb des Studios mit Romanoff in engem intellektuellem Kontakt steht, sondern zudem eine begabte Schauspielerin, die in ihrer Rolle als Gloria ihre verhaltene Liebe zu ihrem Ehemann zum Ausdruck bringt, obwohl sie ihm die unsagbar schmerzliche Botschaft über den Grund der deutlichen Abkühlung ihrer Beziehung übermitteln muss.

Die kurze Antwort Romanoffs ist einfach herzergreifend. ›Ich wusste, dass es so kommen wird‹, stöhnt er auf, ›da heule ich wie ein Kind.‹ An dieser Stelle bricht die revolutionäre Absicht erstmals durch. Die entscheidende Wende in der theatralischen Gedankenwelt tritt ein, als er sich direkt an den Regisseur wendet: ›Ich hab Sie gewarnt, Herr Sulz, ich bin kein Schauspieler.‹

Wie wahr. Camillo Lloyd Romanoff ist kein Schauspieler. Er ist mehr.

Den Höhepunkt seiner künstlerischen Leistung erreicht Romanoff in der Szene im dunklen Schlafzimmer, eine der herausragendsten cinematografischen Errungenschaften der letzten sechzehn Jahre. Sie ist eine Erotikszene par excellence, wobei die Regieführung auf billige Effekte, wie sie in unserer heutigen Zeit so häufig eingesetzt werden, verzichtete. Die beiden Akteure sind zwar halb nackt, aber von Romanoff ist auf dem Bildschirm nur sein erstaunlich muskulöser Rücken zu sehen, wobei seine Schultern im Sturm des robusten Kusses leicht erzittern.

Und dann, zu guter Letzt, das neurotische und ergreifende Finale Romanoffs, als er in tiefster Verzweiflung über seine männliche Impotenz ins Zimmer stürzt, seine unbefriedigte Frau mit dem ambivalenten Kosenamen ›Schöne Frau‹ anspricht und in tiefster emotioneller Selbstverleugnung behauptet, der Mann, der sie im Schlafzimmer geküsst habe, sei nicht er, sondern ›ein Anderer‹ gewesen. Auch hier, in diesem mitreißenden Monolog, der in den Herzen zahlreicher Zuschauer ein magisches Erzittern auslöste, bleibt er seiner gedanklichen Rebellion bis zuletzt treu. Mit derselben überzeugenden Natürlichkeit, mit der er seine enttäuschte Liebe erklärte, verkündet Romanoff nun: ›Es ist mir egal, wenn der große Regisseur (Martin Sulz oder vielleicht Gott, d. Red.) das hört.‹

Eine derartige Wende hat es in der Kinowelt noch niemals gegeben. Romanoff beendet sein emotionelles Feuerwerk mit der philosophischen Frage: ›Was soll dieser ganze Zirkus?‹, und fasst sein schockierendes Geständnis mit Worten zusammen, die eigentlich wieder auf die zweischneidige Verbindung zwischen dem Schauspieler und seiner Rolle hindeuten, indem er den Satz murmelt: ›Man hat hier (im Studio, d. Red.) einen Schwulen aus mir gemacht.‹

Wir warten ungeduldig auf die kommenden Folgen.«

Eine epochale Kritik, zweifellos einigermaßen überraschend. Wie es dazu kam, dass der Pilot mit meinen originalen Ausbrüchen überhaupt gesendet wurde, erfuhr ich einige Wochen später von der Cutterin Margarete, die gemeinsam mit Sulz für den Schnitt verantwortlich war. Margarete ist eine der angesehensten Filmexpertinnen, darüber hinaus ausnahmsweise auch eine überaus anständige Erscheinung in der Branche. Sie betrachtete es als ihre Pflicht, mich über ihre Rolle in diesem ganzen Wunder aufzuklären.

Sie erzählte mir, dass Sulz von Anfang an niemals die Absicht gehegt habe, den Piloten fertig zu stellen. Ja, er war sogar bereit gewesen, sein ersehntes Treffen mit Carla bis zum nächsten Projekt zu verschieben. Aber die Primetime-Sensation war bereits groß angekündigt worden, sodass Sulz, um ein juristisches Debakel zu vermeiden, schließlich nachgab und begann, den Piloten zusammenzuschneiden.

Wie immer saß er im Schneideraum neben Margarete vor dem kleinen Bildschirm, auf dem das Sechzehn-Millimeter-Filmchen ablief. Er mischte sich nicht ein und ließ den Piloten fast bis zum Ende abschnarren, aber nach meinem letzten Ausbruch mit der »Schönen Frau« stoppte der ungeduldige Producer und schaltete das Licht im Raum an.

»Wir brauchen keine Angst zu haben«, brummte er, »das Geschwafel dieses Kerls werfen wir raus und schieben einen normalen Text eines normalen Schauspielers unter …«

Sulz schaute Margarete grinsend an und verstummte. In ihren Augen seien Tränen gestanden.

»Es stimmt schon, es ist völlig verrückt, völlig durcheinander und völlig unmöglich«, habe sie Sulz gesagt, »aber das ist die ergreifendste menschliche Darbietung, die ich in meinem Leben als Cutterin gesehen habe. Dieser Müller ist ein blutiger Laie, ohne Ahnung von Schauspielerei, aber vielleicht ist er deshalb so hervorragend. Ich glaube, wir sollten ihn so lassen, wie er ist, trotz aller Ungereimtheiten.«

»Aber das ist doch total absurd.«

»Herr Sulz, das ist Ihr Film. Bringen Sie ihn selbst zu Ende …«

»Moment mal«, rief Sulz, »wo brennt es? Ich wollte nur sagen, es wäre total absurd, Karl Müllers Originalton anzurühren. Aber Sie haben mich nicht ausreden lassen.«

Da habe sich Margarete zurück an den Apparat gesetzt. Sulz versicherte sie nochmals seines uneingeschränkten Vertrauens und entfloh dem Schneideraum. Er hatte genug, wollte von dem ganzen verdammten Piloten nichts mehr hören. Noch am selben Abend machte er sich in Richtung Süden davon, um bis zur Sendung unterzutauchen.

Ich war und blieb ein vollkommen ratloser Romanoff. Dennoch trug Gerschon Glasskopfs schmeichelnde Kritik zu einer gewissen Steigerung meines Selbstbewusstseins bei. Allmählich bekam ich sogar das Gefühl, ganz unbewusst etwas Großes geleistet zu haben. Zumindest war ich kein Pimpf. Diese Überzeugung wuchs mit den Anrufen, mit denen ich plötzlich überschüttet wurde.

Als Erstes war die Boutiquespinne an der Strippe, die mich hinausgeschmissen hatte. Sie konnte vor Aufregung kaum sprechen:

»Das war ... war ein ... ein ... dokumentarisches Opus«, seufzte sie. »Ich bitte Sie um Verzeihung, Herr Romanoff, ich hatte ja keine Ahnung ... Sie sind kein Schauspieler, Sie sind mehr ... Und was für ein erstaunlich muskulöser Rücken ... Bitte um Verzeihung ...«

»Ist schon in Ordnung, gnädige Frau.«

Das Gespräch mit dem ausgemergelten Produktionsleiter war wesentlich sachlicher:

»Ich habe schon immer an Sie geglaubt, Camillo. Sie haben alle Rekorde gebrochen, mein Freund. Wir fingen mit acht Prozent an und zum Schluss hatten wir dreiundsechzig, und das, obwohl im Eurosport ein Fußballspiel lief ...«

Ich konnte nicht viel sagen, schließlich war für mich die Situation noch ganz neu. Als mir zum Beispiel Frau Sulzens heisere Stimme erzählte, wie ich in den Herzen zahlreicher Zuschauer magisches Erzittern ausgelöst hätte, sagte ich zur Hexe »falsch verbunden« und legte auf. Danach sagte einer, er sei total schwul, genau wie ich, und alle Achtung, ich sei heute Nacht ein Vorkämpfer gegen Vorurteile gewesen. Er dankte mir dafür von ganzem Herzen und würde sich gerne so bald wie möglich mit mir treffen.

Hildes Anwalt bemerkte, ich habe eine explosive Wende in der theatralischen Denkweise verursacht, und da es jetzt sicher keinen Prozess geben werde, schicke er eine Rechnung für die Aufbewahrung der Akte. Der interessanteste Anruf stammte jedoch von einem lispelnden

Alten, der behauptete, er versuche schon seit zwei Stunden, mich zu erreichen.

»Sie haben heute Nacht alle professionellen Normen in den Schatten gestellt«, sagte der Mann. »Ich habe immer zu Hilde gesagt, dass das Theater an tausendjähriger Stagnation leidet, aber meine Ex war ja in Paul Newman verliebt …«

Geschiedene Männer sind irgendwie immer blöd, ohne Zweifel.

Unsere Tochter Benedictina wollte mir wahrscheinlich gratulieren, aber ihre Kehle war wie zugeschnürt. Schließlich brüllte sie »Shit« und hängte auf. Der Psycho hingegen brachte seine persönliche Meinung in professioneller Klarheit zum Ausdruck:

»Ich bin keineswegs überrascht. Meine Diagnose über Ihre gespaltene Persönlichkeit wurde in der Kritik von G. G. lediglich wiederholt. Wie ich gesagt habe, Sie sind sowohl Schauspieler als auch der Charakter, eigentlich eins und trotz allem zwei. Viel Erfolg, Karl, lassen Sie von sich hören.«

Von Gespräch zu Gespräch wurde ich nüchterner. Der Alkohol verdunstete in meinem Kopf. Meine atemlose Hilde war inzwischen ohne Internist, aber mit allen Zeitungen des Tages eingetrudelt.

Die Schlagzeilen waren unterschiedlich. *»Die Nacht Romanoffs«*, glänzte eine Zeitung auf dem Titelblatt, während eine andere, und zwar die, der Sulz ein Interview verweigert hatte, ihre Kritik mit der Überschrift *»Der Produzent wurde zermalmt«* krönte. Die Spätausgaben standen fast alle unter dem Einfluss der G.-G.-Rezension vom Morgen. Einige brachten jedoch gewisse Vorbehalte zum Ausdruck, wie zum Beispiel ein Journal, das fragte: *»Romanoff noch bei Sulz? Branchenhaie reißen schon die Mäuler auf!«*

Producer Sulz selbst gab am nächsten Tag ein ausführliches Interview in der Frauenzeitschrift »Die allzeit bereite Frau«, die ihn kurz vor Redaktionsschluss in seinem südlichen Refugium aufgespürt hatte. Auf einer der vordersten Seiten prangte ein Foto von Sulz und mir in inniger Umarmung. Ich konnte mich nicht daran erinnern, wann wir fotografiert worden waren, doch auch dieses Interview hängt bei mir an der Wand. Auf die erste Frage der Redakteurin bezüglich des fulminanten Erfolgs antwortete Martin Sulz in jener überzeugenden Offenheit, die sich nur Menschen mit jahrelanger Medienerfahrung aneignen können:

»Seit langer, vielleicht zu langer Zeit trage ich die Theorie über die theatralische Zweischneidigkeit mit mir herum, hielt mich jedoch mit ihrer Veröffentlichung zurück, da ich noch keinen Komödianten von der Größe eines Camillo Lloyd Romanoffs gefunden hatte. Nur er konnte meine Botschaft an das künstlerische Establishment restlos weitergeben.«

Wir lasen dieses fesselnde Interview zusammen, Hilde und ich, während ich sie auf unserem Sofa im Arm hielt. Seit langem hatte ich das nicht getan, dennoch geriet Hilde über Sulzens Geschwafel in Rage. Sie sprang auf und trank ein ganzes Glas Wasser, bevor sie fähig war, mit mir gemeinsam weiterzulesen.

Zeitschrift: Herr Sulz, wie brachten Sie den Mut auf, die Hauptrolle mit einem unbekannten und unerfahrenen Schauspieler zu besetzen?

Martin Sulz: Intuition, meine Liebe, Intuition und Menschenkenntnis. Die geringe Bühnenerfahrung Romanoffs interessiert mich in keinster Weise, sein überwältigendes Charisma schlug mich sofort in Bann. Wie immer bei wichtigen Produktionen interessierte ich mich auch für den menschlichen Hintergrund. Camillo ist mit einer vielseitigen Persönlichkeit gesegnet, mit humanitären Neigungen, wie zum Beispiel seine Intelligenzforschung in der Tierwelt, mit Schwerpunkt auf der Klugheit des Esels.

Hilde begann zu kreischen, stampfte mit den Füßen und fuchtelte wild mit den Armen:

»Das ist kein Interview, das ist ein Skandal! Ich werde diesem nichtsnutzigen Wurm einen Prozess an den Hals hängen und ihn in aller Öffentlichkeit zum Narren machen. Was gibt es da zu lachen?«

Ich lachte grundlos. Wahrscheinlich fand ich das Geschwätz von Sulz irgendwie komisch, schwarzer Humor oder so etwas Ähnliches. Der Clou sollte jedoch noch kommen:

Zeitschrift: Herr Sulz, Sie scheinen in Ihren Romanoff regelrecht verliebt zu sein. Es stellt sich jedoch die Frage, warum Sie ihn überall als Karl Müller ankündigten?

Martin Sulz: Warum? Oh, meine Liebe, können Sie denn nicht erraten, warum ein Mann namens Romanoff seine Herkunft vor den neugierigen Augen der Öffentlichkeit verbergen wollte, zumindest solange ich ihm nicht die Gelegenheit gegeben hatte, seine begnadeten schauspielerischen Talente in einem geeigneten Rahmen zu offenbaren. Ich bin froh und stolz, bei allen Folgen der Serie mit ihm zusammenarbeiten zu dürfen.

Zeitschrift: Auf wie viele Folgen können wir uns freuen, Herr Sulz?

Martin Sulz: Der Redakteur der Primetime setzt mich unter Druck, aber ich musste ihm mitteilen, dass ich mich leider zu nicht mehr als vierundzwanzig weiteren Episoden verpflichten könne …

Da klingelte das Telefon. Hilde schnappte sich den Hörer:

»Ja, vielen Dank, sehr nett von Ihnen«, hörte ich sie zwitschern. »Nein, ich war überhaupt nicht überrascht … Was Sie nicht sagen, ist das eine Einladung? … Ja, ich komme gern, ja, auch mein Mann … Ich weiß, ich weiß, Missverständnisse können bei Schauspielern schon mal vorkommen … Ich werde es ihm gleich ausrichten. Ciao.«

»Hilde, wer war das?«, fragte ich.

»Carla Weinstock.«

Der Siegeszug

Carla telefonierte also mit ihrer neuen Freundin, Frau Romanoff, geborene Müller. Die Schönste von allen lud meine Hilde zu den Landesmeisterschaften im Synchronschwimmen ein. Bekanntlich ermöglicht diese Sportart den Schwimmerinnen, ihre Beine sehen zu lassen, und als Alibi führen sie in den Tiefen des Schwimmbeckens bis zur Atemnot rhythmische Verrenkungen vor.

Auch Carla. Das hatte mir gerade noch gefehlt.

»Dieses Frauenzimmer setzt dir nur Flausen in den Kopf«, warnte ich meine naive Gattin. »Wen interessieren schon ihre Schenkel?«

»Nicht alle Männer lässt das so kalt wie dich, mein Schatz«, spöttelte Hilde. »Was hast du eigentlich gegen diese schöne Frau?«

»Das weißt du ganz genau.«

»Carla ist gekränkt. Sie sagt, du warst während der Dreharbeiten äußerst kühl zu ihr, und trotzdem hat sie sich zurückgehalten und nicht darauf reagiert.«

»Du warst doch dabei, oder?«

»Berufliche Meinungsverschiedenheiten sind kein Grund, nachtragend zu sein, Karli. Sie war jetzt ausgesprochen nett am Telefon.«

»Gut, ich gebe auf.«

Wenn Hilde unbedingt hingehen wollte, dann sollte sie. Aber ohne mich. Ich war kein Waschlappen. Schließlich bekam ich soeben ein offizielles Telegramm nach dem anderen, ein schlagender Beweis für meinen neuen Status in der Gesellschaft.

Eines der Glückwunschtelegramme war besonders bemerkenswert. Der Tierschutzverein lud mich hochachtungsvoll ein, am Wochenende in seinem Klubhaus einen Vortrag zu halten. Das Thema: »Die neuesten Erkenntnisse zur Intelligenz des Esels, pro und contra.«

Hilde war eindeutig contra:

»Wir werden unsere kostbare Zeit nicht mit Dingen verplempern, die der Vergangenheit angehören. Du wirst nie wieder kluge Esel spielen. Du bist jetzt eine Celebrity, wenn auch nicht unbedingt klug.«

Ich warf einen Blick in den Spiegel, konnte aber keine besonderen Veränderungen feststellen. Derselbe Karl, mit einer Visage, die zu wünschen übrig lässt. Aber wo Hildchen Recht hat, hat sie Recht. Nach einigen Minuten erschien ein uniformierter Bote mit einem höchstpersönlichen Schreiben des Präsidenten der Schauspielergewerkschaft.

»Sehr geehrter Camillo, erlauben Sie mir, Sie so zu nennen, lieber Herr Romanoff«, begann der Brief, verfasst auf einem umweltfreundlichen Büttenpapier. »Der Verfasser dieser Zeilen zieht im Namen der Schauspielergemeinschaft den Hut vor Ihrem emotionellen Feuerwerk mit philosophischem Tiefgang, zweifellos eine der herausragendsten cinematografischen Errungenschaften der letzten sechzehn Jahre.

Es wäre eine große Ehre für uns, Sie im Rahmen einer feierlichen und der Bedeutung des Anlasses würdigen Zeremonie in unseren Bund aufnehmen zu dürfen. In freudiger Erwartung einer Zusage, liebster Camillo, verbleibe ich untertänigst. Nach Diktat verreist.«

Hilde konnte ihre Rührung nicht verbergen:

»Netter Brief. Da gehen wir hin.«

Die Telegramme häuften sich und die Telefonate rissen nicht ab, auch einige Blumensträuße trafen ein und eine Schachtel Pralinen von Betty. Hilde fragte mich, wer Betty sei. Ich hatte keine Ahnung. Am Abend dann der Anruf, der alles andere in den Schatten stellte:

»Weißt du, wer kommt?«, schrie Hilde und puderte in Windeseile ihre erröteten Wangen. »Martin Sulz ist auf dem Weg zu uns.«

»Na und«, bemerkte ich, »wenn ich mich nicht irre, hast du ihn als nichtsnutzigen Wurm bezeichnet.«

»Das war einmal.«

»Und? Was hat sich geändert?«

»Die Infrastruktur.«

»Du und dein Infrakäse«, murmelte ich, doch glücklicherweise klingelte es eben jetzt an der Tür. Braun gebrannt und mit possierlichen Schritten trat Martin Sulz ein, im Arm eine kleine, gebrauchte Vase. Zuerst küsste er der völlig verdatterten Hilde die Hand, dann überreichte er ihr mit äußerster Vorsicht den Topf:

»Darf ich Ihnen im Namen der Produktionsfirma M. Sulz dieses Tongefäß aus der Epoche der Ming-Dynastie überreichen, Madame«, las der Producer von einem kleinen Zettel ab. »Möge diese bescheidene Gabe als Zeichen der Anerkennung für einen genialen Schauspieler gelten, der unter meiner Regie die uralten Gesetze der Schauspielerei zerstampfte.«

»Das war aber doch wirklich nicht nötig, Herr Sulz, so eine schöne Vase, so eine Kostbarkeit …«

Hilde bat den hohen Gast, im Wohnzimmer Platz zu

nehmen, und fragte, was sie ihm zu trinken anbieten dürfe.

»Eine Tasse Kaffee, Frau Romanoff, ohne Süßstoff.«

»Wir haben leider keinen Süßstoff zu Hause«, entschuldigte ich mich und stellte sogleich die brennende Frage: »Haben Sie die Klage zurückgezogen, Herr Sulz?«

»Welche Klage?«

Das Gespräch kam in Schwung, als der Producer seine Tasse zu einem Trinkspruch hob und sich in sanfter Nostalgie an die angenehme Zusammenarbeit mit Camillo erinnerte.

»Welchen Camillo?«, protestierte ich. »Müssen Sie diesen Unsinn von der Kritik übernehmen?«

»Das ist von nun an Ihr Künstlername, lieber Karl.«

»Wer sagt das?«

»Ich.«

Die Erklärung lag auf der Hand. Ein besonders angesehener Theaterwissenschaftler hatte Sulz sofort nach dem Piloten erreicht, um mit ihm über die sensationellen Einschaltquoten und den Senkrechtstarter in der Rolle des Schwulen zu diskutieren, von dem bisher niemand gehört hatte.

»Ich hab sofort geschaltet, dass man mit dem Namen Müller niemals ein Star werden kann«, erzählte Sulz. »Ich teilte der Theaterkoryphäe mit, der wirkliche Name Karls sei Camillo Lloyd Romanoff.«

»Warum ausgerechnet Romanoff?«

»Am Abend zuvor hatte ich einen Fernsehfilm über die Zarentochter Anastasia Romanow gesehen. Also war das der erste Name, der mir einfiel.«

»Aber warum Lloyd?«

»Um dem Namen Bedeutung zu verleihen. Lloyd wird mit zwei Ls geschrieben, das haut immer hin.«

»Brillant«, stimmte meine Frau zu. »Sie sind großartig.«

»Danke, Gnädigste. Ich unternehme alles Menschenmögliche, um die Karriere meiner Akteure zu fördern.«

»Auch Glasskopf hat sehr schön geschrieben.«

»Wer, bitte?«

»Gerschon Glasskopf, der Kritiker.«

»Ich lese aus Prinzip keine Rezensionen, Frau Romanoff. Das interessiert mich nicht. Ich brauche keinen Kritiker, um zu erkennen, dass Ihr Gatte ein Virtuose von strahlender, metaformhafter Offenheit ist. Meiner Cutterin Margarete habe ich ausdrücklich verboten, die freien Worte Camillos anzurühren. Die kleine Närrin wollte seinen Text um jeden Preis ändern. Ich sagte zu ihr: ›Nur über meine Leiche, Margarete.‹«

Mein Blutdruck stieg, aber Hildchen unterbrach uns noch rechtzeitig:

»Was hat Sie eigentlich zu uns geführt, Herr Sulz?«

»Sagen Sie Martin zu mir, liebe Hilde. Ich kam, um unsere Freundschaft zu besiegeln, bevor wir uns voller Lust in die nächsten Folgen vertiefen.«

»Sie machen weiter, Martin?«

»Unbedingt, liebe Hilde. Ich verstehe natürlich, dass Camillo nicht mehr für fünfzehn Dollar am Tag bei mir arbeiten kann. Ich schlage fünfundvierzig Dollar vor.«

Eine Welle elementarer Freude überwältigte mich. Tolles Image, tolle Kohle. Bevor ich Sulz jedoch um den Hals fallen konnte, erhob sich Hilde aus ihrem Lieblingsschaukelstuhl:

»Erlauben Sie mir, Martin, ein paar Worte mit meinem Mann zu wechseln?«

Damit zerrte sie mich ins Nebenzimmer.

»Jetzt hör mir genau zu, Karli«, flüsterte sie mir ins Ohr, nachdem sie die Tür geschlossen hatte. »Sulz kann ohne dich keine einzige Folge drehen. Lass mich mit diesem Gangster verhandeln.«

»Gangster? Als er kam, bist du vor Ehrfurcht fast in Ohnmacht gefallen.«

»Ich hab mich wieder erholt.«

Ich starrte meine Angetraute mit offenem Mund an. Jeder Tag brachte eine neue Überraschung. Gerade erst hatte ich erfahren, dass ich ihr dritter Ehemann war, und schon stand, und zwar mit ihrem ganzen Gewicht, eine patente Geschäftsfrau vor mir.

Sie schleppte mich zurück ins Wohnzimmer.

»Wir haben Ihr Angebot besprochen, Martin«, lächelte die erfahrene Lehrerin für Sozialkunde. »Wir finden, dass diese Gage für einen Meteor namens Camillo Lloyd Romanoff nicht angemessen ist.«

»Gut, ich bin bereit, auf sechzig Dollar zu erhöhen, aber das muss ich erst mit der Buchhaltung klären.«

»Tun Sie das«, sagte Hilde. »Aber klären Sie dreitausend Dollar pro Tag.«

Sulz glotzte mich an. Ich aber war in Gedanken verloren.

»Soll das ein Witz sein, Frau Müller?«, fragte Sulz entgeistert, und mein Hildchen strahlte ihn weiter unbeirrt an:

»Dreitausend am Tag, plus Taxispesen.«

Sulz stand wortlos auf, ging direkt zur Türe und knallte

sie von außen zu. Ich wollte hinterher, aber Hilde hielt mich zurück. In gespannter Ruhe saßen wir da, bis die edle Gestalt von Produzent Sulz wieder im Türrahmen erschien.

»Ich möchte ausschließlich mit Herrn Müller verhandeln.«

»Das ist Ihr gutes Recht«, stimmte ich zu. »Hiermit ernenne ich meine Frau zu meiner Sprecherin.«

Hildes Blick drückte gemischte Anerkennung aus. Und tatsächlich dauerte es nicht länger als zweieinhalb Stunden, bis wir eine Einigung erzielten: Dreitausend Dollar am Tag und sechzig Dollar für die Taxispesen. Allerdings verpflichtete mich meine Sprecherin nur für zwei weitere Folgen und die Gage sei im Voraus zu bezahlen, Drehbeginn in zwei Wochen. Stil Fellini.

»Und noch etwas«, gab ich meinen Senf dazu, »ich bin bereit, Glorias Ehemann zu bleiben, aber ich will kein Schwuler mehr sein.«

Der Producer lag uns zu Füßen. Wahrscheinlich war seine Infrastruktur soeben dabei, stufenweise zusammenzubrechen.

»In Ordnung«, stammelte er, »Sie sind bisexuell. Sie haben nur vorgegeben, schwul zu sein …«

Ich begleitete ihn zur Tür. Dort, unter vier Augen, stellte ich die Frage, die während der ganzen Zeit in mir bohrte:

»Bei der Bettszene, brauchen wir da wieder ein Double?«

Die Antwort war negativ. Das heißt positiv.

Zwei Tage später reichte mir Hilde den Telefonhörer. Sie hatte den Gesichtsausdruck, der für besonders blöde Anrufer reserviert war. Saschas Stimme klang nicht mehr weinerlich, sondern tief und männlich, wie es sich für einen erfahrenen Agenten gehört.

»Meine Firma ist bereit, deine Interessen auch weiterhin zu vertreten, Karlo«, teilte mir Sascha mit. »Wir sind mit dem Büro Sulz in Sachen deines neuen Vertrags in Verbindung.«

»Danke, mein Guter, Hilde regelt das schon.«

In dieser frühen Phase meiner Laufbahn war ich auf die Ausmaße des Proteststurms, der am anderen Ende der Leitung losbrach, noch nicht vorbereitet:

»Hör zu, Romanoff«, brüllte mein Agent, »ich bin nicht von gestern, mich hat noch kein Klient angeschmiert. Ich habe dich kreiert, ich habe deine Karriere gefördert, also versuch jetzt bloß nicht, mich loszuwerden. So einfach geht das nicht, mein Lieber.«

»Hilde!«, schrie ich und gab ihr den Hörer zurück. Kurz darauf schrie auch sie. In letzter Zeit verließ ich mich völlig auf meine Gattin, eigentlich seit vorgestern, seit der Wende. Sie hatte sogar drei Monate Urlaub genommen, drei ganze Monate von den zweiundzwanzig, die ihr im Lüstenauer noch zustanden, und beschäftigte sich mit bezaubernder Natürlichkeit mit den laufenden Angelegenheiten. Ich war einverstanden, um mich voll und ganz der Vorbereitung auf meine Rolle in der nächsten Folge zu widmen, unter uns gesagt ohne zu wissen, wie und was.

Eine Wende vollzog sich auch zwischen Hilde und mir, besonders seit unser ehrenwerter Anwalt Dr. Friedländer um mein Autogramm auf dem historischen G.-G.-Artikel gebeten hatte. Hilde hatte begriffen, dass ihrem Mann inzwischen sein Name vorauseilte, aber je berühmter ich bei den Leuten, pardon, in der Öffentlichkeit wurde, desto schlauer wurde auch sie. Nicht einmal Dr. Spock hat eine Antwort darauf, warum die Berühmtheit ihres Ehemannes eine Frau schlau werden lässt, jedenfalls entledigte sich meine graue Lehrerin aller alten Charakterzüge, mit Ausnahme ihres konstanten Gewichts.

Um alle Missverständnisse zu beseitigen: Ich analysiere Hilde nicht, weil sie meine Frau, sondern weil sie auch Frau Romanoff ist. Als solche stand sie zusammen mit mir im krassen Widerspruch zu Dr. Spocks These auf Seite 103, die besagte, dass das einzig wahre Liebeselixier für das Sexleben die Karriere des Ehemannes sei. Wir erlebten jedoch genau das Gegenteil. Ich machte inzwischen eine Schwindel erregende Karriere, und der Sex mit meiner Frau Hilde wurde für uns zu einer klassischen Nebensache.

Was uns familiär verband, war und blieb Benedictina, unser Übrigens-Kind, die voller Stolz erzählte, sie habe ein Angebot eines Privatsenders erhalten, ihr Glück als Moderatorin Benedictina Romanoff zu versuchen. Natürlich habe sie die Gelegenheit beim Schopf gepackt, und übrigens seien auch einige unerwartete Ausgaben angefallen, weil sie übrigens vorhabe zu heiraten. Hilde fragte gespannt, wer der Glückliche sei, und unsere Tochter beruhigte uns, wir würden ihn bald nach der Hochzeit kennen lernen.

Mama Hilde war trotzdem glücklich, denn wäre sie jetzt nicht glücklich gewesen, hätte ihre Tochter trotzdem geheiratet. Was mich betrifft, so fiel mir schon wieder Dr. Spock ein, und zwar eine Bemerkung in seinem Nachwort: »Denjenigen, die bei Hochzeiten gerührt applaudieren und dabei himmlische Glückwünsche von sich geben, möchte ich die Frage stellen, ob sie in die Maschine einer Fluggesellschaft einsteigen würden, die bereits sechzig Prozent ihrer Flugzeuge durch Abstürze verloren hat?«

Dabei wusste ich damals noch nicht, dass sich mein Töchterchen ausgerechnet in den jungen, schwarzen Türsteher der amerikanischen Botschaft verliebt hatte. Natürlich darf man einen solchen Fall nicht mit Vorurteilen betrachten, aber irgendwie betrachten, bitte schön, muss man ihn doch.

Gott sei Dank hatten wir keine Zeit, allzu lang über die angekündigte Blitzheirat zu grübeln. Jeder, der unsere Telefonnummer herausfand, zögerte nicht, seinen persönlichen Frust in wortreiche Bewunderung für meine metaformhafte cinematografische Rebellion umzuwandeln.

Hilde nahm die ganze Schwärmerei entgegen, während ich im Nebel meines Startums verweilte. Nur einmal verließ ich den Schutz unseres Hauses, um mir heimlich Schnittlauch zu kaufen, den Hilde abgrundtief hasste. Doch kaum trat ich ins Freie, entdeckten mich ein paar Kinder.

»Romanoff«, brüllten sie in Ekstase, »Romanoff ist da!«

Eine übergeschnappte Göre flehte mich mit Tränen in den Augen an, ich möge meinen Namen mit Kugelschreiber auf ihren nackten Bauch schreiben. Eigentlich hätte ich das gern getan, aber ich wusste noch nicht genau, wie man den Namen Romanoff schreibt, mit einem f oder mit zwei. Ohne stehen zu bleiben, eilte ich zum kleinen Gemüseladen des alten Tsishek, doch aus dem Schnittlauch wurde nichts. Ein Schwarm von Männern umringte mich mit offenen Mündern, während die Hausfrauen hofften, ein Autogramm auf ihrem Einkaufszettel zu ergattern. Als frisch gebackene Celebrity war ich der Huldigung nicht gewachsen. Ich kämpfte mich durch den Ring meiner Fans und floh pfeilgerade nach Hause.

Hilde verbot mir, das Haus jemals wieder zu verlassen, und teilte mir mit, sie sei von nun an meine Sekretärin. Ich war sofort einverstanden. Schließlich war auch mir bekannt, dass Ehefrauen im Allgemeinen sehr zufrieden sind, wenn ihre Männer mollige Sekretärinnen beschäftigen.

Im nächsten Augenblick hörte ich ihr Telefonat mit der Boutiquebesitzerin. Die Spinne wollte wissen, ob Herr Romanoff eine Frau oder nur eine Mätresse hätte.

»Sorry«, antwortete Hilde, »das Sekretariat befasst sich nicht mit dem Privatleben von Herrn Romanoff. Sie sprachen übrigens mit seiner Frau.«

Nur einmal kam es vor den bevorstehenden Drehtagen zu einem Zusammenstoß zwischen uns. Als der alte Tsishek erfuhr, dass der anonyme Schnittlauchliebhaber ein Fernsehstar war, schickte er uns gleich eine ganze Kiste voll mit der grünen Köstlichkeit, jedes Büschel mit einem goldenen Schleifchen verziert. Hilde schleuderte den duftenden Schatz gnadenlos in den Mülleimer und drohte mir an, noch ein Ausrutscher und ich müsste selbst an den Telefonhörer gehen. Ich schwor ihr, mich zu bessern, und Sekretärin Hilde blieb im Amt. Ich war froh. Ohne Schnittlauch konnte ich leben, ohne sie war es zu riskant.

Und siehe da, als der Redakteur der renommierten Morgenzeitung in unserem Türstock auftauchte, verweigerte Hilde ein persönliches Treffen mit mir:

»Camillo Lloyd Romanoff gibt zurzeit keine Interviews.« Am nächsten Tag erschien in der Zeitung die schreiende Schlagzeile:

Romanoff schweigt!

Daraufhin hatte das Konkurrenzblatt, eine Abendzeitung, die glorreiche Werbeidee, auf Seite zwei ihres Blattes in einem dicken Rahmen und in Kursivbuchstaben folgende höfliche Aufforderung zu drucken: »Leser, die Kontakt zu C. L. R. aufnehmen wollen, mögen sich bitte schriftlich an die Anzeigenabteilung unserer Zeitung wenden.«

In den nächsten Tagen seien die Auflagenzahlen abrupt in die Höhe geschossen und in der Redaktion angeblich über siebentausend dringende Anfragen eingegangen. Die Anzeigenabteilung, bestehend aus einem jungen Sportjournalisten, war außer Stande, die gewünschten Kontakte herzustellen. Die siebentausend Anfragen, so die Gerüchte, wurden in Säcke verpackt und in einem kugelsicheren Wagen in die russische Botschaft gefahren, mit der dringenden Bitte, sich baldmöglichst um das Projekt zu kümmern.

Mir bescherte diese Aktion vorübergehend etwas mehr Ruhe. Bis der Anruf von Betty kam, der mich zufällig selbst erreichte, da meine Sekretärin losgezogen war, die bestellten Stempel für ihre Kanzlei abzuholen. Die Stimme kam mir irgendwie bekannt vor, deshalb legte ich nicht gleich wieder auf.

»Hör mal, Camillo, ich hoffe, du hattest deine Freude

an den Pralinen, so wie ich an deiner Pilotsendung«, erklang die junge Stimme. »Nach unserem Fototermin musste ich oft an dich denken.«

Betty war also die niedliche Fotografin mit den braunen Rehaugen. Ich bedankte mich für das Geschenk und auch für die gelungene Aufnahme von mir in Gerschon Glasskopfs Rezension.

»Ich habe jedes Wort von G. G. verschlungen«, gestand Betty. »Ehrlich gesagt, ich wusste schon bei unserem ersten Treffen, dass du, Camillo, viel mehr bist, als du glaubst, und ich meine damit nicht nur dein blendendes Aussehen.«

Schnell stellte sich heraus, dass die hübsche Betty vorhatte, unsere Bekanntschaft zu vertiefen.

»Ich habe Lust, dich noch einmal in meinem Studio zu fotografieren, Camillo«, flötete sie. »Es wird nicht länger als zwei bis drei Stunden dauern. Vor allem bin ich an deinem Profil interessiert.«

Eben in diesem Moment kam Hilde mit den Stempeln zurück und ich beendete das Gespräch:

»Vielen Dank für den Anruf. Ich hoffe, wieder von Ihnen zu hören.«

Auf der Stelle wurde ich von Sekretärin Hilde gerügt:

»Wir hatten doch ausgemacht, dass nur ich ans Telefon gehe. Übrigens, wer war das?«

»Die Fotografin von der Zeitung.«

»Heißt sie Betty?«

»Ja.«

Hilde betrachtete mich prüfend und ließ das Thema dann fallen. Doch in meinem tiefsten Inneren spürte ich, dass sie an die mysteriöse Pralinenschachtel dachte. Jetzt glaubt sie, ich hätte sie angelogen, ging es mir durch den Kopf. Und zum ersten Mal verstand ich die etwas gemeine Bemerkung Dr. Spocks irgendwo in seinem Buch: »Jene Artgenossen, die unbedingt immer die Wahrheit sagen, sollten sich vor der Ehe ausgiebig im Herumlügen üben.«

✡

Hildes Aufmerksamkeit auf Bettys Pralinen wurde von einem rosa Umschlag abgelenkt. In dem Umschlag steckte die Einladung für zwei Personen zu den Landesmeisterschaften im Synchronschwimmen, wie auch ein Farbfoto ihrer neuen Freundin, der Schwimmerin Carla Weinstock, angetan mit einem winzigen Bikini.

»Wirklich eine tolle Figur«, lobte Hilde, »zum Verlieben.«

»Warum sagst du so etwas?«, zischte ich. »Du weißt doch, dass ich sie nicht ausstehen kann.«

Meine Sekretärin hielt mir das Foto vor die Nase und fragte mit einem Kichern, das sie schon seit vielen Jahren nicht mehr benutzt hatte:

»Sie können diese Dame also nicht ausstehen, Herr Romanoff?«

Dieser Ton behagte mir nicht. Ich bin vielleicht nicht ganz so gescheit wie die Lehrer im Lüstenauer, aber ich bin ein ehrlicher und anständiger Mensch, der im Studio Theater spielt, nicht bei sich zu Hause.

»Liebe Hilde, du kannst ruhig zugeben, dass du auf diese Frau eifersüchtig bist.«

Hilde antwortete mit ruhiger Stimme:

»Das ist richtig. Ich bin auf sie eifersüchtig. Aber nicht deinetwegen.«

»Warum nicht meinetwegen?«

»Schau in den Spiegel.«

Die Atmosphäre zwischen uns besserte sich erst wieder, als wir zusammen die sechstausendeinhundertzwanzig Dollar zählten, die meine Sekretärin von M. Sulz Productions als Vorschuss für die ersten zwei Tage unter dem Tisch abkassiert hatte. Darüber hinaus stand uns auch noch die große Feier der Schauspielergewerkschaft bevor. Hilde kaufte sich ein hübsches, weit geschnittenes Kleid und bügelte wieder einmal meinen einzigen schwarzen Anzug und das weiße Hemd. Bevor wir gingen, überraschte sie mich noch mit einer schwarzen Fliege.

Ich gestehe es gerne, wir waren sehr aufgeregt. Schließlich hatte ich immer darauf gehofft, eines Tages in die Schauspielergewerkschaft aufgenommen zu werden. Dass dies im Rahmen einer großen, feierlichen Zeremonie geschehen würde, hätte ich mir jedoch niemals träumen lassen. Die Frage war nun, wie wir das Haus verlassen konnten, ohne einen Ansturm der Schaulustigen zu riskieren. Wir beschlossen, ein Taxi zu bestellen und bei Einbruch der Dämmerung hineinzuspringen.

Alles lief nach Plan. Beim Verlassen des Hauses beachtete uns keiner, mit Ausnahme des alten Hausmeisters, der jedoch von meinem plötzlichen Erscheinen so paralysiert war, dass er nicht störte. Im Taxi sitzend erkannten wir schon von weitem das Hochhaus der Gewerkschaft, in dem eine ganze Etage hell erleuchtet war. Beim Tor wartete eine junge Dame und half uns freundlich beim Aussteigen:

»Sind Sie vom Erziehungsministerium?«, fragte sie. Nachdem wir verneint hatten, verharrte sie auf ihrem Posten am Eingang, während Hildchen und ich die Treppen hinaufstiegen. Zur rechten Zeit betraten wir die erleuchtete Festhalle, deren Wände mit modernen Werken vorläufig bekannter Maler geschmückt waren. Am Ende der langen Stuhlreihen befand sich ein kleines Podium mit eigenen Stühlen. Auf einem saß bereits der Präsident und erwartete uns.

Die Atmosphäre war ruhig und gepflegt. Was Hildchen und mich jedoch etwas beunruhigte, war die Tatsache, dass der Saal völlig menschenleer war. Eigentlich nicht völlig. In der ersten Reihe saß eine bebrillte Dame, die Gattin des Präsidenten, wie sich herausstellte, und in der Mitte des Saales unterhielt sich eine alte Lady mit Giorgio Ramasury. Zum Schluss gesellte sich auch die junge Dame dazu, die ihren Warteposten am Tor ohne die Vertreter des Erziehungs- und Kultusministeriums verlassen hatte.

Hilde zählte die anwesenden Gäste an vier Fingern ab und flüsterte mir zu, es müsse sich hier wohl um ein bedauerliches Missverständnis handeln. Doch es war kein Missverständnis, nur die zweihundertzwei geladenen Schauspieler waren nicht erschienen. Einige, weil sie Auftritte hatten, und andere weil sie einfach nicht kamen. Wie auch immer, ich befreite meinen Hals vom Druck der schwarzen Fliege.

Der Präsident klingelte mit einer kleinen Glocke, legte seine Armbanduhr auf den Tisch und eröffnete die Zeremonie mit einer herzlichen Begrüßung der Anwesenden. Als Erstes begrüßte er mich und meine Gattin, dann seine

Gemahlin, die ehemalige Sprecherin des Verkehrsministeriums war, sowie die alte Lady, die sich mit Ramasury unterhalten hatte. Danach verlas der Präsident einige ausgewählte Stellen aus G. G.'s historischer Kritik, und unter dem Jubel der Anwesenden erteilte er das Wort dem Bildschirmstar Giorgio Ramasury, der sich, wie der Präsident ausdrücklich betonte, persönlich im Saale aufhielt.

Festredner Ramasury sprang leichtfüßig auf das Podium und wandte sich über das Mikrofon direkt an mich:

»Camillo, mein Herzblatt, im Namen aller Mitglieder unserer Gewerkschaft sei mir erlaubt, festzuhalten, dass ich mindestens so viel Spaß an der gemeinsamen Gestaltung der besten Fernsehserie der letzten sechzehn Jahre hatte wie du. Die perfekte Harmonie zwischen uns war der sicherste Garant für die präzedenzlosen Einschaltquoten unseres Piloten, dem ich selbst meine bescheidenen Talente zur Verfügung stellen durfte …«

Ramasury sprach ungefähr eine Dreiviertelstunde, manchmal direkt an mich gerichtet, dann wieder an den rauchenden Präsidenten, oder laut schreiend an die alte Lady, die mit geschlossenen Augen dasaß und den Verdacht aufkommen ließ, frühzeitig verschieden zu sein. Nach einer ausführlichen Schilderung seiner zahllosen Starrollen stieg Ramasury vom Podium, nahm mich unter dem tosenden Beifall des Publikums in seine starken Arme und gratulierte mir zwischen zwei langen, freundschaftlichen Umarmungen.

»Gut gemacht, Camillo! Die Welt steht dir offen!«

Während ich ihm für seine freundlichen Worte dankte, beorderte mich der Präsident unverzüglich aufs Podium, um mir feierlich den Ausweis eines Gewerkschaftsmitglieds zu überreichen. Dann bat er eilig um Verzeihung, er werde vom Minister erwartet, und machte sich samt seiner Gattin aus dem Staub. Ramasury stürzte ihm hinterher und für die alte Lady wurde ein Krankenwagen bestellt.

Vollkommen erschöpft verzichteten wir auf dem Nachhauseweg auf alle elementaren Vorsichtsmaßnahmen, mit dem Ergebnis, dass wir vor unserem Haus wieder von einer Schar von Neugierigen empfangen wurden. Eine Viertelstunde lang unterschrieb ich mit einem f alles, was mir unter die Nase gehalten wurde. Eine Taschenlampe in der Hand des vor Glück strahlenden Gemüsehändlers Tsishek spendete das nötige Licht. Von mir aus hätte es noch lange so dahingehen können, aber plötzlich stieß mich meine hysterische Frau durch die Haustür und blockierte den Eingang mit ihrem Körper.

»Romanoff hat eine anstrengende Zeremonie hinter sich«, rief sie meinen Fans zu, die sich nicht von der Stelle rühren wollten. »Lasst ihn in Ruhe, er muss sich für die Fortsetzung der Serie schonen.«

Ich war am Ende meiner Kräfte angelangt und ließ mich auf mein Bett fallen, doch noch immer waren von der Straße die Rufe zu hören:

»Romanoff, Romanoff, Romanoff …«

Ich träumte, ich sei ein Sänger.

Die Dreharbeiten rückten in bedrohliche Nähe, und die alte Angst, wieder vor der Kamera zu stehen, zehrte an meiner Seele. Da kam, völlig unerwartet, ein wenig Aufmunterung. Die Cutterin Margarete ließ sich von Hilde mit mir verbinden:

»Lieber Karl, ignorieren Sie den ganzen Trubel um Sie. Versuchen Sie nicht zu spielen, imitieren Sie nicht die Narzissten, die auf den Bühnen ihr Unwesen treiben. Sie haben das Herz der Zuschauer mit Ihrer wundervollen Ursprünglichkeit erobert. Bleiben Sie der begnadete Dilettant, Karl, sagen Sie vor der Kamera, was Ihnen in den Sinn kommt, und die Experten werden wieder Romanoff, den Helden der Wende in der theatralischen Denkweise, bejubeln, wie es dieser Depp in seiner Kritik geschrieben hat. Das sagt Ihnen eine einfache Filmcutterin, die Sie mag und sich um Sie sorgt. Leben Sie wohl.«

In den Nachhall ihrer schönen Worte jammerte uns Benedictina die Ohren voll. Ihr Bräutigam war plötzlich nach Amerika zurückgeflogen, und sie müsse ihm unbedingt folgen, denn in ihrem ganzen Leben würde sie keinen so anständigen und aufrechten jungen Mann mehr finden. »Übrigens, was die Kosten betrifft …«

»Wäre es nicht billiger, Kind, wenn er zu dir fliegen würde?«, fragte Mutti. »Wo ist er überhaupt?«

»Keine Ahnung. Der Ärmste musste ohne Vorankündigung davon.«

Am selben Nachmittag ging auch Hilde davon, wenn auch nur wie immer, um Zeitschriften zu kaufen. Also musste ich selbst die Haustür öffnen. Vor mir stand eine Frau mittleren Alters, die ihre Nase in ein blaues Taschentuch vergrub.

»Ich bin die Nachbarin von gegenüber«, stellte sie sich vor. »Nur Sie können mir helfen, Herr Romanoff.«

Sie schluchzte auf:

»Mein Schwager ist heute Nacht gestorben.«

Ich war, wie gesagt, ganz alleine.

»Wie traurig«, tröstete ich die Nachbarin, »aber so ist nun mal das Leben.«

»Nein, Herr Romanoff, mein Schwager war Drogist.«

»Interessant. Aber was wollen Sie von mir?«

»Ihr Beileid. Ich habe Sie im Fernsehen gesehen.« »Mein aufrichtiges Beileid, Gnädigste, aber ich bin sehr beschäftigt.«

»Ich wusste es«, bemerkte die Frau mit dem blauen Taschentuch. »Man hat mich vor Stars gewarnt.«

In diesem kritischen Moment tauchte Hilde wieder auf. Sie drückte mir eine Frauenzeitung in die Hand und übernahm den dahingeschiedenen Schwager. Ich flüchtete in mein Zimmer, schloss mich ein und schlug das Magazin »Die allzeit bereite Frau« auf. Bereits die Schlagzeile verkündete Unheil:

Fragen Sie mich nicht!
Camillo Lloyd Romanoff über seine Herkunft
Exklusivinterview

Ich wurde nervös. Hilde kümmerte sich noch immer um den Schwager, also war ich gezwungen, das Exklusivinterview ganz alleine zu lesen.

Es begann mit jenem schicksalsträchtigen 16. Juni 1918, als Zar Nikolaus der Zweite und die ganze Familie Romanow von den Mördern des revolutionären Rats des Volkskommissars auf Befehl der bolschewistischen Partei unter Vorsitz von Vladimir Illjitsch Uljanow Lenin ausgelöscht wurden.

Das Blutbad an der königlichen Familie wurde mit erschreckender Gewalt ausgeführt, aber laut Informationen, die der Redaktion der »Allzeit bereiten Frau« vorlagen, hatte die Tochter des Zaren, Georgii Mikhailowich Romanow, überlebt. Über diese Tatsache, wie auch über das Schicksal ihrer Kinder und Kindeskinder sei jedoch aus Furcht vor potenziellen Attentätern völlige Geheimhaltung verhängt worden.

Nun wandte sich die Redaktion an Camillo L. Romanow mit der Frage, ob er sich als Superstar hinter dem profanen Namen »Karl Müller« zu verstecken pflege.

C. L. Romanow: Fragen Sie mich nicht, ich bitte Sie.

Zeitschrift: Führen die Spuren etwa zu dem Geistlichen Rasputin?

C. L. Romanow: Auf diese Frage antworte ich schon gar nicht.

Zeitschrift: Auch das ist eine Antwort, Hochwürden.

Hilde rief sofort unseren Anwalt an. Ich hatte dieses Exklusivinterview nie gegeben. Doch Dr. Friedländers Antwort war ebenso kurz wie zweideutig:

»Man sollte die Sache lieber nicht anrühren, liebe Hilde. Warum schlafende Hunde wecken?«

Ich meinerseits hielt mit meiner Meinung nicht hinter dem Berg:

»Nicht einmal meinen Namen können sie richtig schreiben.«

»Vielleicht irrst du dich«, meinte die ehemalige Lehrerin vom Lüstenauer.

»Bei mir steht am Ende ein f, oder zwei«, beharrte ich, und da ich schon dabei war, machte ich sie gleich noch auf ihre üppigen Rundungen aufmerksam. Hilde antwortete mir auf der Stelle, sie könnte vielleicht ein paar Kilo abspecken, mir aber gingen in letzter Zeit die Haare aus, und gegen die Glatze auf meinem Schädel könne rein gar nichts unternommen werden. Wutentbrannt stürmte ich vor den Badezimmerspiegel und musste feststellen, dass Hilde wieder einmal Recht hatte. Auf meinem Hinterkopf breitete sich ein mittelgroßer Kreis weißer und unbepflanzter Haut aus. Vor Hildes boshafter Bemerkung war mir das Malheur gar nicht aufgefallen, denn ich hatte nie in den Spiegel geschaut. Bisher gab es nämlich nichts anzuschauen. Jetzt aber blickte mir ein besorgter Superstar entgegen, nicht sehr sympathisch.

Wie immer, wenn ich ins Wanken geriet, rief ich Papas Handy an:

»Die Haare, mir fallen plötzlich die Haare aus …«

»Das ist eine Sache des Alters und des Glücks«, erklärte mein weiser Vater. »Es gibt dafür keine Lösung, außer einer Perücke oder du konvertierst zum Judentum. Die Juden können ihre Glatze mit einem kleinen, gehäkelten Käppchen bedecken.«

»Wie, jeder Jude mit Käppchen hat eine Glatze?«

»Es gibt natürlich einige Ausnahmen, mein Junge. Die wenden sich dann vom Glauben ab.«

»Papa, das ist ja furchtbar. Glaubst du, dass ich völlig kahl werde?«

»Weiß ich nicht, Karli. Vergangene Jahre und ausgefallene Haare sind unwiederbringlich. Du bist zwar im Moment ein Star, aber Gott beschäftigt sich mit anderen Sternen.«

Die Stimme meines Vaters klang diesmal etwas müde. Es fehlte der fröhliche Klang.

»Ich weiß nicht einmal, Papa, ob du fromm bist oder nicht.«

»Das weiß ich auch nicht. In meiner Kindheit glaubte ich noch an alles, was man mir beigebracht hat. Danach, als ich alleine blieb, wollte der Priester mir einreden, auf deine Mutter nicht böse zu sein. Er predigte mir ›Liebe deinen Nächsten wie dich selbst‹, und ich fragte ihn, was ich machen sollte, wenn ich mich selbst nicht ausstehen kann. Ich habe keine zufrieden stellende Antwort von ihm erhalten.«

»Glaubst du nicht, dass es einen Gott gibt?«

»Wenn es ihn gibt, dann ist das sein Problem.«

Wirklich traurig, wie er klang, mein Papa. Wahrscheinlich hatte er mit dem Trinken aufgehört. Ich war an lange Gespräche mit ihm nicht gewöhnt. Kannte ihn ja kaum.

»Sag ehrlich, kannst du Mama nicht verzeihen, dass sie dich verlassen hat?«

»Ich liebe sie noch immer.«

Die Stimme meines Vaters wurde sehr schwach. Ich fragte ihn, ob er gesund sei.

»Nein, mein Junge, meine Leber rächt sich an mir. Ich müsste dringend ins Krankenhaus.«

»Warum, um Gottes willen, gehst du dann nicht?«

»Wovon soll ich das bezahlen, Karli. Von meiner Rente? Ich könnte am Flohmarkt höchstens meine alten Lumpen verkaufen, aber leider habe ich sie an …«

Am Abend sagte ich zu Hilde, ich würde meinem kranken Vater gerne ein wenig Geld schicken. Ich hätte entdeckt, dass ich ihn lieb habe. Mein Hildchen blickte mir direkt in die Augen und sagte:

»Warum ein wenig? Wir schicken ihm alles, was wir haben.«

An diesem Abend hatte ich sie sehr lieb.

»Ich danke dir, Hildelein.«

Die aufregende Veröffentlichung über meine mysteriöse Herkunft in »Die allzeit bereite Frau« hatte mich in eine Art Identitätskrise gestürzt. Hilde fand, dies sei das übliche Schicksal eines Künstlers, der im Scheinwerferlicht stehe, sozusagen der Preis für den ganzen Saus und Braus. Als dann jedoch der Hausmeister begann, Hilde mit »Frau Baronin« anzusprechen, verlor sie die Beherrschung und schnauzte den Alten an:

»Vielen Dank, Majestät.«

Der Hausmeister war österreichischer Herkunft, deshalb fand er an diesem Titel nichts Besonderes. Er musste sich ja auch nicht auf die Pressekonferenz vorbereiten, die mir die Produktionsleitung für meinen ersten Drehtag aufgebrummt hatte. »Herr Romanoff ist gebeten, dieses Ereignis mit höchstem Publicitybewusstsein im Auge zu behalten.«

»Ich geh einfach nicht hin«, beschloss ich und erinnerte Hilde an die südamerikanische Flucht-Alternative. Sie war anderer Meinung:

»Du wirst schweigen wie ein Fisch, sogar wie ein Goldfisch. Wer schweigt, hat immer Recht.«

»Aber irgendetwas muss ich doch sagen, oder?«

»Sag ›No comment‹. Das kommt immer gut an, vor allem in Englisch.«

Doch als Betty wieder anrief, verlor Hilde ihre Souveränität. Mit dem Hörer in der Hand fragte sie mich, ob ich Betty tatsächlich gebeten hätte, neue Aufnahmen von mir zu machen. Mit einer Handbewegung deutete ich ihr mein Desinteresse an, woraufhin sie mir den Hörer reichte:

»Bitte sehr, wenn du unbedingt darauf bestehst, mit ihr zu sprechen ...«

Das Gespräch war kurz und überflüssig:

»Mein Camillo«, wisperte die Fotografin, »ich weiß, dass du von einer ganzen Schar toller Frauen umgeben bist, die vor nichts zurückschrecken, um dich zu vernaschen. Aber ich bin einfach völlig verrückt nach dir. Wo können wir uns treffen, Liebling?«

De facto gab es keine Spur irgendeiner tollen Frau in greifbarer Nähe, mit Ausnahme von Amanda auf dem Bildschirm. Aber auch Betty war nicht übel, man kann sogar sagen ziemlich attraktiv, und das machte es mir schwer, standhaft zu bleiben.

»Wir können etwas nach den Dreharbeiten arrangieren, Betty«, hörte ich mich sagen. »Rufen Sie mich in zwei Wochen wieder an, aber nicht mittags.«

Die Fotografin in Betty war über den Aufschub empört:

»Was machst du mit mir, Camillo? Die gesamte Staatsführung steht bei mir Schlange, um fotografiert zu werden. Du bist nicht bei Trost.«

»In Postkartengröße, drei Abzüge, bitte.«

Was hätte ich sonst sagen sollen, da Hilde gerade das Zimmer betrat. Mit der Bemerkung, ich solle mich vor dem Erwerb zweifelhafter Fotos hüten, ging sie wieder hinaus, und schon bereute ich aufrichtig, dass ich dieses

Flittchen nicht abblitzen ließ. Stattdessen hinterging ich meine Frau, ohne die ich keinen Platz unter der Sonne und schon gar nicht im Licht der Scheinwerfer hätte. Keine Frage, das knipsende Rehauge musste spurlos gestrichen werden.

Was Frauen betraf, steckte ich noch immer in Kinderschuhen. Als ich mich einmal in der Dämmerung aus dem Haus schlich, um ein wenig frischen Smog zu atmen, gesellte sich noch vor der ersten Straßenecke eine verlegene junge Dame zu mir:

»Ich bin fremd in der Stadt«, flötete sie. »Können Sie mich vielleicht zu Ihrem Haus begleiten?«

Ich dachte, ich höre nicht recht. Es stellte sich jedoch heraus, dass die Sache zwischen hundertfünfzig und zweihundert kostete, je nach Dauer und Vorlieben. Ihr Angebot war das allererste dieser Art, das mir in meinem Leben je gemacht wurde. Und was mich besonders peinlich berührte, die junge Dame wusste nicht einmal, dass ich Romanoff war. Es scheint, nein, heute bin ich sogar davon überzeugt, dass mein Auftreten mit meinem neuen Image einfach männlicher geworden war, genau wie es Dr. Spock beschrieben hatte. Wie auch immer, die junge Fremde in der Stadt hatte ein sehr freundliches Lächeln, und ich wollte sie nicht beleidigen:

»Ich bitte vielmals um Verzeihung, Fräulein, aber ich gehe nur spazieren.«

»O. K. Hundertzwanzig.«

Wirklich passierten mir in jenen Tagen die seltsamsten Dinge. Einmal stand ein Typ eine Viertelstunde lang vor unserer geschlossenen Wohnungstür und schrie sich die Seele aus dem Leib:

»Popcorn, Romanoff. Popcorn, Romanoff …«

Ein anderes Mal erhielt ich mit der Post ein großes Päckchen mit der Aufschrift: »Vorsicht, zerbrechlich!« In dem Päckchen befand sich ein in Zeitungspapier eingewickelter großer Hut aus Glas. Der Erfinder wollte mir sein merkwürdiges Patent verkaufen: »Wenn dieser Hut vom Kopf gefegt wird«, erklärte er in der beigefügten Gebrauchsanweisung, »wird man ihm auch bei stürmischem Wetter nicht hinterherrennen, geschweige denn sich bücken, um die Scherben aufzuheben.« Mein gutes Sekretariat schrieb dem genialen Designer, dass Herr Romanoff keine Hüte trage, es sei denn unter minus fünfzehn Grad.

Hin und wieder meldete sich auch Benedictina. Hilde strahlte vor Glück. Der Bräutigam hatte sich endlich aus New Orleans mit unserem Töchterchen in Verbindung gesetzt und gebeten, schleunigst Geld zu schicken. Ich hörte dem Dauergespräch mit halbem Ohr zu und begann, vielleicht etwas voreilig, zu verstehen, dass nur zwei Frauen, die einen gemeinsamen Gegner haben, so gut miteinander auskommen können.

Plötzlich aber kam es zur Krise zwischen Hilde und mir. Sie wollte partout nicht alleine zum Synchronschwimmen gehen, während ich hartnäckig darauf bestand, um keinen Preis mitzukommen.

»Carla ist bezaubernd«, erklärte Hilde. »Wir dürfen sie keinesfalls kränken.«

»Ich gehe nicht, und wenn ich einmal nein gesagt habe, dann bleibt's dabei.«

Am nächsten Tag machte sich Hilde in aller Frühe auf den Weg zum Frisör und kam mit einem Stoppelschnitt zurück, der laut Fachzeitschriften jede Frau jünger macht. Und wirklich sah meine Frau genauso aus wie vor zwanzig Jahren. Leider. Sie zog einen langen und sehr weiten Rock an, um den Anschein zu erwecken, sie habe kein Übergewicht sondern nur einen schlechten Geschmack. Mir verpasste sie eine schwarze Tarnbrille, die jedoch gar nichts half. Kaum hatten wir unseren Ehrenplatz auf der Tribüne eingenommen, stürmten die Synchronfreunde auf mich zu und verlangten ein Autogramm auf ihre Eintrittskarten oder auf die nackten Arme.

»Unglaublich«, sprach es sich schnell herum, »Romanoff ist hier!«

Einer fragte mich, wie es der Zarin ginge, ein kleines Mädchen sang mir ein ukrainisches Volkslied vor. Die Fans ließen erst von mir ab, als die Lieblingsschwimmerin auftauchte, Carla Weinstock persönlich. Sie umarmte zuerst meine Frau, dann flüsterte sie mir ins Ohr:

»Geht nachher nicht weg.«

Carla trug einen zu kurzen, roten Bademantel. Sie sah umwerfend aus. Hingegen waren die Meisterschaften selbst recht eintönig. Irgendein alter Knacker eröffnete die Veranstaltung, indem er zehn Seiten seines Redenschreibers vorlas, und als Zugabe erwähnte er, dass Camillo Lloyd Romanoff heute Abend unter uns weile. Hilde drängte mich aufzustehen und mich für den Applaus des Publikums zu bedanken, aber ich schämte mich und stand erst auf, als niemand mehr klatschte.

»Siehst du«, zischte ich Hilde zu. »Du verlangst immer etwas von mir, was ich nicht mag.«

»Ich verlange nicht. Ich erwarte nur.«

Ich verstand den Unterschied nicht. In der Zwischenzeit waren bereits einige gut aussehende Damen in den Swimmingpool gehüpft und präsentierten eine reiche Auswahl an Beinen. Sie alle machten dasselbe und ich konnte keinen wesentlichen Unterschied zwischen ihnen feststellen, mit Ausnahme der Farbe der kleinen Klammer, mit der sie ihre Nasenlöcher hermetisch verschlossen. Die schönste Teilnehmerin war eindeutig Carla, angetan wie alle mit einem glitzernden Badeanzug, der hin und wieder zwischen den Hügeln ihres herrlichen Popos verschwand. Hilde applaudierte wie wild und grinste mir schelmisch zu.

»Und du, Karli, wolltest daheim bleiben ...«

Ich war geschockt. Nicht von Carla. Auch nicht von Hilde. Von mir. Jedes Mal, wenn Carla in die Tiefen des Wassers eintauchte und ihre Beine bis zur Taille aus dem Wasser streckte, erfasste mich der Wunsch oder der Wahnsinn oder weiß der Teufel was, jedenfalls steigerte sich in mir ganz klar und eindeutig der Drang, dieses appetitliche Weib zu beißen. Gut, ich geb's zu, in den Popo. Es überraschte mich, denn bisher war ich ausschließlich an den Schenkeln der diversen Amandas interessiert gewesen. Doch ich hatte Gott behüte nie das Bedürfnis empfunden, sie zu beißen. Sie befriedigten lediglich meinen Sinn für Ästhetik. Aber dort, auf der Tribüne, verlor ich meine Unschuld. Noch während Carlas Auftritt nahm ich mir vor, zu Hause unverzüglich bei Spock nachzuschlagen, um sein Gutachten in dieser Angelegenheit einzuholen.

Carla erreichte nur den fünften Platz unter neun Teilnehmerinnen, und einige Zuschauer pfiffen deswegen die Schiedsrichter aus. Hilde forderte mich auf, aus Solidarität mit den Füßen auf die Bretter der Tribüne zu trampeln, was ich jedoch ablehnte:

»So gut war sie auch wieder nicht. Ihr Popo war die ganze Zeit draußen.«

Nach den Meisterschaften rannte Carla zu uns hoch.

»Ihr müsst mich in meine Garderobe begleiten«, schnaufte sie tropfend. »Ich freue mich so sehr, euch beide zu sehen.«

Ich stimmte zu, aber Hilde blieb sitzen.

»Ich bin etwas müde, Schätzchen. Camillo geht mit dir. Ich warte hier auf euch.«

»Schade. Wir kommen gleich wieder. Ciao.«

Auf dem Weg zur Garderobe beobachtete ich die metronomischen Bewegungen von Carlas Hüften. Ich wollte sie ignorieren, sah mich jedoch gezwungen, dicht hinter ihr zu bleiben. Sie drehte sich nach mir um:

»Gott sei Dank, endlich allein. Deine Frau schämt sich wahrscheinlich wegen ihrer Figur ...«

Sobald sich die Tür der kleinen Garderobe hinter uns schloss, umarmte mich Carla:

»Ich bin so stolz auf dich, Camillo. Ich erzähle allen, wie wir beim Piloten zusammengearbeitet haben.«

Ich zwängte mich in die Ecke neben dem Waschbecken und brachte keinen Ton hervor. Carla sagte »Entschuldigung«, zog ihren zu kurzen Bademantel aus und begann sich anzuziehen. Ich kämpfte mit Atemnot. Noch nie hatte ich so einen umgekehrten Striptease gesehen. Beim Anziehen schwelgte die Schönste in Erinnerungen:

»Schon beim ersten Treffen mit dir bekam ich eine Gänsehaut. Du auch?«

»Nein«, antwortete ich. »Ich nicht.«

»Du willst mir doch wohl nicht sagen, Camillo, dass du den Magnetismus zwischen uns nicht gespürt hast?«

»Ich hab nur gespürt, was Sie von Sulz verlangt haben, nämlich dass ich dich nicht einmal mit dem kleinen Finger anrühren darf.«

»Oh Camillo, Camillo, wie blind du bist. Ich hatte doch nur Angst, dass schon die kleinste Berührung deiner Hand etwas in mir auslösen würde, das ich dann nicht mehr kontrollieren kann. Ich bin nicht aus Holz, Camillo.«

Sie trat auf mich zu und stöhnte ganz nah an meinem Ohr:

»Stell dir vor, mein Liebling, Sulz will mich bei der Fortsetzung unserer berühmten Serie nicht mehr mitspielen lassen. Da hab ich ihm gesagt: Nein, mein Lieber, so einfach geht das nicht. Das Schwein will sich an mir rächen, weil ich ihn mit seinen amourösen Avancen abblitzen ließ.«

»Warum eigentlich?«

»Das musst du noch fragen?«

Sie hauchte einen zarten Kuss irgendwo neben meine Lippen. Ich hatte Lust, aufzustehen und mich aus dem Staub zu machen, aber ausgerechnet jetzt trug Carla einen engen schwarzen Slip auf jenem Körperteil, der mich beschäftigte.

»Mein Camillo«, flüsterte sie mir feucht ins Ohr, »du musst dem Sulz sagen, dass du ohne mich nicht weitermachst. Du bist heute ein Idol, ein Fünf-Sterne-Star. Sag dem Sulz, dass du die Serie ohne mich nicht machst. Sag's gleich.«

»Gleich.«

»Schwöre es, nur mit mir, nur mit mir.«

»Gut.«

Jetzt küsste sie mich. Sie hatte schon Lippenstift aufgelegt, und deshalb beseitigte sie mit einem verschwörerischen Lächeln die Spuren. Dann steckte sie mir einen kleinen Zettel in die Tasche und sagte:

»Bis bald. Vorsicht!«

Die Tür ging auf und auf der Schwelle stand Hilde. Carla eilte auf sie zu und umarmte sie innig.

»Ich bin schuld, dass es so lange gedauert hat«, entschuldigte sie sich. »Aber es war so schön, Erinnerungen auszutauschen. Ich hoffe, dass wir beim nächsten Mal ein wenig ohne deinen Camillo plaudern können …«

Auf dem Zettel, den sie mir in die Tasche gesteckt hatte, stand ihre Telefonnummer. Außerdem lud mich der Zettel zu einem Drink in das Café eines Hotels ein, in zwei Tagen um 18 Uhr. Auch diese Botschaft trug die roten Spuren des Kusses ihrer vollen Lippen.

Das Ganze ekelte mich an. Wie schon erwähnt, war meine geringe Erfahrung in der Frauenwelt für einen Mann meines Alters beispiellos. Jedes Mal, wenn ich über jene Frauen nachdachte, die in meinem Leben eine Rolle gespielt haben, landete ich während meiner Aufzählung bei der Frage: ›Habe ich Hilde schon erwähnt?‹ Diese zutreffende Armutsbilanz hatte einen bitteren Beigeschmack, aber anscheinend war ich damit geboren worden.

Kein Wunder, dass ich damals Carlas Versuch, sich über mich in Sulzens Erfolgsserie zurückzuschmuggeln, nicht gewachsen war. Auch auf mich selbst war ich nicht gerade stolz, denn ich hatte mich in der Garderobe wie ein dummer Junge benommen. Aber was hätte ich tun sollen, wenn sich eine Traumfrau wenige Zentimeter vor meiner Nase betont langsam anzog?

Sofort nachdem ich mit Hilde unser trautes Heim erreicht hatte, zerriss ich Carlas Zettel und warf ihn in den Mülleimer. Unmittelbar darauf begann mich meine Fantasie zu quälen, was geschieht, wenn Hilde zufällig etwas im Mülleimer suchte? Stracks fischte ich die einzelnen Fetzchen wieder heraus, wusste jedoch nichts anderes damit anzufangen, als alles wieder zusammenzukleben. Schließlich durfte kein Fussel von Carla zurückbleiben, nicht wahr. Außerdem hatte sie eine schöne Handschrift mit fraulichen, geschmackvollen Buchstaben, die man nicht einfach so wegwirft.

Aber wohin damit? Dank meiner zunehmenden Erfahrung mit Spock fand ich auf Seite 41 das Kapitel »Gibt es ein sicheres Versteck im Rahmen einer glücklichen Ehe?«. Der Gelehrte zeichnete den philosophischen Hintergrund dieser Frage auf, indem er feststellte: »Die humanitäre Geschichte beweist, dass man einem Menschen alles nehmen kann, seine Freiheit, sein Hab und Gut, sogar sein Leben. Eines kann man ihm jedoch nicht nehmen, nämlich das, was er gut versteckt hat.« Dem mehr als hundertacht Monate verheirateten Mann schlug Spock vor, die geheimen Papiere, Liebesbriefe und andere Untergrunddokumente, einschließlich suspekter Fotos, an einem Ort oder in einem Gegenstand aufzubewahren, den die Frau niemals anrührt. Das sei, so der Gelehrte, »das Buch, das der Ehemann geschrieben oder seiner Frau zum Geburtstag geschenkt hat«.

Der weise Spock. In seinem Geist nahm ich aus Hildes Bücherregal den Ratgeber »Abnehmen um jeden Preis«, den ich ihr vor einem Dutzend Jahren gekauft hatte, und steckte den Zettel zwischen die unberührten Seiten.

Am liebsten hätte ich auch die dumme Schlagzeile versteckt, die in der großen Morgenzeitung erschienen war: *»Romanoff kam in Begleitung seiner Mutter zu den Landesmeisterschaften im Synchronschwimmen.«* Furchtbar. Auch Dr. Spock war dieser Meinung: »In einer Partnerschaft existieren Probleme, für die es keine Lösung gibt«, schrieb er. »Wenn eine reifende Ehefrau keine Komplimente bekommt, ist sie beleidigt. Wird sie hingegen mit Schmeicheleien überschüttet, gelangt sie zur Überzeugung, sie habe einen besseren Ehemann verdient.«

Klein gedruckt erklärte er jedoch: »Meinungsverschiedenheiten in einer langjährigen Ehe sind aber unschädlich, solange die Frau nichts davon weiß.«

Hilde bewies erstaunliches Durchhaltevermögen und kehrte von der Mutterschaft in der Morgenzeitung ins Sekretariat zurück. Beiläufig erwähnte sie, dass Betty, die Fotografin, schon wieder am Telefon gewesen sei, aber sie habe dem Flittchen mitgeteilt, ich befände mich Tag und Nacht bei den Proben.

»Du stehst vor einer kurzen, jedoch großen Karriere«, erklärte sie mir. »Wir müssen uns von solchen Schlampen fern halten. Außerdem, unter uns gesagt, Karli, dein Beruf ist eigentlich nichts für dich. Versuche, das Ganze einfach als Hobby zu betrachten. Als Hobby wird es schon klappen.«

Hobby, leicht gesagt. Als Sulz anrief und sich erkundigte, was ich von dem hochklassigen Drehbuch hielte, das mir von Ursula-Mary-Lou zugeschickt worden war, stand ich vollkommen daneben. Ich hatte den Mist nur kurz durchgeschaut, denn sowieso hoffte ich, besser zu spielen, wenn ich mich nicht mit diesem Gefasel belastete.

Ohne zu zögern versicherte ich Sulz:

»Die Rolle verschmilzt mit mir.«

»Apropos Verschmelzen«, verkündete Sulz, »die Weinstock hab ich rausgeschmissen.«

Sulz unterschätzte den Künstler in mir:

»Hören Sie, mein Herr, Sie können die Besetzung nicht willkürlich ändern, ohne sich vorher mit mir abzusprechen.«

»Kann Ihnen doch egal sein.«

»Ist mir aber nicht. Die Weinstock bleibt.«

Ich habe keine Ahnung, warum ich das gesagt habe. War ich doch felsenfest entschlossen, die Schönste nicht wiederzusehen, ja, ich hatte sogar vorgehabt, Sulz zu bitten, sie zu entlassen. Aber jetzt hatte der Producer mein künstlerisches Ego verletzt. Eigentlich großartig, dass ich so etwas habe.

»Bester Camillo«, versuchte Sulz mich von meiner professionellen Haltung abzubringen, »Carla ist doch ohne jedes Talent, ohne Charme, ohne Geist und nicht einmal fotogen. Warum interessieren Sie sich für sie?«

»Ich werde Ihnen sagen, warum, Sulz, gleich werde ich Ihnen sagen warum. Weil Gerschon Glasskopf für sie schwärmt.«

»Na und?«

»Carla bleibt.«

Am selben Abend erschien Sekretärin Hilde mit einem breiten Lächeln:

»Die Süße hat angerufen. Sie dankt dir von ganzem Herzen, dass du die Sache mit Sulz erledigt hast. Sie schickt dir hundert dicke Küsse.«

Den Zettel mit dem Treffen im Café hatte sie bei dem Gespräch mit meiner Frau nicht erwähnt, die Süße. Trotzdem wurde mir heiß. Und in der Nacht träumte ich einen etwas verwirrten, aber durchaus beängstigenden Traum.

Ich war, wie mir schien, im puerto-ricanischen Viertel Budapests und verließ gerade das Parlamentsgebäude, weil die Kasse dort geschlossen war, und plötzlich, mitten auf dem Roten Platz, ich schäme mich richtig weiterzuerzählen, öffnete sich der Asphalt und zerbrach in tausend Stücke, und aus dem Loch in der grünen Wiese tauchte die splitternackte Fotografin Betty auf. Sie streckte sich den Sonnenstrahlen entgegen, mit dem Rücken zu mir, und ich machte einige Schritte auf sie zu, um sie in eine bestimmte Stelle zu beißen, nehme ich an, aber sie drehte sich zu mir um und sie war plötzlich Carla, die mich blinzelnd fragte: »Noch eine Runde?«, und dann wachte ich auf, schweißgebadet und peinlich erregt.

Hilde beugte sich besorgt über mich.

»Du hast schrecklich geschrien«, sagte sie. »Popo oder so ähnlich, was ist das?«

Die Geografiestunde längst vergangener Zeiten kam mir zur Rettung:

»Das ist ein rauchender Vulkan in Mexiko, der Popocatepetl.«

Noch am selben Morgen stieg ich in den vierten Stock, um meinen Traum mit Psycho zu erörtern, aber er war wieder nicht zu Hause. Eine klapprige Greisin öffnete die Tür einen Spaltbreit und krächzte:

»Die Praxis ist geschlossen, mein Herr. Herr Böhm wurde vorgestern in die Irrenanstalt eingeliefert.«

»Was ist passiert?«

»Zwei starke Pfleger haben ihn abgeholt. Einer hat den armen Kerl geschlagen. Ich habe ihm gesagt, warum schlagen Sie den armen Kerl, aber sie haben ihn mitgenommen. Heute hat niemand mehr Respekt, auch meinen seligen Mann hat man einfach zur Polizei geschleppt, obwohl er doch gar nicht mit Brunos Auto gefahren ist, sondern sein Sohn aus erster Ehe mit dieser billigen Hure …«

Ich entschuldigte mich für meine Zeitnot und eilte mit großen Sprüngen die Treppe hinunter, direkt in die Arme Dr. Spocks. Verzweifelt suchte ich nach dem Eintrag »Po«, wurde jedoch nicht fündig. Auf Seite 311 stieß ich zwar auf die viel versprechende Überschrift »Späte vampirische Begierden«, und in dem Kapitel wurde die Neigung des über vierhundertzweiundneunzig Monate verheirateten Mannes beschrieben, Frauen zu beißen, aber es wurde nicht deutlich, in welche Körperteile. Ich hatte von Dr. Spock etwas Konkreteres erwartet.

In den fett gedruckten Buchstaben der Seiten 166/7 fand ich dann wenigstens etwas Lehrreiches am Rande:

»Die hormonellen Wallungen des Mannes/verheirateten Mannes am Ende seines vierundfünfzigsten Lebensjahres«. Das Kleingedruckte schilderte dann ein klares Bild des Komplexes, den Dr. Spock in der kategorischen Definition »Der Mann ist von Geburt aus Pluralist« zum Ausdruck brachte.

Der Gelehrte stellte zu Beginn dieses wichtigen Kapitels fest, er befasse sich diesmal mit einem biologischen Phänomen, das nicht von dem Familienstand des Betroffenen abhinge. Er betonte auch, er wende sich in diesem Kapitel nicht an die Männer, die eine Frau als »Alternative zum Onanieren« betrachten, sondern an diejenigen, die platonische Liebe als »Angelegenheit für Kriegsgefangene« werten. Laut Dr. Spock müssen auch ausgeglichene und vernünftige Vierundfünfzigjährige in der vierten Woche des Monats November ohne Vorwarnung »spürbare Verschiebungen in ihrem Organsystem feststellen«.

Beim Lesen des Kapitels beschlich mich das Gefühl, dass die Seiten 166/7 an mich persönlich gerichtet waren, obwohl ich die vierte Novemberwoche noch nicht erreicht hatte.

»Sex als rein körperliche Betätigung gilt als die niedrigste Form der Liebe«, schrieb Spock und fügte hinzu: »Aber als solche hat er dennoch Aufmerksamkeit verdient. Der Drang und die Erregung, die mit dieser Betätigung zusammenhängen, können nicht erklärt werden, so wie die Menschen auch das Rätsel nicht lösen können, warum eine Stradivari einen berauschenden Klang hat und andere Geigen nicht. Tatsache ist, dass diese antiken Geigen ein Vermögen kosten, aber auch Sex ist heutzutage nicht umsonst. Dies vor allem muss dem Mann/verheirateten Mann am Ende seines vierundfünfzigsten Lebensjahres klar gemacht werden. Während seiner hormonellen Übergangsphase von fünf oder mehr Jahren befindet er sich in Gefahr, sich von seinen aufregenden erotischen Entdeckungen berauschen zu lassen.

Der Zustand des über hundertacht Monate verheirateten Mannes ist besonders problematisch, wenn nicht gar unmöglich. Einerseits binden ihn die Fesseln der Lebenspartnerschaft an seine Frau, andererseits ist er seiner Leidenschaft ausgesetzt, die ihn in die Arme einer anderen Frau treibt.

In dieser höchst gefährlichen Phase vergisst der durchschnittliche Ehemann häufig, dass er dem Lager der Verheirateten angehört und deshalb von den anspruchsvollen Mitgliedern des anderen Geschlechts mit einem Leprakranken gleichgesetzt wird. Seine Eskapaden werden von der westlichen Gesellschaft und den Spürhunden der freien Medien gierig aufgegriffen, um ihn an die kriminellen Kolumnen der freien Presse zu verkaufen.

Daher sollte man dem Verheirateten, der sich der Illusion wahrer Liebe hingibt, davor warnen, dass Frauen durchaus im Stande sind, im Alltag echte Liebe vorzutäuschen, genauso gut wie in den einschlägigen Fernsehsendungen. Der berauschte Verheiratete muss also seinen Hormonhaushalt beherrschen. Zunächst sollte er sich vor Augen halten, dass es Geliebte gibt, die für ihre Dienste kein Geld anzunehmen bereit sind, und jene sind die gefährlichsten, da sie den Ehemann früher oder später mit Sicherheit in den finanziellen Bankrott treiben. Deshalb hat der Dienst habende Ehemann prinzipiell keinen Grund, vor Frauen zurückzuschrecken, die von der frustrierten Gesellschaft als Prostituierte (stinkende, schmutzige, aidskranke) bezeichnet werden, denn sie befreien ihren Partner von der quälenden Ungewissheit bezüglich zukünftiger finanzieller Entwicklungen. Mehr noch, manchmal erweisen sich die verachteten Liebesdienerinnen als anständige Frauen mit reichen Erfahrungen auf dem Gebiet der Psychologie. Der mittellose Ehemann wende sich am besten einer ganz speziellen Kategorie von Frauen zu, die zwar der so genannten guten Gesellschaft angehören, jedoch an häufigen Anfällen von Nymphomanie leiden, denn diese sind gratis. Besonders empfehlenswert in dieser Hinsicht sind die Schweizer Nymphomaninnen, die nur jedes halbe Jahr einen Mann brauchen.«

Dieses Kapitel ging auf Seite 168 weiter, doch inzwischen war Hilde nach Hause gekommen, begleitet vom Gemüsehändler um die Ecke. Verlegen trat der Alte von einem Fuß auf den anderen, in der Hand ein großes, noch in Zellophan eingepacktes, neues Buch.

»Herr Tsishek bittet um eine Unterschrift«, vermittelte Sekretärin Hilde. »Er hat das Buch extra dafür gekauft.«

Der Alte konnte vor Aufregung nicht sprechen, aber aus seinen Augen strahlte unbeschreibliches Glück. Das Buch hieß »Die Helden der griechischen Mythologie«. Ich fragte Tsishek, ob er sich für griechische Geschichte interessiere, worauf dieser murmelte, ich, also Romanoff, sei ein unsterblicher Held. Ich unterschrieb mit zwei f und Hilde brachte den von dem erschütternden Erlebnis gelähmten Mann zur Tür. Danach beschwerte sie sich, wie schwer es ihr falle, sowohl als Sekretärin als auch als Hausfrau zu fungieren.

»Kein Problem, meine Liebe«, sagte ich, »nimm dir eine Putzfrau.«

»Das fehlt uns gerade noch«, antwortete Hilde. »Ich habe keine Lust, dass sie sich in zwei Monaten in irgendeiner Talkshow über unser Privatleben auslässt.«

»Haben wir ein Privatleben?«

»Nein, und genau das wird sie erzählen.«

In der ersten Minute häuslicher Ruhe holte ich Carlas Zettel aus Hildes Bücherregal. Ich war felsenfest entschlossen, Carla zu sagen, dass sie das für morgen geplante Treffen vergessen soll. Aber erst am nächsten Tag, als Hilde loszog, um die Zeitungen zu kaufen, hatte ich Gelegenheit, ihre Nummer zu wählen, während sich in meinem Kopf noch immer Spocks männliche Ratschläge von den Seiten 166/7 überschlugen.

Carla war jedoch die Liebenswürdigkeit in Person:

»Wie gut, dass du anrufst, Camillo«, begrüßte sie mich. »Ich wollte dich bitten, deinen Kaffee schon zu bestellen, falls ich mich verspäte.«

Ich war vorbereitet, hatte mir meinen Text genau zurechtgelegt.

»Carla«, sagte ich, »ich freue mich sehr, mit dir im Studio zusammenzuarbeiten, aber es gibt eine Grenze, die nicht überschritten werden darf. Ich hoffe, du wirst verstehen, dass ich deine wohl gemeinte Einladung nicht annehmen kann.«

»Natürlich, mein Liebling«, antwortete Carla, »ich verstehe und respektiere deinen Standpunkt. Obwohl man eine solche Botschaft eigentlich nicht per Telefon übermitteln sollte, sondern unter vier Augen, finde ich.«

Damit hatte ich nicht gerechnet.

»Gut«, stotterte ich, »also was?«

»Wir treffen uns, Schatz, und beenden die Sache kollegial und in gutem Einverständnis.«

»Gut, dann also um sechs.«

»Ciao.«

Im selben Augenblick bereute ich meine Zusage, doch nun war es zu spät. Noch mehr als vor Carla fürchtete ich mich, in der Öffentlichkeit gesehen zu werden. Ich war kein Angsthase, aber als Hilde mit der großen Morgenzeitung zurückkam, schnürte es mir doch ein wenig den Hals zu. Auf der prominenten letzten Seite prangte diesmal die hinterlistige Schlagzeile *»Warum hat Romanoff ein Fernglas gekauft?«*

Tatsächlich hatte ich beim Optiker nebenan ein kleines Fernglas erworben, weil meine Frau plötzlich mit mir in die Oper gehen wollte. Die Berichterstattung war also korrekt, aber die Redaktion hatte noch die hinterlistige Frage dazugefügt: »In welche Schlafzimmer möchte unser schüchterner Star in den langen Nächten hineingucken?«

Hilde tröstete mich, Celebrities wie ich hätten die Wahl, entweder nicht zu reagieren oder zu schweigen. Das allerdings müsse ich selbst entscheiden.

Letzten Endes bewältigte ich das Treffen mit Carla ganz gut. Ich hatte mich nicht einmal schön angezogen, um dadurch zu zeigen, dass ich nur kurz in dem Café vorbeischaute, auch wenn die Dame meines Termins den kürzesten Mini über den längsten Beinen trug. Ich hatte sogar vorgeschlagen, Hilde möge mich zu diesem Rendezvous begleiten, sie aber schickte mich mit solchem Großmut weg, dass es fast beleidigend klang.

»Geh ruhig alleine, Karli. Es wird dir gut tun, dich einmal mit einer Frau sehen zu lassen, die nicht wie deine Mutter aussieht. Ihr werdet ja sowieso wieder nur über eure Serie reden, und das, sei mir nicht böse, langweilt mich. Gib der Süßen ein Bussi von mir, viel Spaß ...«

Ihr Wunsch war mir Befehl. Wie lächerlich das auch klingen mag, ich war fast ein wenig neidisch auf sie, weil sie so gar kein Problem mit Frauen hatte. Zwar habe ich noch nie von einer Dame ihres Alters gehört, die sich in die schönen Beine eines Mannes verliebt hat, aber ein wenig Unruhe hätte ich von ihr im Hinblick auf den perfekten Körper der Süßen doch erwartet.

Carla traf nur drei Minuten zu spät ein, begleitet von einem kleinen, lebhaften Pudel. Sie trug einen bodenlangen Rock und eine bis zu ihrem Schwanenhals zugeknöpfte Bluse. Sie war schöner als je zuvor. Ihre langen Haare waren zu einem lustigen Pferdeschwanz zusammengebunden, und ihre grünen Augen glänzten, als sie mich mit einem Küsschen in die Luft begrüßte:

»Hallo, mein Traummann. Ich hoffe, Zucki stört dich nicht.«

Zucki war der junge Pudel, der sich unter dem Tisch unverzüglich in meinen linken Fuß verliebte. Ich wusste nicht, wie ich ein Gespräch beginnen sollte, da uns die

Kaffeehausgäste unentwegt anglotzten und miteinander flüsterten. Ich beschloss, die Sache kurz zu machen:

»So, liebe Carla, hier sind wir also. Was steht auf der Tagesordnung?«

»Willst du nicht erst etwas trinken?«

»Nein danke, ich trinke nicht bei der Arbeit.«

Carla winkte den pakistanischen Kellner herbei und bestellte ein Glas Weißwein und einen Käsekuchen, sowie einen »Cocktail Romanoff on the Rocks«.

Ich riss ihr die Speisekarte aus der Hand, und dort stand tatsächlich ein nach mir benannter Cocktail. Der Kellner brachte ihn in einem hohen Glas und servierte ihn Carla mit einer tiefen Verbeugung vor mir. Sie drehte den Strohhalm in meine Richtung:

»Möchtest du probieren?«

Das Getränk war gelb und spritzig, nichts Besonderes. Carla nippte daran mit kleinen, zierlichen Schlucken, während sie unter dem Tisch rhythmisch und gefühlvoll auf meinen Fuß trat:

»Auf unser Wohl, Camillo!«

Ich bestellte ihr den Gruß von meiner Frau, um jeden Zweifel bezüglich meiner ehemännlichen Position zu beseitigen. Unbeeindruckt ließ Carla für uns beide einen trockenen Wein kommen, ein Paar Würstchen und als Beilage alle Salate, die das Hotel zu bieten hatte. Ich fragte sie, ob es möglich sei, Zucki von meinem Bein zu trennen, solange mein Schuh noch nicht schwanger war.

»Ach was«, lachten zwei Reihen strahlend weißer Zähne, »Zucki ist doch schon sechzehn Jahre alt.«

Trotzdem entschied ich, ein für alle Mal mit ihr Schluss zu machen:

»Was willst du eigentlich von mir?«

Sie hob langsam die Lider über ihren zwei grünen Scheinwerfern und sagte zärtlich:

»Ich will gar nichts von dir, Camillo Lloyd. Ich hatte einfach Sehnsucht nach dir. Du bist ein Meteor im Showbusiness, ich träume davon, in deinem Schatten zu weilen. Ich bin dein, was dich jedoch zu nichts verpflichtet.«

Ihr Handy klingelte und sie antwortete mit einem kühlen »Nicht jetzt«. Dann setzte sie ihr Geständnis fort:

»Ich weiß, ihr Männer habt keine gute Meinung von uns Frauen. Ihr glaubt, uns interessiert nur die Karriere und das Erotische. Wir können jedoch auch lieben, Camillo.«

Ich hörte mir den tiefsinnigen Monolog an, konnte aber an nichts anderes denken als daran, warum es das Wort Hintern nicht auch im Plural gibt. Zum Glück klingelte wieder ihr Handy, und diesmal führte sie ein längeres Gespräch:

»Guten Abend, Gerschon. Ich freue mich, Ihre Stimme zu hören ... Nein, natürlich bin ich frei, für Sie doch immer ... Morgen habe ich leider Aufnahmen, vielleicht am Wochenende ... Ciao ...«

»Verzeihung«, entschuldigte sich Carla, »das war Glasskopf.«

Der pakistanische Kellner kam mit einem vollen Tablett zurück. Carla erklärte, sie sei Vegetarierin und hasse jede Art von Gewalt. Sie warf die Würstchen für Zucki unter den Tisch.

Ich brach in Lachen aus. Carla stand auf, trat in ihrem metronomischen Gang auf mich zu, wobei ihr schlanker Körper unter dem engen Rock eine einzige, senkrechte

Verführung darstellte. Sie drückte mir zwei Küsse auf die Wangen. Die Kaffeehausgäste klatschten Beifall. In meiner zunehmenden Verlegenheit kippte ich das große Glas Wein vor mir hinunter und stand auf.

»Carla, mein Schatz, ich glaube, wir haben morgen Aufnahmen …«

Sie schob ihren Stuhl ganz nah zu mir und bat mich, noch einen Moment zu bleiben.

Ich blieb.

»Gerade wegen der Aufnahmen wollte ich dich treffen, mein Liebling«, flüsterte sie mir ins Ohr. »Du weißt doch, dass das Schwein deine Rolle geändert hat und du jetzt bisexuell bist.« Carla senkte die Augen. »In der Szene, in der du mir beweist, dass du nicht mehr impotent bist, also diese Szene kann ich nicht spielen. Ich habe Angst vor der Nähe deines Körpers.«

»Ja … und, was machen wir da …«

»Wir müssen diese Szene unbedingt noch vor morgen früh proben.«

»Wo?«

»Hier, im Hotel.«

»Jetzt?«

»Aua!«

Eine ihrer Kontaktlinsen war in der Aufregung auf den Boden gefallen. Carla schoppte ihren langen Rock mit einer schnellen Handbewegung nach oben, bückte sich und begann, die Linse unter dem Tisch zu suchen. Der Wein hatte meine Sinne vernebelt … ihre Absätze waren hoch … und Schenkel gibt es im Plural …

An den Rest erinnere ich mich nur verschwommen. Es fällt mir schwer, die Teile des Puzzles zusammenzufügen. Ich weiß nur noch, dass Carla mit einem Schlüssel in der Hand von der Rezeption zurückkehrte und wir mit dem Aufzug in ein Hotelzimmer hinauffuhren. Das heißt, zuerst bin ich hinaufgefahren, denn sie wollte Zucki noch schnell bei der Rezeption abgeben.

»Geh hinauf, Liebling«, lächelte sie. »Falls ich mich verspäten sollte, kannst du ja schon anfangen.«

Ich streckte mich auf dem großen Bett im Hotelzimmer aus und fiel sofort in tiefen Schlaf. Carla weckte mich auf, als sie sich neben mich legte. Sie trug ihren schwarzen Slip und sonst nichts. So etwas Schönes hatte ich noch nie gesehen.

»Ich«, stotterte ich, »ich muss … daheim … anrufen.«

Wahrscheinlich bin ich wieder eingeschlafen, vielleicht stand ich auch unter Hypnose, keine Ahnung. Wie auch immer, als ich meine Augen wieder öffnete, lag der schöne Kopf Carlas auf meiner Schulter, und ihr schwarzer Slip auf dem Boden.

»Was ist passiert?«

»Alles in Ordnung, mein Schatz«, verkündete Carla. »Dusch dich, bevor du nach Hause gehst.«

Oh war mir das alles peinlich. In meiner Dummheit fragte ich Carla, ob es o. k. war.

»Weiß ich nicht, Camillo. Ich war unkonzentriert.«

Immerhin beruhigte sie mich, sie sei jetzt ziemlich sicher, dass sie unsere Bettszene hinkriegen würde. Ich stand auf und schleppte mich ins Badezimmer. Es war halb zehn. Womit habe ich das verdient, was soll ich zu

Hause erzählen, um Gottes willen? Die warmen Wasserstrahlen schenkten mir keine Antwort …

Verdattert und erschöpft hockte ich im Taxi. Die Scham griff mit spitzen Krallen nach mir, als bräche meine Welt über mir zusammen. Gleichzeitig breitete sich eine glühende Freude in mir aus, wie ich sie in meinem ganzen Leben niemals zuvor empfunden hatte.

Im Himmel

Kein Zweifel, ich war in eine Falle geraten, in ein Niemandsland von Fragen ohne Antworten, von deren Existenz ich nichts gewusst hatte. Eine zauberhafte, aber zynische Frau hatte meine Unschuld ausgenützt und mir mit der Effektivität eines vorprogrammierten Computers den Kopf verdreht.

Irgendwann hatte ich einmal ein Buch des französischen Schriftstellers Honoré Balzac aus Hildes Regal herausgezogen und aus reiner Neugierde durchgeblättert. Ein Satz von ihm fiel mir jetzt wieder ein, nämlich dass das Allerschönste in der Welt »eine schöne Frau« sei. Es steht mir natürlich nicht zu, meinen kurzlebigen Höhenflug mit der literarischen Größe eines Balzac zu vergleichen. Aber vielleicht erhellt seine Meinung ein wenig jene unheilbare Bewusstseinsspaltung, die mich befallen hatte. Die Schöne war neben mir gelegen, ich konnte sie berühren, ihre Haut streicheln, ihr Kopf ruhte auf meiner Schulter. Wie sollte ich mit diesem verlogenen und doch so herrlichen Zauber weiterleben?

Als ich von Carla nach Hause kam, stellte ich fest, dass das Leben das Fernsehen imitiert, denn ich benahm mich genau wie die herumstreunenden Männer in den billigen Komödien auf dem Bildschirm. Die Zeiger der Uhr standen auf 10:40. Ich zog die Tür mit größter Vorsicht hinter mir zu und betrat auf Zehenspitzen unser Schlafzimmer. Hilde schlief schon, wovon mir auch nicht leichter ums

Herz wurde. Plötzlich hatte ich dieses schlafende Pummelchen wieder gerne. In ihren gleichmäßigen Atemzügen hörte und fühlte ich den Zufluchtsort in meinem Leben.

»Im Kühlschrank steht ein Omelett für dich«, flüsterte sie und drehte sich um. »Gute Nacht, Karli.«

In diesem Moment, ich erinnere mich ganz genau, schwor ich mir, der Geschichte mit Carla ein Ende zu setzen. Ich zog mich leise aus und legte mich sofort neben meine Frau. Nach einigen Minuten stand ich auf. Eine dumme Neugier hatte mich gepackt, in Sulzens Skript die Bettszene zu suchen, die Carla unbedingt proben wollte. Bis Mitternacht hatte ich alle Seiten durchgeschaut, doch von der bewussten Szene nicht die geringste Spur entdeckt. Der heimtückische Sulz hatte die Szene offensichtlich in eine spätere Folge verlegt, um sich meine Teilnahme zu sichern, und das schöne Wunder hatte meine berufliche Naivität dementsprechend missbraucht. Von der Handlung der Folge verstand ich nur, dass sich meine Gattin Gloria plötzlich wieder zu mir hingezogen fühlt, während ich mich in Oberarzt Ramasury verliebe. Sulz versuchte also den mir versprochenen Status eines Bisexuellen zu annullieren und mich wieder zum Strichjungen des Piloten hinunterzustilisieren.

Erst am Morgen konnte ich das gemeine Schwein anrufen. Inzwischen begann ich frustriert in der Wohnung herumzutigern. Manchmal verweilte ich kurz neben Hildes leicht pfeifenden Atemzügen, wagte jedoch nicht, sie aufzuwecken. Vor lauter Nervosität öffnete ich ein paar Flaschen und versuchte, mich mit ihnen zu vergessen.

Es gelang mir nicht. Die letzten Stunden waren zu viel für mich gewesen.

Im Zustand völliger Erschöpfung schlief ich ein. Im ersten Morgengrauen wachte ich mit der Erleuchtung auf, dass ich im blöden Piloten außer ein paar Stammeleien nichts Besonderes vollbracht hatte, dass Gerschon Glasskopf ein Vollidiot war und ich ein Betrüger wie alle anderen.

Ich rief Papas Handy an, weckte ihn auf und entschuldigte mich mit der Ausrede, ich müsse mich unbedingt noch vor Beginn der Dreharbeiten um 8.30 Uhr nach seinem Gesundheitszustand erkundigen.

»Ich bin in Behandlung, dank des Geldes, das du mir geschickt hast, mein Junge«, sagte mein Alter mit müder Stimme. »Ich danke euch. Die Narren in ihren weißen Kitteln sagen, ich könne wieder gesund werden, wenn ich mit dem Trinken aufhöre. Aber wozu soll ich dann überhaupt gesund werden?«

»Ich verstehe dich besser, als du glaubst.«

»Das habe ich schon an deiner heiseren Stimme gemerkt, Karl. Was ist denn los?«

»Ich gehe jetzt als großer Star zu den Dreharbeiten, und ich bin doch gar kein Schauspieler, sondern ein aufgeblasenes Nichts mit einem lächerlichen Künstlernamen.«

»Ich weiß. Wie viel hast du getrunken?«

»Drei Flaschen Bier.«

»Ein guter Anfang. Schütte ins vierte zwei Gläschen Wodka, so wie ich es dir verschrieben hab, und dann wirst du wieder ein großer Star sein.«

»Meinst du?«

»Vierzigjährige Erfahrung, mein Sohn.«

Ich schleppte mich mit der Bierflasche in der Hand zu Hilde und ließ mich lautlos neben sie auf die Matratze fallen. Ich hörte noch, wie meine Frau aufstand und telefonierte. Sie teilte Ursula-Mary-Lou mit, dass sich ihr Mann wegen technischer Probleme um einige Stunden verspäten werde.

Zu Mittag öffnete ich die Augen. Ich war wieder Camillo Lloyd Romanoff.

Auf dem Weg ins Studio, also in Sulzens Wohnung, fiel mir etwas im Geiste meines Gurus Dr. Spock ein, nämlich, dass es sehr viel einfacher ist, anderen etwas vorzulügen, wenn der Lügner sich selbst die Wahrheit sagt. In diesem Sinne wurde mein Grinsen immer breiter, als ich die Jugendlichen erblickte, die seit dem frühen Morgen auf der Straße auf mich warteten. Einige fingen zu jubeln an, hochaufgeregt bemerkten sie, Romanoff sei im Anmarsch.

»Ich schäme mich richtig, Hilde. Dieser Rummel wird mir noch zu Kopf steigen.«

»Du brauchst dich nicht zu schämen, Karli. Wozu soll man denn Erfolg haben, wenn er einem nicht zu Kopf steigen darf?«

»Erfolg? Ich mach doch nur mit.«

»Das heißt, dass du ein guter Schauspieler bist.«

»Nein, ich bin besoffen.«

Die vier Gläser Bier plus zweimal Wodka hielten mich auf Trab. Wir bahnten uns den Weg durch das Jungvolk. Hilde versprach den aufgebrachten Autogrammjägern, gleich nach den Aufnahmen würde der Superstar zur Verfügung stehen. Eigentlich kann ich bis heute nicht verstehen, warum normale Menschen sich stundenlang anstellen, nur um einige hingekritzelte Buchstaben zu ergattern.

Vor Sulzens Wohnung erwarteten uns die Vertreter der Medien. Es waren keine Jugendlichen, sondern einige klein gewachsene Lausbuben, die im Auftrag des staatlichen Rundfunksenders ein Mikrofon bis zu meiner Nase hochhielten und fragten, warum ich gerade jetzt aus Russland geflohen sei. Kaum hatten wir das Studio betreten, empfing mich der wohlwollende Applaus einiger erwachsener Teilnehmer der Pressekonferenz. In der ersten Reihe drängten sich Dutzende Fotografen, unter ihnen auch die hübsche Betty, die mir mit hoch erhobener Hand zuwinkte.

Hilde warnte mich:

»Reagiere nicht auf die Verrückte.«

Ich reagierte auf gar nichts, sondern ließ mich von der Meute umringen und schwieg im Stil von »No comment«, während sich Hilde von hinten an mich drängte und mir Anweisungen ins Ohr flüsterte. Aus den anhaltenden Ovationen zog ich zwei lebenswichtige Schlüsse: erstens, dass ein echter Star immer zu spät kommen soll, und zweitens, dass anscheinend hinter jedem erfolgreichen Mann eine flüsternde Frau stehen muss.

In der Zwischenzeit kam Frau Sulz mit einem Kuchenblech aus der Küche, und Ramasury half der Hexe dabei, mich und meine Frau zu verköstigen. Ursula-Mary-Lou hielt sich eng an Sulz. Die beiden lächelten so siegreich wie möglich, um die Aufmerksamkeit auf den Producer zu lenken. Carla konnte ich nirgendwo erspähen. Gut so, dachte ich, da ich felsenfest entschlossen war, die gefährliche Schönheit mit souveräner Kühle zu behandeln.

Martin Sulz bat mit Hilfe einer kleinen Glocke um Ruhe und verlas mit überschwänglicher Begeisterung seine Eröffnungsrede über die Fortsetzung der Serie, die Geschichte machte. Er begrüßte mich mit einigen improvisierten Worten als den »Kronprinzen der zeitgenössischen Kinowelt«.

»Lächle nicht«, stupste mich Hilde von hinten, was mir auch gar nicht schwer fiel, weil die taktlose Betty mir jedes Mal, wenn sie den Film wechselte, ein unerwünschtes Kusshändchen zuwarf. Plötzlich kam der ausgemergelte Produktionsleiter angerannt und drückte seinem Boss ein Blatt Papier in die Hand.

Sulz verstummte für einige Sekunden und hob dann mit bebender Stimme an:

»Verehrte Repräsentanten der Öffentlichkeit, in meinen Händen halte ich eine hochpersönliche Botschaft von Gerschon Glasskopf.«

Andächtige Stille senkte sich über das Wohnzimmer. Hilde flüsterte mir zu: »Ich hab genug, schaue kurz in die Schule. Weißwurst im Kühlschrank«, und sie hinterließ ein gähnendes Loch.

Die Botschaft von G. G. war so bedeutend wie schicksalhaft:

»Ich übermittle den Baumeistern der Serie, dieses Grundsteins der ambivalenten Evolution der Filmkunst, meine aufrichtigen Glückwünsche. Besonderer Dank gebührt dem neuen Magier des Bildschirms, Camillo Lloyd Romanoff. Mit vorzüglicher Hochachtung«, der Producer verlas den Namen mit bedeutungsvoller Betonung, »Dr. h. c. Gerschon Glasskopf.«

Der Beifall erreichte seinen Höhepunkt. Auch ich applaudierte kurz.

»Danke, danke, danke«, dankte Sulz den Anwesenden. »Mit Ihrer Erlaubnis präsentiere ich Ihnen nun die bezaubernde Partnerin von Kronprinz Romanoff.«

Der Produzent eilte hinaus und kam Hand in Hand mit Carla zurück, die wieder in ihren viel zu kurzen Bademantel gewickelt war.

»Fräulein Weinstock kommt direkt von ihrem Synchronschwimmtraining, nachdem sie sich einen Spitzenplatz in dieser anspruchsvollen Sportart erkämpft hat.« Sulz wandte sich mit viel Charme direkt an Carla. »Ich freue mich, Ihnen mitteilen zu dürfen, meine Liebe, dass wir Sie morgen für die nächste Folge im Schwimmbad filmen werden.«

Mir war klar, dass alle Männer hofften, Carla werde jetzt ihren Bademantel ausziehen. Sie enttäuschte jedoch mit einer knappen Antwort.

»Tut mir Leid, Martin«, sagte sie und zwinkerte mir dabei zu, »morgen geht's nicht.«

»Gut, gut, dann eben übermorgen«, antwortete der Producer geistesgegenwärtig. Aber Carla war bereits mit Mona Lisas bezauberndem Lächeln zu mir unterwegs. Sie umarmte mich, und unter ihrem Mantel spürte ich die Konturen ihres verführerischen Körpers.

»Hat Spaß gemacht«, wisperte sie und hauchte einen Kuss auf meine Lippen. Ich küsste als Antwort ihr Ohr:

»Es war einfach traumhaft, Carla.«

Sie blieb neben mir stehen, und Betty hörte mit finsterem Gesicht auf zu knipsen. Der Producer beendete seine Rede:

»Die beiden kommenden Folgen werden innerhalb von drei Wochen gesendet. Und jetzt muss ich die Anwesenden bitten, das Studio zu verlassen. Romanoff braucht Ruhe.«

Ich beruhigte mich. Wenn die künftigen Meisterwerke erst in drei Wochen gesendet werden, hatte ich noch genug Zeit für Südamerika oder andere Notlösungen. Die Teilnehmer der Pressekonferenz verließen das Wohnzimmer, und Carla verschwand mit tänzelnden Schritten, um ihren viel zu kurzen Bademantel auszuziehen.

Betty raunte mir zu:

»Ich will nach den Aufnahmen bei dir bleiben.«

Ich konnte es ihr im Moment nicht versprechen. Sie maß mich mit feindseligem Blick.

»Nicht einmal das kannst du mir versprechen, nach allem, was zwischen uns war?«, fragte sie etwas zu laut. »Ich rate dir, Camillo, treib kein Spiel mit mir.«

Als die Dreharbeiten begannen, ließ sie von mir ab, versteckte sich jedoch hinter der Tür. Carla kam zurück und bezauberte uns alle mit ihrem Schwesternkostüm. Es machte klick und der Film lief.

Leider kann ich nicht viel vom Ablauf berichten. Einerseits, weil ich noch leicht beschwipst war, andererseits, weil ich mich nicht genau erinnern kann, was wir da eigentlich gemacht haben. Ich glaube, Carla, das heißt Gloria, deklamierte ihren Text, nämlich, dass sie erst vor einigen Minuten vom Synchron zurückgekommen sei, um sich dann vorwurfsvoll zu erkundigen, warum ich ihrem Triumph ferngeblieben war.

»Was soll das?«, antwortete ich dank Fellini wahrheitsgemäß. »Ich saß mit Hilde auf der Tribüne.«

Carlas überraschende Antwort bewies, dass sie schlauer war, als ihre attraktive Erscheinung vermuten ließ:

»Spreche ich nun mit dem Star Romanoff oder mit meinem Mann?«

»Ist doch völlig egal. Du bist zu schön für uns beide, Carla.«

»Ich heiße Gloria, wenn es dir nichts ausmacht. Und das ist nicht dein Text, Manfred.«

Irgendwie überstand ich auch den Rest der langen Szene. Als Gloria laut Drehbuch damit anfing, dass ich eigentlich auf Männer, besser gesagt auf Oberarzt Ramasury stehe, wandte ich mich an Sulz und erklärte ihm, ich hätte diese Nacht nur sehr wenig geschlafen und möchte für heute Schluss machen. Der Producer faselte etwas von einem knappen Budget, aber gegen eine Autorität wie mich war er hilflos.

»Vielleicht bin ich bereit, schwul zu sein, Sulz«, fuhr ich ungerührt fort, »aber nicht mit Ramasury.«

»Warum nicht?«

»Er ist nicht mein Typ.«

»Ich verstehe, Romanoff. Ich dachte sowieso nur an kleine Gesten, Blicke, nichts Konkretes …«

Auf einmal tauchte Betty auf:

»Entschuldige, Martin, ich muss ein paar Worte mit Camillo wechseln.«

Sulz ließ uns mit einem verständnisvollen Schmunzeln allein. Betty presste sich an mich:

»Wie wäre es mit einer unvergesslichen Nacht?«

Ihre Rehaugen leuchteten. Meine Gedanken aber weilten bereits in einer bestimmten Garderobe:

»Geht nicht, Betty, tut mir wirklich Leid.«

Mir fehlte damals noch jegliche Kenntnis von Strategie. Ohne weiteres hätte ich darauf zurückgreifen können, glücklich verheiratet zu sein, anstatt mich dilettantisch zu verweigern. Betty erblasste und zischte nach meiner brutalen Abweisung nur einen kurzen Satz hervor:

»Das wirst du noch bereuen, du Schuft.«

Sie drehte sich um und rauschte wütend von dannen. Ich eilte zur Garderobe meiner Sehnsüchte und riss die Tür auf, die zufällig nicht zugesperrt war. Carla hatte bereits ihr Schwesternkostüm im Licht einer kleinen Leselampe ausgezogen. Sie trat wortlos auf mich zu und küsste mich. Nicht wie ich es mir vorgestellt hatte, aber doch war es ein langer und weicher und dann nicht mehr so weicher, eigentlich ein echter Kuss …

Ich empfand einen Zauber, der nicht von dieser Welt war. Eine nicht einmal durchschnittliche Kreatur wie ich, der uninteressanteste Mann der Erde, küsste die Frau, von der Balzac in Paris geträumt hatte.

Carla ließ von mir ab und ohne etwas hinzuzufügen schaltete sie das Licht an. Ich setzte mich in einen Sessel und betrachtete sie, ebenfalls ohne ein Wort zu sagen. Sie war wie eine Statue, eine prächtige Marmorstatue, vor allem als sie mir den Rücken zudrehte und begann, sich anzuziehen.

Mein Herz setzte aus …

Auf Carlas schönem Körper entdeckte ich unten auf dem linken Hügel ein halbrundes Beißmal, einen deutlichen Abdruck von Zähnen. Der Geist Dr. Spocks traf mich wie ein Blitz. Ich versank ganz tief im Sessel, und vor meinen geschlossenen Augen erschienen die fett gedruckten Buchstaben über die »vampirischen Begierden« auf Seite 311.

Darum also hatte Carla mir zugezwinkert, als sie Sulzens Bitte mit ihrem Mona-Lisa-Lächeln abschlug, am nächsten Tag zu schwimmen. Sie trug die Spuren meiner Zähne, mein Kainszeichen, auf ihrem Popo. Wäre das Ganze nicht so furchtbar gewesen, hätte ich über diese Entdeckung lachen können, aber dunkle Vorahnungen trieben mich vor den unbarmherzigen Spiegel im Badezimmer. Seit Bela Lugosi weiß jeder Kinogänger, dass das Markenzeichen eines Vampirs seine spitzen Eckzähne sind. Ich unterzog mich einer gründlichen Untersuchung und war erleichtert. Meine Zähne waren zwar ziemlich unregelmäßig, konnten den strengen Maßstäben Spocks von Seite 311 jedoch nicht standhalten. Und nicht nur das, im Vergleich zu den anderen Kauwerkzeugen in meinem Mund erschienen die beiden Eckzähne sogar ziemlich zurückgeblieben.

Warum also hatte ich zugebissen?

Meine Gedanken wanderten unablässig zurück an den Tatort. Vor meinem geistigen Auge tauchte mit ärgerlicher Hartnäckigkeit das Bild der splitternackten Verführerin auf, wie sie im Hotelbett lag. Ich schloss die Augen, um diesem herrlichen Anblick zu entfliehen, aber im Dunkeln war Carla sogar noch schöner. Ich griff zu Papas alkoholischem Allheilmittel, und schon schämte ich mich weniger und weniger. Ich schaffte es sogar, mit der Vision von Carla mehrere Stunden vergnüglich zu leben.

Nicht einmal die Klatschspalten konnten meine Laune trüben. Die Abendzeitung »Populär« zum Beispiel brachte auf der Titelseite die schicksalhafte Schlagzeile:

»WARUM WOLLTE CARLA WEINSTOCK
AM MITTWOCH NICHT SCHWIMMEN?«

Laut Redaktion bestünde der Verdacht, bei der Traumfrau habe sich Nachwuchs angemeldet. Nun stelle sich natürlich die Frage: Wer ist der Vater?

In derselben Ausgabe erschien auch die Meldung aus wohl informierter Quelle, die Tagesgage des Prinzen Romanoff betrüge sage und schreibe sechzigtausend Dollar. Fairerweise wurde noch erwähnt, Producer Sulz sei nicht bereit, die Meldung zu bestätigen oder zu dementieren.

Ich musste lachen, aber meine diversen Verwandten nahmen es ernst. Unmittelbar nach diesem journalistischen Meisterstück war ihre Besorgtheit um mich nicht zu stoppen. Einer rief sogar mein Büro an, um sich zu erkundigen, von wie vielen Drehtagen denn die Rede sei, und ob eine Million dabei herausspringen würde oder nicht.

Sekretärin Hilde weigerte sich, die Höhe meiner Gage zu bestätigen.

»Die in der Presse veröffentlichte Summe ist nicht exakt.«

Meine Verwandten vermehrten sich jedoch wie die Giftschwämme. Zwei arme Neffen schickten mir ein brüderliches Telegramm aus Dänemark, in dem sie sich auf ihre tschetschenische Herkunft beriefen. Eine Frau mittleren Alters behauptete, sie sei meine Tochter. Ihre verstorbene Mutter habe dies dem provoslawischen Priester der Stadt Novomoskovski angeblich auf dem Sterbebett gebeichtet.

Versteht sich von selbst, dass ich eine Lösung für den unerwarteten Familienzuwachs suchte. Ich blätterte also wieder im Dr. Spock, und etwa in der Mitte stieß ich auf die bereits vertrauten fetten Buchstaben: »Baron Rothschild oder wie man sich Verwandte erwirbt«. Der weise Gelehrte stellte fest: »In der Periode der finanziellen Erfolge wird der vierundfünfzigjährige Ehemann mit einem Ansturm neuer Familienmitglieder konfrontiert, deren Weltanschauung einzig und allein darauf beruht, engste verwandtschaftliche Beziehungen zu pflegen.« Dr. Spock erklärte weiter: »Die wohl fanatischsten Verfechter dieser Sippenlehre sind die Angehörigen des Barons Rothschild, die kompromisslos für die Stärkung familiärer Bande eintreten, im Sinne alles für einen und einer für alles. Man erzählt sich, der alte Baron selbst demonstriere zu diesem Thema eine weniger dogmatische Haltung.«

Der redliche Künstler in mir wollte den ersten beschwipsten Drehtag vergessen, aber eine nüchterne Überlegung machte ihn doch irgendwie besorgt. Glücklicherweise rief, ehe ich mich neben Sekretärin Hilde schlafen legte, die gute Cutterin Margarete an.

»Karl, ich habe mir die ersten Aufnahmen angesehen, und Ihre strahlende Gleichgültigkeit hat mir sehr gefallen«, beruhigte sie mich. »Bitte hüten Sie sich auch in Zukunft vor theatralischem Schauspiel. Das ist passé. Sie sollten eben versuchen, Ihre brillante Unbefangenheit auch auf die anderen Mitwirkenden der Serie zu übertragen. Solange Gerschon Glasskopf frei herumläuft, können Sie davon nur profitieren. Alles Gute, mein Bester.«

Margarete muss einmal ein Engel gewesen sein, vielleicht stand sie noch immer im Dienste des Himmels. Wie dem auch sei, ihr verdankte ich, dass ich in dieser

Nacht gut schlief. Sogar ein frühes Aufstehen blieb mir erspart, denn am Morgen wurden die Turnübungen meiner Frau Gloria in der Praxis von Dr. Ramasury gefilmt. Beim Frühstück, das ich, während Hilde die Zeitungen holte, allein einnahm, senkte sich bei Sonnenaufgang eine relative Ruhe über mich.

»Schau, Camillo«, sagte ich beim weich gekochten Ei zu mir. »So wie es auf der ganzen Welt berühmte abstrakte Maler gibt, die niemals versucht haben zu malen, spricht doch absolut nichts dagegen, dass es auch angesehene moderne Schauspieler geben könnte, die keine Ahnung von theatralischem Schauspiel haben. Es gibt also überhaupt keinen Grund, an deiner cinematografischen Integrität zu zweifeln. Letzten Endes bist du ein anständiger Laie, deine Fans sind die Betrüger.«

Mit Hildes Rückkehr war die Ruhe dahin. Sie schmiss die Morgenzeitung, in der seinerzeit der historische Essay G. G.'s veröffentlicht worden war, auf die Überreste des weich gekochten Eis. Diesmal sprang mir von der ersten Seite eine Aufnahme von Betty in die Augen, deren schlanker Körper in bauchfreien Hotpants steckte. Neben dem Foto stand: »Die junge Fotografin Betty Kasabiahe enthüllt ihre wilde Affäre mit C. L. Romanoff. S. 5/6.«

Hildes Blick drang wie ein scharfer Dolch in mein Herz.

»Was soll das, bitte?«

Ich wusste nicht, was das sollte. Mit schwacher Stimme bat ich um Erlaubnis, die Enthüllung zu lesen. Hilde hatte sie bereits auf dem Heimweg verschlungen, jetzt setzte sie sich mir vis-à-vis und schaukelte in schweigender Anklage in ihrem Stuhl.

Was auf den Seiten fünf und sechs stand, kann ich in dem dicken Poesiealbum namens »Klotz am Bein« nachlesen, in dem Hilde all diese aus der Luft gegriffenen Enthüllungen gesammelt hat.

Der Titel sagte diesmal alles:

BETTY: »JETZT REDE ICH!«

Unter dieser Erklärung erschien das wohl schlechteste Bild, das jemals von meiner Visage aufgenommen worden ist. Es verewigt, wie ich gerade zwischen meinen Zähnen nach Essensresten stochere. Unter dem schrecklichen Foto stand: »Er zerstörte mein Leben«. Aber im Gegensatz zu den sensationslüsternen Schlagzeilen, die üblicherweise von unhöflichen Redakteuren formuliert werden, war das persönliche Geständnis der hübschen Betty meiner Meinung nach fast ausgewogen.

»Ich habe Lloyd geliebt«, eröffnete sie ihr Geständnis. »Ich liebte ihn über alles, aber es scheint, damit war ich nicht allein.«

Sie erzählte von dem Auftrag, mich in meinem Haus zu fotografieren, und schilderte, wie ich mit fast krankhafter Gier forderte, die Fotos meiner Kollegen zu sehen. Danach habe mir die Redaktion eine Schachtel Pralinen geschickt, und ich hätte Betty mit überschwänglichem Dank und Komplimenten überhäuft, die hin und wieder die Grenze des guten Geschmacks überschritten. Dann hätte ich ihr lächerliche Schmeicheleien über »mein blendendes Aussehen« abgepresst.

»Er wollte unbedingt neue Aufnahmen von seinem berühmten Profil«, fuhr die junge Frau traurig fort. »Damals vertraute ich Lloyd noch, hoffte von ganzem Herzen, dass er meine aufrichtige Liebe erkennt und mich nicht nur als eine seiner zahlreichen Konkubinen abhakt. Er wollte sich auch gleich zu einem Rendezvous unter vier Augen verabreden, beschwor mich jedoch, ihn nicht anzurufen, wenn seine Frau zu Hause ist.«

Ich warf einen kurzen Blick auf Hildchen. Ihre blutlosen Lippen waren zu einer schmalen Linie zusammengekniffen.

»Um mich über seine heimtückischen Absichten hinwegzutäuschen, bestellte Lloyd bei mir noch drei Aufnahmen in Postkartengröße. Was danach zwischen uns geschah, kann und will ich nicht erzählen. Es waren die schönsten Tage meines Lebens, und ich flehe die Leser meines traurigen Geständnisses an, brechen Sie mir nicht das Herz mit den banalen Fragen, wie er sich als Privatperson benimmt, welche Kleidung er zu Hause trägt und wie er im Bett ist, denn ich schwöre im Namen des barmherzigen Gottes, dass ich diese taktlosen Fragen nicht beantworten werde.

Ich liebe diesen Mann noch immer, sein Lächeln, seine Leidenschaft, obwohl er mich kaltherzig aus seinem Leben verbannt hat, ohne mit der Wimper zu zucken, ohne Erklärung, ohne ein gutes Wort. Von dem russischen Adeligen mit der wunderbar perversen Zurückhaltung, die ich kennen lernen durfte, bleiben mir nur qualvolle Erinnerungen. Meine Romanze mit Camillo Lloyd Romanoff endete, noch bevor sie richtig begonnen hatte. Mein Leben ist zerstört, und ich bin noch so jung und unerfahren.«

Da saß ich nun also im Morgenlicht, in der Hand den

vom ganzen Land gelesenen Skandal, und wusste nicht, was ich zu meiner vor mir schaukelnden Frau sagen sollte. Ich legte die Zeitung beiseite und schenkte Betty in ihren Hotpants auf der ersten Seite noch einen letzten Blick. Eigentlich hatte sie recht positiv von mir gesprochen und schließlich und endlich sogar gestanden, mich nach wie vor zu lieben. Man sollte nicht immer nur das Negative sehen. Die sachlichen Fehler in ihrem Geständnis waren doch nur das Produkt einer enttäuschten Liebe, und auch der labile seelische Zustand der kleinen Lügnerin musste mit bedacht werden.

Hilde war nicht ganz meiner Meinung.

»Diese dreckige Hure macht auf deine Kosten Karriere in der Öffentlichkeit. Man muss ja blind sein, wenn man das nicht sieht. Was war zwischen euch?«

»Gar nichts.«

»Es gibt keinen Rauch ohne Feuer, Camillo.«

Zum ersten Mal nannte sie mich Camillo und ich begriff, diesmal war es ernst. Gegen einen gedruckten Text in der Presse hatte ich keine Chancen.

»Vielleicht kannst du mir erklären, wie du in eine derart peinliche Situation geraten bist?«, insistierte Hilde und hörte auf zu schaukeln. »Warum bist du ihr überhaupt nachgestiegen, du Blödmann? Als ich dieses Klappergestell in der Zeitung sah, fragte ich mich, wie kann mein lieber Mann auf einen solchen Frosch aus Haut und Knochen abfahren und gleichzeitig die hundertmal attraktivere Carla verabscheuen? Ich will die Wahrheit hören, hast du mit dem Frosch geflirtet?«

»Nein … eigentlich im Gegenteil …«

»Hör auf zu stottern. Ich weiß nicht, wie man im Gegenteil flirtet. Warum hat deine Betty eure Beziehung überhaupt publik gemacht?«

»Weiß nicht … Rache, wahrscheinlich …«

»Rache für was?«

»Dafür, dass es keine Beziehung gab.«

»Hast du dieser Nutte gesagt, sie soll dich nicht anrufen, wenn ich daheim bin, oder hast du das nicht gesagt?«

»Ich hab gesagt … sie soll mittags nicht anrufen …«

»Camillo!«

Ich fing an zu weinen, wie immer, wenn ich in eine Sackgasse geriet. Und diesmal flimmerte an ihrem Ende kein Licht. Glücklicherweise konnte Hilde es nie ertragen, mich weinen zu sehen. Sie trat auf mich zu und legte ihre Hand auf meine Schulter.

»Na gut, mein Junge«, brummte sie, »ich hab schon kapiert. Nicht mal lügen kann sie, deine Betty. Sie redet von deinem Lächeln und deiner Leidenschaft, dass ich nicht lache. Was mir aber wirklich Sorgen macht, ist deine Zukunft, Karl. Es würde mich nicht überraschen, wenn Sulz die Aufnahmen mit dir einstellt, und wundere dich auch nicht, wenn sie dich aus der Schauspielergewerkschaft rauswerfen.«

»Aber warum?«

»Du bist ein moralisches Aas, mein Liebling.«

Hilde reichte mir ein Glas Bier und begann mich über die Herrschaft der freien Medien zu belehren. Jeder könne heutzutage unter die Räder der Druckmaschinen geraten oder vor den Fernsehkameras zermalmt werden, »mit Ausnahme der Mafiosi-Chefs. Über ihr Privatleben wird interessanterweise nichts veröffentlicht.«

»Dann will ich Mafia-Chef werden.«

»Erst einmal musst du Betty überleben.«

Das Telefon klingelte. Augenblicklich verwandelte sich Hilde wieder in die Sekretärin und hob mutig ab. Dann atmete sie auf:

»Irgendeine Werbeagentur bittet dringend um ein Treffen mit dir. Der Typ hat schon gestern Nacht angerufen.«

Es war derselbe Agent, der mich seinerzeit mit seinem blöden Bier zwanghaft rülpsen ließ. Der nächste Anruf offenbarte dann den erbärmlichen familiären Sumpf, in den ich mit meinem ehebrecherischen Charakter gesunken war.

»Pfui, Papi, pfui«, schluchzte Benedictina am Telefon. »Vor einer Stunde hat mich der Radiosender deinetwegen entlassen. Du hast wohl vergessen, dass du eine Familie hast, pfui!«

Die katastrophale Zukunft warf ihren Schatten voraus. Auch meine Frau wirkte ziemlich verstört. Nervös zog sie Akten und Dokumente aus den Schubladen ihres Schreibtischs. Ich fragte sie, wie viel Geld uns noch zum Leben geblieben war. Ihre Antwort war niederschmetternd:

»Kein müder Groschen. Ich war bei deinem Vater im Krankenhaus und gab ihm alles, was wir von deinem Vorschuss übrig hatten.«

»Wann?«

»Vorgestern Abend. Als du mit Carla im Hotel warst.«

Die Scham, die sich zu meiner Depression gesellte, gab mir den Rest. Dass sie, mein herzensgutes Hildelein, am Krankenbett meines alten Vaters saß, während ich im Hotel mit 9,5 Promille in Carlas Popo biss, oh ja, ich hatte alles verdient, was das Schicksal für mich bereithielt.

»Wie geht es meinem Alten?«

»Es scheint, er hat keine Lust mehr zu leben. Die Schwestern entdeckten unter seiner Matratze eine Wodkaflasche. Er bat uns, ihm Getränke in die Klinik zu schmuggeln, in Blumenvasen, wenn es nicht anders geht.«

Unser Blick wanderte zu Sulzens chinesischer Vase. Wir umarmten uns, Hilde und ich, wie zwei Tauben nach einer Bauchlandung. Ich hauchte ihr meine felsenfeste Entschlossenheit zu, Sulz unverzüglich meine Kündigung vorzulegen. Hildchen hauchte mir einen Kuss auf die Stirn und lächelte traurig:

»Ein Glück, dass ich im Lüstenauer noch nicht gekündigt habe …«

Mit Tränen in den Augen trat sie ans Fenster, zog vorsichtig die Gardinen zur Seite und blickte hinunter. Eine gespannte Ruhe senkte sich über uns. Von der Straße hingegen klang ein entfernter Gesang herauf …

»Karli«, winkte Hilde, »komm her.«

Ich schlurfte zum Fenster.

»Mein Gott«, stammelte meine Frau, »die sind verrückt …«

Die Straße war bevölkert, natürlich wieder mit Jugendlichen, die, offensichtlich auf dem Weg zur Schule, vor unserem Haus Halt machten. Einige hockten auf dem Gehsteig, andere stiegen über sie drüber und alle sangen mit Begeisterung »All you need is love«. Ein langhaariger Schüler dirigierte das Grüppchen mit der Morgenzeitung und schwenkte Bettys Konterfei rhythmisch hin und her. Einige Nachbarn schlossen sich an, sangen sogar mit. Als das Ehepaar Romanoff im Fenster erschien, schwoll der Chor an. Der Gemüsehändler Tsishek rief aus voller Kehle:

»Romanoff bleibt Romanoff!«

Eine nicht mehr ganz taufrische Dame riss die Morgenzeitung unter allgemeinem Beifall in tausend Stücke. Zwei Polizisten sahen dem Treiben schmunzelnd zu. Einer von ihnen, der ältere, starrte das Titelblatt an und zeigte mir mit hochgerichteten Daumen, dass die fesche Betty ein Zehner sei.

»Sieh mal einer an«, sagte ich zu Hilde. »Gar nicht so übel für ein moralisches Aas.«

Selten hatte ich eine Lehrerin für Sozialkunde so verwirrt gesehen. Mit sanfter Gewalt zwang ich Hilde, gemeinsam mit mir den Huldigern auf der Straße zuzuwinken.

»Die Wege des Herrn sind unergründlich«, flüsterte ich in ihre erröteten Ohren. »Ich glaube, du kannst dein Sekretariat wieder öffnen.«

Diesmal musste ich mich durch die Garage ins Studio schleichen. Vor dem Haupteingang hatten sich die Vertreter der Medien samt Familien versammelt, sowie eine ansehnliche Zahl von Knirpsen, die aus den umliegenden Kindergärten mit ihren Kinderfräuleins und deren Freundinnen gekommen waren. Die Polizisten versuchten, den Straßenverkehr wieder in Gang zu bringen, und bahnten den zahlreichen Fernsehteams einen Weg durch den Auflauf.

Man geleitete mich direkt in die Klinik, wo der Streit zwischen dem Oberarzt und Schwester Carla noch einmal gefilmt wurde. Als ich an der Tür erschien, wurden die Aufnahmen sofort unterbrochen und das Team stürzte sich auf mich. Alle umarmten mich, klopften mir auf die Schulter und gratulierten mir: »Diese Göre soll dich mal! Du bist ein Kerl, Romanoff, ein toller Kerl!«

Ich konnte sie verstehen. Mein erstaunlicher Aufstieg vom stotternden Pimpf aus dem Piloten zum coolen Macho, dessen Name noch am Morgen mit einer unbezahlbaren Publicity befleckt worden war, diese Metamorphose war wirklich eine Gratulation wert.

Ramasury in seinem weißen Kittel stolperte als Erster auf mich zu und verbeugte sich tief:

»Camillo, du bist der Größte!«

Sogar Sulz murmelte etwas von eindrucksvoller Männlichkeit und seine Frau, die Hexe, küsste von hinten meinen Nacken. Der Kameramann drängelte sich zu mir vor und fragte leise, wie denn Frau Romanoff auf Bettys zweifelhaftes Geständnis reagiert habe. Ich antwortete ihm selbstbewusst:

»Sie kennt die Wahrheit, mein Freund.«

An diesem Morgen schien meine Popularität ihren Höhepunkt erreicht zu haben. Der Bier-Agent wartete schon seit Morgengrauen im Korridor auf mich und Ursula-Mary-Lou zeigte mir die Kurzbotschaft von Gerschon Glasskopf: »Ich bitte Sie, Romanoff, ignorieren Sie die Impertinenz der Zeitungen und verfolgen Sie Ihren bemerkenswerten Pionierkampf gegen die veraltete theatralische Denkweise unbeirrt weiter.«

Ich war umgeben von rührendem Verständnis, eingehüllt in überschwängliche Sympathiebekundungen. Nur Carla saß auf der neuen Couch in der Ecke der Klinik und strafte mich mit eisigem Blick. Ich setzte mich neben sie, aber sie rückte sofort von mir ab. In ihrer Wut war sie noch schöner.

»Aber meine Carla«, murmelte ich, »das in der Zeitung ist doch erstunken und erlogen.«

»Ich weiß. Aber erschienen.«

Ich versuchte, ihre Hand zu berühren, doch da stand sie auf und rief dem Producer zu:

»Sulz, ich möchte die Handlung ändern. Ich habe keine Lust, erst in der nächsten Folge die Bettszene mit Romanoff zu spielen. Ich möchte, dass sie schon morgen gedreht wird.«

Der Produzent lief vor Wut rot an.

»Wie stellen Sie sich das vor? Die bisexuelle Szene muss sorgfältig vorbereitet werden. Die Dialoge kann man nicht einfach improvisieren.«

»Man kann. Sogar sofort.«

Sulz blickte mich an. Ich antwortete mit dem internationalen Zeichen zweier ausgestreckter Hände. Der aufgebrachte Producer erklärte sich einverstanden, aber nur mit einer Probe, und wir marschierten hinter ihm ins Schlafzimmer des Studios. Carla riss sich die Schwesternuniform vom Leib und streckte sich im Unterrock in ihrer ganzen Länge auf dem Bett aus. Sie selbst rief:

»Action!«

Nach allem, was mir in den letzten Tagen widerfahren war, konnte mich nichts mehr überraschen. Die Klappe machte ein »Probe-Klick« und ich löste meine Krawatte.

»Wenn ich mich nicht irre, meine Schönste, du wolltest mit mir reden.«

»Das stimmt, Manfred, ich habe die Nase voll von dem

Gerede über deine sexuellen Neigungen, die du anscheinend für alle empfindest, bloß nicht für mich.«

»Meinst du die Fotografin?«

»Nein, Manfred, ich spreche von meinem Oberarzt.«

»Carla, du bist nicht normal. Das ist doch meine Rolle. Ich begehre nur dich.«

»Plötzlich tust du so furchtbar männlich, Manfred. Morgen will ich den Beweis vor der Kamera.«

»Habe ich noch nichts bewiesen?«

»Nur eine Spur. Hier, in diesem Bett, werde ich morgen auf dich warten, Camillo.«

»Abgemacht, Gloria.«

Sulz brüllte »Cut« und verließ eiligen Schrittes den Raum. Wir dachten, er würde wieder in den Süden fliehen, aber nach einer kurzen Pause kam er zurück, um mich zu erinnern, dass ich noch eine emotionelle Szene mit Ramasury zu drehen hätte.

Inzwischen, genauer gesagt zwischendurch widmete ich einige Minuten dem Bier-Agenten. Mir fiel sogar ein, dass er Rudi hieß, aber davon wurde er auch nicht sympathischer.

»Ich habe ein Angebot für Sie, Romanoff«, sagte Rudi. »Der Hersteller eines russischen Wodkas möchte Sie und Betty für einen Halbe-Minuten-Spot im zweiten Programm.«

»Sagten Sie Betty, die Fotografin?«

»Ja, klar, das Ganze war ja ihre Idee. Sie trinken zusammen ein Gläschen Wodka und versöhnen sich. Achtzigtausend Cash.«

»Mein lieber Rudi, ich hätte von Ihnen ein seriöseres Angebot erwartet.«

»Sicher, jeder will seriöse Publicity. Aber danach ist niemand dafür verantwortlich, was dabei rauskommt. Ja oder nein, Romanoff. Der Mann könnte auf hunderttausend gehen.«

»Betty kommt für mich nicht in Frage.«

»Allein kriegen Sie weniger.«

»Sprechen Sie mit meiner Frau.«

Ich rief mit meinem neuen Handy daheim an. Hilde hatte den kleinen Apparat gekauft, nachdem ich sie unter dem Eindruck meines beunruhigenden Vampirismus darum gebeten hatte. Die Notwendigkeit eines Handys hatte mir natürlich Dr. Spock nahe gelegt. Auf Seite 108 stellte er die Frage, wie der über hundertacht Monate verheiratete Mann die Probleme löst, für die es keine Lösung gibt. Es war der erste Satz, den ich von ihm gelesen hatte, aber damals im Treppenhaus nahm ich ihn und sein altes Büchlein noch nicht ernst. Mittlerweile hatte ich unerschütterliches Vertrauen in seine prophetischen Weisheiten entwickelt.

»Die zentralen Probleme der Langzeitpartnerschaft werden wahrscheinlich in naher Zukunft gelöst«, prophezeite der weise Gelehrte. »Vermutlich wird ein Bonbon auf den Markt kommen, das den Mann von seiner Impotenz befreit, und für die Sicherheit wird gewiss ein winzig kleines Telefon erfunden werden, das sich in Hosentaschen verstecken lässt.«

Mit diesem kleinen Wunder aus meiner Hosentasche informierte ich mein Sekretariat über die wesentlichen Punkte in Rudis Angebot. Hilde war in glänzender Stimmung, denn der Privatsender hatte Benedictina wieder eingestellt. Und das war noch nicht alles. Im Hinblick auf die neue Popularität ihres Vaters, des Frauenidols, hatte man sogar ihr Gehalt erhöht, was meiner Tochter die finanzielle Unterstützung ihres schwarzen Bräutigams in New Orleans ermöglichte. Hilde erwähnte noch einen Konkurrenten von Sulz, der verzweifelt nach mir suche, aber ich bat sie, zuerst die Sache mit Rudi zu klären, und übergab ihm mein Handy. Seiner angespannten Miene entnahm ich, dass Hilde wieder einmal in Hochform war.

Ich mischte mich nicht ein, zumal ich bereits die emotionelle Szene mit Ramasury in der Klinik zu drehen hatte. Sulz stellte den medizinischen Riesen hinter seinen Operationstisch, und er bat uns, die besonderen Beziehungen, die sich zwischen uns anbahnten, exakt nach dem Drehbuch darzustellen.

»Sie, Camillo, sind in Ramasury verliebt, klar?«

»Nicht klar«, entgegnete ich dem Producer. »Warum ist nicht er in mich verliebt?«

»Weil er größer ist als Sie. Noch Fragen?«

»Ja, wo ist Carla?«

»Heimgegangen. Action!«

Es machte »klick« und Ramasury begann mit den Hüften zu schwingen, was mir ganz schön auf den Geist ging.

»Guten Morgen, mein Lieber, wie geht es dir?«, begann Ramasury mit seinem Text, und ich antwortete ihm ganz im Sinne meiner Rolle:

»Ich kann nicht klagen, Herr Oberarzt.«

»Oh Manfred, findest du nicht, dass du mich endlich Viktor nennen solltest?«

Ich wusste gar nicht, dass er Viktor hieß, aber ich wollte mich auf keine Diskussion einlassen. Sulz gab Ramasury ein Zeichen, sich mir zu nähern, und dann begann auch er mit den Hüften zu schwingen, um mir anzudeuten, was ich gemäß der Handlung zu tun hätte. Ich habe Transvestitenshows noch nie ausstehen können, vor allem dann nicht, wenn so fette Säcke wie Sulz mitwirkten. Aber um des Friedens willen improvisierte ich eine recht gelungene Antwort:

»Ja, Viktor, einen schönen Gruß von Gloria.«

»Vergessen wir doch für einen Moment deine schöne Frau«, so Ramasury. »Sprechen wir von uns beiden, Manfred.«

Er breitete die Arme aus. Es bestand die Gefahr, dass er vorhatte, mich zu umarmen.

»Fassen Sie mich nicht an, Sie ekeln mich«, brachte ich meinen Widerwillen zum Ausdruck. »Hören Sie, Sulz«, wandte ich mich an den Producer, der wie gelähmt neben der laufenden Kamera stand, »wir hatten uns nur auf Blicke geeinigt, wenn ich mich nicht irre.«

Sulz deutete Ramasury an, weiterzumachen, der aber schien völlig vergessen zu haben, dass er ein Oberarzt war, und ließ seine ganze Wut am Producer aus:

»Was fuchteln Sie da herum, Sie Idiot? Sie lassen es zu, dass dieser Pimpf mir ins Gesicht sagt, ich ekle ihn?«

Aus dem Augenwinkel sah ich, dass die Kamera auf mich gerichtet war.

»Lassen Sie Sulz doch in Ruhe«, wies ich Ramasury zurecht. »Sie ekeln mich an, nicht ihn.«

Jetzt fiel mein gigantischer Kollege total aus seiner Rolle. Ramasury stürmte auf mich zu, in der klaren Absicht, mich zu schlagen oder zumindest zu erwürgen.

»Ich bring dich um, du widerlicher Zwerg«, brüllte er

unkontrolliert, wobei er völlig außer Acht ließ, dass das Ganze auf einem Videotape verewigt wurde. »Ich brech dir alle Knochen, dann kannst du die Carla nicht mehr besteigen!«

Er jagte mich um den Operationstisch. Ich konnte Sulz gerade noch zurufen:

»Und in einen solchen Kerl soll man sich verlieben?«

Das war sogar für Fellini zu viel. Sulz trommelte mit den Fäusten gegen die Wand:

»Genug! Ihr macht mich wahnsinnig! H-ö-r-t-a-u-f!«

Er keuchte hinaus, ich hinter ihm her, da Ramasury sein scharfes Skalpell gezückt hatte und sein gerötetes Gesicht nichts Gutes verhieß.

Der Kameramann fragte, ob er jetzt die Aufnahmen stoppen solle, aber ich hatte mir bereits ein Taxi geschnappt und fuhr nach Hause.

Hilde fragte, wie mein Tag war.

»Nicht schlecht«, antwortete ich. »Langsam gewöhnt man sich daran.«

Natürlich waren es nicht die Dreharbeiten, sondern meine wilde Affäre mit Betty, die die Menschheit aus dem Häuschen brachte. Das Sekretariat brach unter der Flut des Volksinteresses an meiner bestialisch-magischen Ausstrahlung fast zusammen. Hilde musste sogar die Türen hinter sich verschließen, um den Presse- und Fernsehfotografen zu entkommen, die ihr vor unserem Haus auflauerten. In den Augen der Öffentlichkeit, die den Anspruch hat, die volle Wahrheit zu erfahren, wurde sie plötzlich wichtiger als ich. Selbst Betty erhielt weniger Aufmerksamkeit. Nur die Abendzeitung »Populär« meldete, Betty habe einen Vertrag von »Penthouse« erhalten, sich für eine sechsstellige Summe nackt fotografieren zu lassen.

Auch Hilde schloss einen Vertrag, und zwar mit Rudi, obwohl nur in der Höhe von vierzigtausend Dollar.

»Zuerst hab ich abgelehnt«, berichtete sie. »Der Gauner bot lumpige zwanzigtausend für eine halbe Minute ohne Text, dann aber verdoppelte er die Summe, unter der Bedingung, dass du ein paar Worte sagst und dabei lächelst. Ich dachte mir, du könntest ein Glas Wodka heben und sagen: ›Zum Wohl, Papa.‹ Dein Alter würde sich sicherlich freuen.«

Es gefiel mir. Hilde deutete an, dass uns der TV-Spot unter anderem ein Auto bescheren würde, das sie mir zu meinem nächsten Geburtstag heimlich kaufen wolle.

Doch jeder Gipfel hat auch einen Hang, wie die alten Griechen sagten, oder Spock, oder ich, ich weiß es nicht mehr.

In einem offiziellen Schreiben klärte uns der Anwalt der Theateragentur »Sascha und Söhne GmbH« darüber auf, sein Klient behalte sich das Recht vor, das volle Vermittlungshonorar auch für jede künftige Einnahme einzufordern, die sich aus den theatralischen Aktivitäten des Herrn Romanoff ergebe, andernfalls sähe sich sein Klient gezwungen, juristische Maßnahmen gemäß Gesetz 308 207, Paragraph 2 in Bezug auf betrügerische Machenschaften bei Hinterziehung umgeleiteter Einnahmen zu ergreifen.

»Geschieht dir recht«, urteilte Hilde. »Du hast diesen Gauner unterschreiben lassen.«

Sie wollte sich unverzüglich an ihren Dr. Friedländer

wenden, ich aber war dagegen, denn ein geldgieriger Anwalt könnte uns noch mehr kosten. Also beschäftigten wir uns lieber wieder mit dem Betty-Skandal. In der breiten Öffentlichkeit gab es nämlich auch Elemente, die ihre Solidarität mit dem Opfer meiner herzlosen Perversität mit proletarischer Wachsamkeit zum Ausdruck brachten. Es waren einfache, normale Bürger, genauer gesagt normale Bürgerinnen, verheiratet und in fortgeschrittenem Alter. Diesen hochmoralischen Pilgerinnen hatten sich auch drei junge Damen angeschlossen. Zwei von ihnen wollten mich heiraten oder wenigstens ein Kind von mir, und die dritte, eine begabte Musikerin, forderte hunderttausend in cash, ansonsten würde sie der Presse verraten, dass ich auch sie serienvergewaltigt hätte. Seltsamerweise meldeten sich auch einige Männer zu Wort, meist in Zusammenhang mit soliden Investitionen, wie zum Beispiel jener Student, der laut eigener Aussage über hundert Kilo wog und von mir forderte, sein Studium zu finanzieren.

Hilde glaubte, meine zynische Gleichgültigkeit gegenüber der öffentlichen Stimmung rühre daher, dass sich meine Gedanken ausschließlich um den mageren Frosch drehten. Dabei waren meine heimlichen Gefühle gar nicht auf Betty konzentriert, sondern eher auf Carla, die ich morgen im Studio treffen sollte, ein Leichtsinn, der mir Angst einjagte. Um meine mollige Ehefrau davon abzulenken, kam ich auf Saschas Erpressung zurück, und schnell rief ich Papa in der Klinik an.

Auf meine Frage, was eine unschuldige Celebrity im Falle einer Erpressung tun könne, antwortete mir der Alte:

»Zahlen.«

Ich bat ihn, dies näher zu erklären:

»Ein erpresster Erpresser sollte sich nicht beklagen«, brummte mein Papa. »Auch du, mein Sohn, bist doch in deiner Eigenschaft als Star ein Erpresser, oder?«

Ich verstand ihn nicht. Aber Hilde winkte und raschelte mit dem Spot-Vertrag von Rudi. Und abends, als es an der Tür klingelte, bestätigte sich Papas Meinung abermals. Meine Sekretärin ließ einen dickbäuchigen Mann eintreten, der Sulz bis auf die Glatze ähnelte. Der Fettwanst stellte sich als Axelfilm Cooperation vor, Sulzens bedeutendster Konkurrent, und kam sofort zur Sache:

»Ich bewundere Sie seit meiner Jugend, Romanoff. Dank der letzten Veröffentlichungen ist es Ihnen heute gelungen, in den Brennpunkt des gesellschaftlichen Interesses zu rücken. Axelfilm Cooperation beabsichtigt, einen großen und neuartigen Film mit dem Titel ›Leidenschaft im Wirbel‹ zu drehen, mit Camillo Lloyd Romanoff in der Hauptrolle.«

Klang nicht schlecht. Hilde ergriff das Wort:

»Mein Mann würde sich freuen, Axel, wenn Sie ihm ein wenig von der Rolle in Ihrem Film erzählen.«

Der Producer zündete eine Zigarre an und blickte zur Decke:

»Ich sehe vor meinem geistigen Auge einen Mann, der seine wunderschöne Frau liebt, sie jedoch nicht befriedigen kann ...«

»Moment mal, Axel«, unterbrach ihn meine Sekretärin. »Sie glauben doch nicht etwa, dass mein Mann nach seinen stürmischen Affären mit Fotografinnen einen Schwulen spielen wird.«

Axel wirkte ein wenig verlegen, erholte sich jedoch schnell:

»Mit allem Respekt, Frau Romanoff, das Publikum

würde es uns niemals verzeihen, wenn sich Camillo keinen sexuellen Begierden hingibt, die die Grenzen des Erlaubten auch nur leicht überschreiten.«

»In Ordnung«, räumte ich ein. »Aber ich möchte kein Schwuler mehr sein.«

»Ich habe begriffen«, fand Axel sich ab. »Was halten Sie davon, Frau Romanoff, wenn Ihr Mann in dem Film einen erfolgreichen Gynäkologen spielt?«

Ein Schauer überfiel mich. Ich hatte es nie leiden können, wenn im Fernsehen gezeigt wurde, wie ein Frauenarzt sich dort unten zu schaffen macht. Immer, wenn die Kamera ganz nahe auf eine arme Frau, festgeschnallt auf diesem abscheulichen Stuhl, schwenkte, musste ich sofort wegschauen. In diesem Sinne teilte ich Axel mit:

»Ich will kein Gynäkologe sein.«

»Was wollen Sie denn sein, Herr Romanoff?«

»Ein Mafia-Chef.«

»Kein Problem«, antwortete Axel. »Da ist überhaupt kein Widerspruch. Am Tag Gynäkologe, in der Nacht König der Unterwelt.«

»Tee oder Kaffee?«, schaltete sich Hilde rasch ein. »Ich glaube, wir sollten meinen Mann jetzt entschuldigen, er hat morgen einen schweren Tag.«

Meine liebe Frau hatte ja keine Ahnung, wie Recht sie hatte. Ich zog mich in mein Zimmer zurück, streckte mich auf dem Bett aus und versuchte mit letzter Kraft, mir Carla vor Augen zu rufen, wie sie sich gerade auszieht. Was um Gottes willen sollte ich morgen im Bett mit ihr anstellen? Ich hatte doch keine Erfahrung in diesen Dingen, wirklich nicht. Warum hatte ich mich überhaupt auf so etwas eingelassen? Wie hatte mich diese zauberhafte

Nixe so schnell und vollkommen in ihren Bann schlagen können, und warum war ich nicht rechtzeitig nach Brasilien geflüchtet?

Der Strom dieser quälenden Fragen wurde von Hildes Ruf unterbrochen. Sie wollte, dass ich mich von Axel verabschiede.

»Alles geregelt«, versicherte sie mir, »sechstausend pro Tag plus Mehrwertsteuer.«

Ich hätte mir nie träumen lassen, jemals Bekanntschaft mit dem mysteriösen Begriff ›Mehrwertsteuer‹ zu machen. Stolz drückte ich meinem neuen, dickbäuchigen Producer die Hand.

»Wir haben über deine Rolle gesprochen«, berichtete meine Sekretärin. »Wahrscheinlich wirst du einen ehemaligen Gynäkologen spielen, der heute als stiller Partner im Aufsichtsrat des organisierten Verbrechens fungiert.«

»Fein. Gute Nacht.«

Hilde schickte mich ins Bett und fragte ganz nebenbei, ob ich vielleicht Interesse hätte, dass sie morgen zu den Dreharbeiten komme. Ich antwortete ihr, Carla Weinstock und ich würden uns beide sicher sehr freuen, aber ausgerechnet morgen gäbe es dort gar nichts zu sehen.

Im klaren Bewusstsein, dass ich drauf und dran war, mich zu Hause als klassischer Ehebrecher und Lügner zu profilieren, schloss ich meine Augen. Ich schlief ganz gut.

Auf der Erde

Mit weichen Knien machte ich mich am nächsten Tag auf den Weg ins Studio Sulz. Mir graute vor dem organisierten Durcheinander beim Drehen, und vor der Bettszene mit Carla hatte ich eine ganz besondere Furcht. Die Erinnerungen an die Probe im Hotel waren noch zu frisch, vor allem im Hinblick darauf, dass Dr. Spock in seinem Buch über alles in der Welt spricht, außer über meine eigenartige Neigung für eine ganz bestimmte Zone. Ich suchte bei Spock im Index nach dem Eintrag »Hintern«, aber der Gelehrte hatte auch dazu nichts zu sagen.

Sicherheitshalber hatte ich mir noch am Abend das Getränk nach dem Rezept meines Vaters vorbereitet, aber am Morgen schämte ich mich, es zu trinken, ein fundamentaler Fehler, den ich sofort nach Verlassen des Hauses bereute. Hilde packte mir zwei Sandwiches ein, da der Producer seinen Künstlern nur einige Kekse zur Verfügung stellte, die aus besseren Tagen stammten. Leitungswasser gab es fast unbegrenzt.

»Gib Carla ein Bussi von mir«, verabschiedete sich Hilde. »Sag der Süßen, ich werde mich mit ihr treffen, sobald ich deine Korrespondenz erledigt habe.«

Sekretärin Hilde hatte tatsächlich viel zu tun. Nach den jüngsten Enthüllungen in der freien Presse musste sie eine Flut brieflicher Proteste beantworten. Die meisten bezogen sich auf die auflagenstarke »Populär«, die sich als Erste mit dem wahren Hintergrund meines brutalen Verhaltens gegenüber der jungen Fotografin befasste: »Betty traf die Ehefrau Romanoffs zufällig im Fitness-Center, und sofort entwickelte sich zwischen den beiden Damen ein heftiges Handgemenge.«

Ich selbst schenkte dieser journalistischen Bravour keine besondere Aufmerksamkeit, wusste ich doch, dass mein Dickerchen niemals irgendein Center aufsuchte. Eigentlich schade. Hilde steckte die wachsame Abendzeitung ins Poesiealbum »Klotz am Bein« und mit vorwurfsvollem Unterton stellte sie die Frage:

»Sag mir, was machen Zeitungsleser, die alles ernst nehmen?«

Beim Verlassen unserer Wohnung bekam ich die Antwort. Vor der Tür lümmelten wie üblich einige Volksgenossen herum, die mir entweder applaudierten oder mich verabscheuten. Ein Paar, der Mann klein gewachsen, die Frau groß und verwelkt, trat auf mich zu und die Frau spuckte mir ins Gesicht. Der kleine Mann streckte sich zu meiner Nasenhöhe empor und krächzte:

»Ich wünsch dir den Tod, du Saukerl.«

Die große Frau rief »Bravo, Albert«, aber in diesem Moment tauchten neben ihnen zwei unrasierte Halbstarke auf:

»Hey, Junge«, pfiffen sie Albert an, »sollen wir dir den alten Besen vom Hals schaffen?«

Der kleine Mann rief die Polizei, wobei er sich gleichzeitig mit wüsten Beschimpfungen über die heutige Jugend ausließ. Laut lachend machten sich die zwei Halbstarken aus dem Staub, und auch ich eilte flinken Schrittes in Richtung Studio. Als ich mich wie gewohnt durch die Garage in die sulzsche Wohnung schlich, führte meine dortige Schwiegermutter alias Frau Sulz in der Klinik bereits ein eifriges Gespräch mit Oberarzt Ramasury über dessen krankhaftes Verlangen nach mir. Der Producer stand neben der Videokamera und strotzte vor Vergnügen, weil endlich einmal jemand seinen Text sprach.

»Haben Sie denn überhaupt kein Gewissen, Herr Oberarzt?«, fragte meine Schwiegermutter. »Sie haben die Ehe meiner Tochter Gloria zerstört, und Sie hören nicht auf, unserem Manfred nachzustellen.«

»Liebe Mama«, antwortete der Oberarzt zärtlich. »Manfred ist der liebste, anständigste und attraktivste Mensch, der mir in meiner gesamten medizinischen Praxis jemals begegnet ist. Wie kannst du von mir verlangen, einen so wunderbaren Mann nicht zu lieben. Hören Sie, Sulz, wenn dieser Pimpf nicht sofort aufhört, mich anzustarren, werde ich das der Gewerkschaft melden. Ich kann nicht arbeiten, wenn dieser Schurke in der Tür herumsteht.«

Mit anderen Worten, er hatte meine Ankunft bemerkt.

»Giorgio, Giorgio, mein Größter«, beruhigte der Producer den Riesen. »Bei meiner Ehre, ich schwöre Ihnen, Romanoff zählt zu Ihren begeistertsten Fans. Stimmt's, Camillo?«

Ich grinste höflich.

»Bitte sehr, er hat es bestätigt«, jubelte Sulz. »Kommen Sie, schütteln Sie sich die Hand, wie es unter Freunden üblich ist.«

Ramasury trat mit säuerlicher Miene auf mich zu und versuchte, das Eis zu brechen und zugleich meine Hand.

»Stars wie wir beide sollten nicht streiten, Romanoff. Als Sie eintraten, war ich gerade dabei, Sie als wundervollen Mann zu loben. Nicht wahr, Frau Sulz?«

»Nein«, antwortete die Hexe. »Sie sagten wunderbarer Mann.«

Freundlicher Beifall. Übrigens schien mir, als hätte sich das Team verdoppelt. Neue und unbekannte Gesichter liefen auf dem Set herum. Sulzens feierliche Ankündigung erklärte alles:

»Mein Kronprinz, Carla Weinstock wartet im Bett auf Sie.«

Die ganze Bande drängte ins Schlafzimmer, auf den Gesichtern ein Macholächeln, das normalerweise die Zuschauer von Pornofilmen kennzeichnet. Unser Kameramann hatte plötzlich drei junge Assistentinnen mit erwartungsvoll glänzenden Augen zur Seite. Meine schlimmsten Befürchtungen drohten sich zu verwirklichen. Während die Schminke auf mein Gesicht geschmiert wurde, quälte mich der Selbstvorwurf, warum ich zum Teufel vor Verlassen der Wohnung auf den rettenden Alkohol verzichtet hatte.

Carla lag regungslos im Bett. Sie überließ es der Fantasie, ob sie unter der rosa Decke bereits nackt war oder nicht. Sulz kehrte den Producer heraus. Er gab lautstarke Anweisungen, stellte die Scheinwerfer in den richtigen Winkel zum Bett und schaute sogar durch die Linse der Videokamera, als verstünde er etwas davon.

Ich stand mit meinen zwei Sandwiches in der Tasche daneben und vergaß völlig, dass ich Romanoff hieß. Ich war wieder Karl Müller. Ich wagte es nicht, auf Carla auch nur einen Blick zu werfen, denn ich fürchtete mich vor ihrer höhnischen Miene. Irgendwie hatte ich das Gefühl, als mache sie sich über mich lustig, als wisse sie genau, wie mir zumute war.

Im kleinen Schlafzimmer wurde es eng und enger, da sich jetzt auch zwei alte Freundinnen von Frau Sulz dem Publikum anschlossen. Und ich, das Greenhorn, hatte immer geglaubt, die heißen Szenen in Filmen würden ganz intim, ohne Zuschauer gedreht.

»Manfred«, rief Sulz, und seine Stimme wurde plötzlich tiefer. »Bereiten Sie sich bitte auf die Szene vor.«

»Wie, wie vorbereiten …«

»Wir haben das doch in allen Einzelheiten besprochen, Camillo. Sie wollen Ihrer schönen Frau Gloria beweisen, dass Sie im Gegensatz zu dem, was im Piloten behauptet wurde, durchaus potent sind. Bitte, ziehen Sie sich aus.«

Ich näherte mich langsam dem Bett und warf einen verzweifelten Blick auf Carla. Sie lächelte zu meiner großen Erleichterung eher freundlich als spöttisch.

Ich begann, langsam meine Kleider auszuziehen, und versuchte mich vergeblich daran zu erinnern, wie das Ganze vor sich gegangen war, als ich seinerzeit Benedictina gezeugt hatte. In der Ecke kicherten die Freundinnen von Frau Sulz, als ob sie meine Gedanken läsen.

Ich war nicht bereit, die Socken auszuziehen. Ließ auch meine karierten Unterhosen an. Stand neben dem Bett, starrte zur Decke und wartete auf höhere Gewalt. Für einen Moment waren die Zuschauer völlig still, dann aber brachen sie in schallendes Gelächter aus, das in dem kleinen Raum mit der Wucht einer bösen Welle über mir zusammenschlug.

»Romanoff«, prustete auch der Producer. »Wie sehen Sie denn aus?«

Plötzlich erinnerte ich mich daran, dass ich ein Kronprinz war. Ich drehte mich um und begann zu brüllen, wie in diesem Studio wohl noch nie zuvor gebrüllt worden war.

»Raus! Sofort alle raus! Wir brauchen kein Publikum! Raus! …«

Niemand rührte sich von seinem Aussichtspunkt weg. Ramasury schlug in die Hände und brüllte aus vollem Halse:

»Wir sind doch hier nicht im Kindergarten, verdammt noch mal!«

Sulz versuchte, die Krise mit stiller Diplomatie unter Kontrolle zu bringen:

»Lieber Camillo, auch erotische Szenen werden in Anwesenheit eines technischen Stabs gefilmt.«

»Das ist kein Stab«, brummte ich. »Das ist ein schlechtes Publikum.«

Ein Großteil der Zuschauer fühlte sich von meiner Bemerkung verletzt. Mit empörten Zwischenrufen stellten sie sich auf die Seite der Produktion. Am lautesten muckte Frau Sulz auf:

»Martin, tu etwas«, kreischte sie aus ihrer Ecke. »Wegen eines Flittchens sollen wir Profis uns verstecken?«

Dann geschah etwas, das ich niemals vergessen werde. Carla sprang völlig nackt im Bett auf, und ihre grünen Augen sprühten Feuer und Schwefel:

»Halt's Maul, du alte Ziege«, schrie sie die Producergattin an. »Wenn Camillo Lloyd Romanoff Intimität fordert, dann verschwinden gefälligst alle, und zwar schnell!«

Der berauschende Anblick der nackten Göttin lähmte jeden Widerstand und die enttäuschten Zuschauer bewegten sich Richtung Tür. Nur einige beriefen sich weiterhin auf ihre Berufsdisziplin:

»Auch wir, Frau Weinstock, die Filmtechniker?«

»Auch ihr. Alle Voyeure sofort raus.«

Sulz zuckte mit den Schultern und gab resigniert seinen Mitarbeitern ein Zeichen, sich zu verziehen. Für sich selbst versuchte er noch, Einspruch zu erheben:

»Ich hoffe, Sie meinten nicht auch den Producer, Carla?«

»Vor allem Sie meinte ich.«

»Und was ist mit dem Kameramann? Wie soll ein Film ohne Kameramann gedreht werden?«

»Kein Problem. Man richtet die Videokamera auf dem Stativ in Richtung Bett und verzieht sich.«

Sulz zog beleidigt ab. Von draußen war sofort das schrille Gekeife von Frau Sulz zu hören. Der Kameramann wollte noch schnell die Kamera in Gang setzen, aber Carla schmiss ihn hinaus:

»Hau ab, Junge. Wir rufen dich, wenn's was zu filmen gibt.«

Wir blieben allein. Carla warf mir ein kleines Lächeln zu und schlüpfte dann wieder unter die rosa Decke. Ich stand, noch immer völlig gelähmt, in meinen karierten Unterhosen herum. Ich wusste nicht, was ich jetzt tun sollte. Zögernd zog ich aus meiner beiseite gelegten Hose die Sandwiches und bot sie Carla mit gesenktem Blick an. Sie packte sie aus und begann, das Käsebrot mit großem Appetit zu verzehren. Das mit Salami gab sie mir zurück.

»Lecker«, sagte sie mit vollem Mund. »Schließ die Türen ab.«

Ich verschloss eine der Türen mit dem Schlüssel, an die andere lehnte ich einen schweren Sessel, wie ich es in Krimis gesehen hatte. Nachdem diese Mission erfüllt war, kehrte ich zur kauenden Carla zurück und setzte mich mit dem Rücken zu ihr auf die Bettkante. Wir beendeten in Ruhe unsere gemeinsame Brotzeit. Zumindest hatte ich jetzt etwas zu tun. Während des Essens drehte ich mich um und wagte zum ersten Mal einen Blick in ihre schönen Augen:

»Du hast mich gerettet. Warum?«

»Weiß nicht«, antwortete Carla und leckte sich einen Rest Käse von den Lippen. »Es hat sich einfach so ergeben.«

Sie legte ihre Hand auf mein Knie.

»Sag mir die Wahrheit, bin ich die erste Frau in deinem Leben?«

»Was heißt das? Ich bin doch mit Hilde verheiratet.«

»Ich sagte Frau.«

Ich erinnerte mich daran, dass ich zu Hause anrufen musste.

»Ich habe auch eine Tochter«, erklärte ich meine Vergangenheit. »Sie kam vor 23 Jahren zur Welt.«

»Und seither?«

»Nichts.«

»Betty?«

»Weniger als nichts.«

»Was sollen wir tun, Camillo?«

»Keine Ahnung.«

»Willst du mich küssen?«

»Ja.«

»Sehr?«

»Sehr. Aber nicht nur deine Lippen wie vorgestern in der Garderobe. Ich träume davon, verzeih mir bitte, ich träume jede Nacht davon, dich überall zu küssen, meinen Mund über alle Teile deines herrlichen Körpers gleiten zu lassen. Ich bitte tausendmal um Entschuldigung …«

»Nicht nötig«, flüsterte die Schöne. »Aber zieh erst mal den Vorhang dort am Fenster zu. Es will uns jemand fotografieren.«

Und tatsächlich, in einem der Fenster spiegelte sich die dunkle Silhouette eines Mannes, der auf einer Strickleiter balancierte. Er richtete irgendetwas, vermutlich eine Kamera, auf mich, als ich den Vorhang zuzog. Carla bat mich, zu ihr zurückzukommen. Sie drehte sich auf den Bauch und streifte die Decke bis zur Hüfte hinunter.

»Hallo«, rief sie nach draußen. »Kamera!«

Der Kameramann betrat das Zimmer, stolperte über den schweren Sessel und fiel zu Boden. Mit einem lässigen Sprung stand er wieder auf, signalisierte mir mit erhobenem Daumen »Klasse«, schaltete die Kamera ein und humpelte hinaus.

Carla lächelte mich von der Seite an:

»Ich bin bereit.«

Was dann geschah, ist schwer zu beschreiben. Das war nicht mehr ich. Ich beugte mich über Carla und verteilte kleine, zärtliche Küsse auf ihrem Nacken, ihren vollen Schultern, und langsam wanderte ich, wie in einem unmöglichen Traum, ihren Rücken hinunter, der wie Seide glänzte und die herrliche Farbe von Oliven hatte. Ich dachte nicht daran, was ich tat. Ich weiß nicht, wie viel Zeit verging. Wir wechselten kein einziges Wort, nur das Videogerät summte in der Stille, die uns einhüllte.

Als ich auf meinem vergnüglichen Spaziergang die Hüften Carlas erreichte und vorsichtig die Decke abstreifen wollte, lief sie blitzschnell hinter die Kamera und schaltete sie aus. Danach kam sie tänzelnd zum Bett zurück und zog die Decke bis unter ihren süßen Popo, auf dem noch deutlich die Spuren meiner Zähne zu erkennen waren. Sie lächelte mir schelmisch zu:

»Bon appétit.«

Stumm begab ich mich auf ihre andere Seite, und mit viel Gefühl grub ich meine Zähne in die Stelle genau gegenüber meines ersten Bisses. Carla kam ihrer Pflicht nach und ließ ein »Aua« hören. Danach drehte sie sich um und zog mich auf sich. Dabei lachte sie so herzlich, dass sie auch mich damit ansteckte. Und so tummelten wir uns voll übermütiger Freude auf der verknitterten rosa Decke. Wir umarmten uns noch minutenlang, oder stundenlang, oder ewig. Ich landete auf einem anderen Planeten, jenseits des Irdischen.

Draußen scharten sich noch immer die Vertriebenen, die gehofft hatten, wenigstens die Videoaufnahme zu sehen, wenn sie schon die Lifeshow verpasst hatten. Die unzähligen Journalisten, die auf uns warteten, ärgerten sich, dass wir nicht gemeinsam herauskamen. Carla hatte mich an der Tür gewarnt:

»Ich gehe zuerst. Wir treffen uns in der Garderobe.«

Die Fotografen waren enttäuscht. Wahrscheinlich hatten sie den Auftrag erhalten, die zwei Akteure der Privatorgie so groggy wie möglich zu erwischen. Carla schritt in ihrem metronomischen Gang durch die Schaulustigen und erntete viele Pfiffe von betriebslustigen Männern.

Sulz hielt sie auf und umarmte sie für ein Pressefoto:

»Es gibt nur eine Carla Weinstock«, verkündete er. »Niemals zuvor haben meine Ohren einen derart wilden Taumel der Leidenschaften mithören dürfen.«

Ramasury küsste ihr die Hand:

»Ich kann mir gut vorstellen, Darling, was da drinnen abgelaufen ist.«

Die zwei alten Freundinnen der Frau Sulz drängten sich zu Carla vor und schleuderten ihr im Duett »Nutte« entgegen. Als kurz darauf ich in der Tür erschien, flammte die Begeisterung aufs Neue auf. Ramasury drückte mir die Hand für die Fernsehkamera:

»Wer zuletzt lacht, Camillo, lacht am besten!«

Die drei jungen Kameraassistentinnen fielen mir um den Hals:

»Was für ein Mann«, stöhnten sie. »Können wir ein Date machen?«

Danach liefen alle ins Büro von Sulz, um sich die Videoaufnahme anzuschauen. Der ausgemergelte Produktionsleiter teilte mir im Laufschritt mit, meine Frau habe mich telefonisch gesucht. Ich wurde unruhig und fragte:

»Was wollte sie?«

»Hat sie nicht gesagt.«

In Carlas Garderobe ließ ich mich auf den erstbesten Stuhl fallen und betrachtete das zauberhafte Geschöpf, das mir plötzlich so nah und doch so fern war. Carla schminkte sich ab. Ich betrachtete mich im Wandspiegel, ich war weiß wie die Wand. In solchen Momenten bedauerte ich aufrichtig, nicht zu rauchen. So quälend wurde meine innere Unruhe, die ich mir allerdings gut erklären konnte.

Bisher war meine Beziehung zu Carla ziemlich einfach

gewesen. Sie hatte sich in meinem Bewusstsein als begehrtes Weibsbild eingenistet, aber jetzt, in der stickigen Garderobe, sah ich eine liebenswerte Frau vor mir, verwirrend liebenswert. Ich nahm das Handy und wählte mit zitternden Fingern Hildes Nummer. Warum musste sie mich gerade jetzt suchen, warum?

Die Stimme meiner Frau klang müde. Den ganzen Tag lang hatte sie die endlosen Anfragen in Sachen Betty beantwortet.

»Ich wollte dir nur sagen, Karli, dass im Kühlschrank Obstsalat für dich steht. Du brauchst Vitamine.«

»Danke, mein Schatz.«

»Ist die Süße in der Nähe?«

»Nein«, antwortete ich und hielt die Hand vor den Mund, um Carla zum Schweigen zu bringen. Eigentlich wusste ich gar nicht, warum ich abstritt, dass sie in der Nähe war.

»Wie waren die Aufnahmen heute?«

»Langweilig, wie immer. Dieser Blödsinn zwischen Manfred und Gloria hängt mir allmählich zum Hals heraus.«

»Das kann ich mir vorstellen. Wann kommst du nach Hause?«

»Möglich, dass ich mich ein wenig verspäte. Wir müssen noch die Fortsetzung der Produktion besprechen.«

»Pass auf dich auf.«

Ich atmete schwer und stellte wieder einmal fest, dass ich ein unerfahrener Lügner war. Während des Gesprächs mit meiner Frau hatte meine Stimme irgendwie fremd und anders geklungen. Ich musste mich zusammenreißen, solange ich noch zu etwas Vernünftigem fähig war.

»Auf Wiedersehen, meine Schöne.«

»Begleitest du mich nach Hause?«

»Schau, Carla, du weißt doch, dass ich nicht kann ...«

»Ich dachte, wir könnten kurz mit Zucki Gassi gehen. Das ist alles.«

»Ich komme.«

Ich wartete vor ihrer Wohnung auf sie. Danach gingen wir drei in den nahe gelegenen Stadtpark. Zucki entdeckte mein Bein, war jedoch zu beschäftigt, um sich näher damit zu befassen. Es war ein schöner Abend, mit etwas Mondschein, genau wie in einem Groschenroman.

Carla nahm dem Pudel die Leine ab und schlug vor, auf einer Bank zu warten, bis Zucki fertig war. Da saßen wir und schwiegen im Halbdunkel ungelöster Fragen.

»Hasst du mich, mein Freund?«

»Nicht mehr.«

Sie nahm meine Hand und hielt sie fest. Ich fragte mich, warum ihre Berührung so angenehm war. Schließlich war es dunkel und es hätte auch eine andere Hand sein können. Ich sehnte mich nach Dr. Spock. Carla lehnte sich zurück und blickte zu den Sternen hoch.

»Ich muss dir etwas sagen, Karl.«

»Karl?«

»Ja, Camillo. Ich bin wie du, mein Liebster, nämlich ich bin nicht ich.«

Sie sprach leise, ohne mich anzusehen.

»Ich bin ich, Carla. Ein ganz ehrlicher Luftballon, den die Bande bis zum Platzen aufgeblasen hat.«

»Ich bin auch ein Ballon, Karl, aber ein Ballon voller Lügen. Ich spiele jeden Tag Theater, und nachts noch mehr. Und wir sind uns doch ähnlich. Dein falscher Name öffnet dir alle Türen, und ich setze meinen Körper als Wunderwaffe ein. Du hast ja keine Ahnung, wie schwach Männer sind. Sie sind völlig verloren, wenn sie einer so tollen Schlampe wie mir gegenüberstehen.«

»Aber seit wann zählt ein Popobeißer zur Gesellschaft der Männer?«

»Die Beißer sind die schweigende Minderheit. Die meisten wollen sich dabei erregen, aber du beißt lieb. Obwohl ich manchmal schon dachte, du seist bereit, auf deine Prinzipien zu verzichten, wie zum Beispiel im Restaurant, als du mich unter dem Tisch herumkriechen sahst.«

»Stimmt, ich erinnere mich ganz genau. Du suchtest deine Kontaktlinse.«

»Ich habe keine Kontaktlinsen. Ich wollte dich einfach verführen, für die Rolle in der erfolgreichen Serie. Und da hilft nur eines, runter auf alle viere. Klappt immer. Übrigens, ich bin auch keine Vegetarierin. Das klingt nur unheimlich kultiviert und macht mich bei Männern interessant. Ich liefere sowieso nur Illusionen. Manchmal für Publicity, manchmal für sehr viel Geld. Nach den Synchronmeisterschaften steigt die Nachfrage immer. Ein netter alter Mann, der auf Milliarden hockt, hat mir vor kurzem angeboten, mit ihm in einem Sarg zu schlafen.«

»Hast du?«

»Nein, er war mir zu alt. Wir einigten uns auf einen Kompromiss in einem stecken gebliebenen Aufzug. Ich bitte dich, Karl, verzieh jetzt nicht das Gesicht. Ich kenne dich, wie du wirklich bist, und ich will, dass auch du die echte Carla kennen lernst.«

»Wozu?«

»Weil du der erste Mann bist, der mich nicht zwingt, meine Rolle zu spielen. Du bist der erste Lügner, der nicht belogen werden muss. Du bist noch unverdorben, mein Liebling. Ich hab dich plötzlich sehr gerne.«

Der warme Wind des anderen Planeten wehte mich wieder an.

»Sehr schön, was du da sagst, Carla. Aber vielleicht spielst du auch jetzt?«

»Nein, dafür hab ich keine Zeit. Ehrlich gesagt, ich hab dich zwar ein paarmal mit der vordergründigen Leidenschaft geküsst, die die Männerwelt von mir erwartet, aber jetzt küsse ich einen unerfahrenen Mann ...«

Sie nahm meinen Kopf in ihre Hände und hauchte zärtliche Küsse auf meine Lippen. Es dauerte ziemlich lange. Ich wusste wieder einmal nicht, wie ich reagieren sollte, außer mit übertriebenem Herzklopfen. Vor allem nachdem Zucki seine Mission erfolgreich beendet hatte und sich wieder mit der alten Leidenschaft meinem linken Bein zuwandte. Ich zog meine Knie bis zum Kinn hoch:

»Sag bitte deinem Pudel, dass ich verheiratet bin.«

»Das weiß er schon. Ich habe ihm von deiner molligen Frau erzählt, und davon, wie falsch ich zu ihr bin.«

»Und was meint Zucki dazu?«

»Er kennt die Spielregeln.«

»Stimmt, du hast ja gesagt, dass er schon sechzehn ist.«

»Er ist erst sieben.«

Ich musste lachen. Aber genau in jenem Augenblick, in dem ich meine charmante Lügnerin umarmte, wurden wir von einem grellen Licht geblendet.

»Verdammte Journalisten!«

Wüst schimpfend sprang Carla auf die Füße und zerrte mich blitzschnell aus dem Park. Zucki blieb zurück, um den anonymen Fotografen aus der Ferne anzubellen. Im

Eilschritt floh ich die dunkle Straße hinunter, ohne mich von dem rätselhaften Geschöpf zu verabschieden, in das ich mich verliebt hatte.

Ich nahm mir ein Taxi nach Hause. Mit jeder Kurve wurde meine Stimmung düsterer, sodass ich den Fahrer bat anzuhalten und zu Fuß weiterging. Ich musste an die Filme denken, in denen immer ein deprimierter Mann durch dunkle Straßen wandert, um seine drückenden Gedanken vom frischen Wind vertreiben zu lassen.

Es störte mich, dass für mich kein Wind wehte. Was mich aber noch mehr beunruhigte: Ich war überhaupt nicht deprimiert. Ich fühlte mich als glücklicher Mann mit ein paar Sorgen, oder besorgt, aber sehr glücklich. Ich hatte Carla von Anfang an als leichtfertige Frau mit durchschaubaren Absichten entlarvt, aber jetzt, nachdem sie sich mir als eine Art von Kurtisane zu erkennen gegeben hatte, war sie für mich zu einer perfekten Lady geworden. Natürlich erinnerte ich mich an Dr. Spock auf den Seiten 166/7, nämlich dass die schönen Verführerinnen durchaus in der Lage sind, die Liebesgepflogenheiten auf dem Bildschirm im Leben exakt nachzuahmen und die Männer damit zu berauschen.

Aber, sagte ich mir, unsere Fernsehaufnahmen waren alles andere als gepflogen gewesen. Und letzten Endes ist es ja auch keine Berauschung, zweimal in einen einmaligen Popo zu beißen, sondern eine vielleicht etwas verrückte, jedoch durchaus ästhetische Angelegenheit. Jedenfalls etwas Positives. Wenn Dr. Spock meine Carla gesehen hätte, wie sie auf dem Bett herumlag, hätte er sicherlich keinen solchen Blödsinn über schöne Verführerinnen verzapft. Der weise Gelehrte konnte sich auch einmal verrechnen. Also musste ich aus eigener Kraft meiner Zwickmühle entkommen, allein mit der Hilfe meines gesunden Menschenverstands. Ich war ein Felsen, entschlossen, die Beziehung zu meiner Traumfrau wesentlich einzuschränken, um das Gleichgewicht zwischen ihr und Hilde mit größerer Sorgfalt zu sichern.

Jedoch, es gibt eben immer ein Jedoch, wenige Schritte vor meiner Wohnung verflogen diese nüchternen Gedanken. Wenigstens noch einmal wollte ich Carla wiedersehen, sogar jetzt gleich, um Mitternacht. Ich sehnte mich nach ihrer Stimme, ihren Hüften und allem Drumherum. Es konnte doch nach den Dreharbeiten zwischen uns nicht aus sein, es musste noch ganz lange dauern, wenn möglich ewig. Ich zog in aller Eile mein Handy hervor und rief sie an, trotz der späten Stunde. Ich musste einfach. Zum Glück wählte ich die falsche Nummer. Die richtige war in Hildes Sekretariat.

Schnell lief ich nach Hause und schlich mich auf Zehenspitzen, wie es sich gehört, in die Wohnung. Hilde schlief schon, aber sie murmelte mit geschlossenen Augen:

»Sulz hat angerufen … Die letzte Szene muss neu gedreht werden … Er hat den Kameramann entlassen …«

Dann schlief sie wieder ein. Und ich war völlig wach. Richtig, erinnerte ich mich, die schlaue Carla hatte ja im Studio die Videokamera von hinten ausgeschaltet, und jetzt sah das Ganze aus wie ein technisches Versagen. Natürlich war ich für eine Wiederholung der Szene mehr als bereit. Aber nicht im Studio. Ich betrachtete meine Frau mit ihren leicht pfeifenden Atemzügen und hob einige der Akten auf, die auf unserem Bett verstreut waren. Wie schwer hatte diese gute Seele doch geschuftet, wie wenig hatte sie meine Sehnsucht nach einer anderen Frau, die ihre Tochter sein könnte, verdient. Eigentlich, fiel mir gerade ein, hatte ich keine Ahnung, wie alt diese andere Frau eigentlich war. Ich hatte überhaupt keine Ahnung, wer sie war, diese Carla, und vielleicht war das auch gut so.

Ich rückte meiner Frau die Decke zurecht und fand, dass sie so, also zugedeckt, gar nicht so schlecht aussah. Ich schlich ins Büro und wühlte dort in den Papieren, bis ich die gesuchte Telefonnummer fand. Hilde hatte geschrieben: »Die Nummer der Süßen«. Ich schämte mich für mich.

Ich nahm den Hörer und wählte, wobei ich keinen Blick von der Schlafzimmertür ließ. Hörte es klingeln und mein Pulsschlag stieg an, obwohl sie nicht antwortete. Wahrscheinlich schlief auch Carla schon. Es war 0 Uhr 50. Ich ging zum Kühlschrank und holte mir den Obstsalat, den mir mein Pummelchen vorbereitet hatte. Sicher war ich nicht nur wach, sondern auch sehr hungrig.

Während ich den Obstsalat verschlang, stellte ich mir die dumme Frage, warum ich nach meiner Heimkehr zuerst zu meiner Frau und erst dann zum Kühlschrank gegangen war, wenn sie es doch genau umgekehrt machte. Ich wählte noch einmal Carlas Nummer, jedoch ohne Erfolg. Irgendwie ärgerte es mich, dass sie nach allem, was zwischen uns an diesem Abend vorgefallen war, einfach schlief.

Um mich zu beruhigen, trank ich ein Glas polnischen

Wodka. Dann schlich ich ins Bett. Doch ich konnte nicht einschlafen und lag noch eine ganze Weile mit offenen Augen da. Hildes ruhiger Schlaf brachte alle quälenden Fragen zurück, die in den letzten Wochen auf mich eingestürmt waren. Nach etwa einer halben Stunde erkannte ich plötzlich, was ich zu tun hatte. Ich rutschte ganz leise aus dem Bett, lief in die Küche und versuchte noch einmal, Carla anzurufen. Unverändert erfolglos. Dafür klingelte Dr. Spock in meinem Kopf, ich erinnerte mich an seine Überschrift auf Seite 259: »Wie kann der Ehemann sein Doppelleben überleben, ohne dabei zum Krüppel zu werden«.

Angespornt von diesem Titel, begann ich im Licht meiner neuen Taschenlampe das besagte Kapitel zu lesen. Zunächst kam das Fettgedruckte: »Ein vierundfünfzigjähriger Ehemann mit über einhundertsechsundzwanzig Monaten Partnerschaft, sein sprunghafter, jedoch unvermeidlicher Wechsel vom theoretischen Sex in die angewandte Praxis.« Dr. Spock widmete sich diesem Thema, dem seiner Meinung nach im Leben der kultivierten Menschheit höchste Bedeutung zukommt, mit seiner typischen Gründlichkeit:

»Sollte der Spruch der Weisen ›Geteiltes Leid ist halbes Leid‹ zutreffen, dann hat der Durchschnittsehemann jeden Grund, sein Leid zu teilen. Das neuzeitliche Doppelleben kann auf Jahrtausende zurückblicken, angefangen mit der Höhle des Steinzeitmenschen bis hin zum Fenster der Nachbarin gegenüber.

Bis zum Sieg des Christentums herrschte in unserer Welt zwar die Polygamie, jedoch nur der Form nach. Unter diesem Regime wurde jede freizügige Frau, die nicht von Jesus Christus gerettet werden konnte, gesteinigt. Heute wird die aufgeklärte Welt von Monogamie beherrscht, wiederum nur der Form nach. Die westliche Gesellschaft ist nicht weniger polygam, aber im Gegensatz zum rückständigen Orient musste sie sich in dieser Beziehung in den Untergrund begeben.

Das Doppelleben ist somit zu jeder Zeit und in jedem Regime ein Zwang der Umstände.

Moses wollte seinerzeit das Problem lösen, indem er auf dem würdigen sechsten Platz seiner Tafel ›Du sollst keinen Ehebruch begehen‹ einritzte. Der Diener Gottes erklärte, er habe dies auf Befehl von oben getan, noch bevor er sein Glück bei einem Dutzend gut aussehender Götzendienerinnen versuchen konnte.

In Wahrheit ist für die Popularität der Sünden des Doppellebens der Allmächtige höchstpersönlich verantwortlich. Er und kein anderer machte den Mann zu einem krankhaften Schürzenjäger, als er es ihm ermöglichte, dreihundert Kinder im Jahr zu zeugen, während sich die Frau aus technischen Gründen mit einem Spross oder maximal Fünflingen pro Jahr zufrieden geben muss. So betrachtet sollte nicht unerwähnt bleiben, dass auch das Alter einen entscheidenden Einfluss auf die männlichen Gelüste ausübt. Das Alter der Frau natürlich.

Das Gebot der Genesis verpflichtet den über einhundertsechzehn Monate verheirateten westlichen Mann zumindest dazu, den Gesetzen der Natur zu folgen und trotz der damit verbundenen Gefahren ein Doppelleben zu riskieren. Er kann sich damit trösten, dass er sich einem globalen Strom anschließt. Der einzig wahre Unterschied zwischen der Milliarde Bigamisten des Islams und der westlichen Welt besteht darin, dass in der polygamen östlichen Gesellschaft keine Klatschspalten existieren. Würde der Westen die polygame Ehe übernehmen, begäbe er sich in Gefahr der Massenarbeitslosigkeit in den freien Medien.

Inzwischen sollte man dem individualistischen Aspekt des Doppellebens ein wenig Aufmerksamkeit widmen. Es ist ein Paradoxon, denn jedes Individuum steht bei seinen Untergrundaktivitäten vor exakt demselben Dilemma. Man könnte dieses Phänomen als Verwirklichung des Gleichheitsprinzips definieren, eines der Ziele der Französischen Revolution.«

Hier blickte ich auf meine neue Uhr: es war 3 Uhr 10. In der Hoffnung, sie würde vielleicht gerade aufstehen, um etwas Kaltes oder etwas Warmes zu trinken, rief ich Carla an. Sie war unerreichbar, also kehrte ich zu Dr. Spock zurück.

»Mein Buch ist, wie gesagt, dem Mann/verheirateten Mann gewidmet, und ich erlaube mir, mich bei der Gemeinschaft der Frauen für diese Diskriminierung zu entschuldigen. Dieses Kapitel richtet sich ausschließlich an den Vierundfünfzigjährigen mit einer hundertsechzehnmonatigen Partnerschaft auf dem Buckel. In Anbetracht dieser Umstände werden voraussichtlich zu Beginn des zweiten Monats nach seinem Geburtstag erste Anzeichen des Alters auftreten. Natürlicherweise wird der Mann einen ›Kontrapunkt‹ für den relativen Abbau seiner physischen Kräfte suchen, und zwar durch intime Kontakte mit einer jungen Frau, die möglichst sportlich gebaut sein sollte. Mit anderen Worten, die Schönheit des Kontrapunkts und dessen erotische Ausstrahlung sind fast immer der entscheidende Faktor. Wenn der Mann zunehmenden Alters zu der Annahme gelangen sollte, er mache sich zum Sklaven des hohen Intelligenzquotienten seiner Geliebten, so betrachte ich es als meine Pflicht, ihn daran zu erinnern, dass Tennischampions niemals mit Verfassungsrichterinnen liiert sind, sondern ausschließlich mit Supermodels.

Geheime intime Kontakte sind durchaus dazu geeignet, dem Ehemann über hundertsechzehn Monaten den Glauben an seine wiedererwachte Männlichkeit zurückzugeben. Diese glücklichste Phase seines Lebens kann er sogar genießen, solange sie, die Phase, andauert.

Das Ende dieser gesegneten Kontakte ist nicht vorhersehbar, da zu viele Faktoren im Spiel sind, aber vor allem wegen der Absichten der Geliebten. Hin und wieder kann es jedoch vorkommen, dass die Beziehungen über drei Jahre und vier Monate problemfrei andauern. Es ist klar, dass auch der Ehefrau des Mannes bei der Bestimmung des Endes eine entscheidende Rolle zukommt. Jüngste Forschungsarbeiten der Fakultät für hyperaktives Sozialverhalten der Universität Minneapolis haben ergeben, dass die verheiratete Frau normalerweise am Ende der hunderttägigen Gnadenfrist beginnt, den Aktivitäten ihres Mannes mit Misstrauen zu begegnen, und am Ende des ersten Jahres kocht sie über. Mit Erlaubnis des Lesers vermeide ich hier, spezifisch auf den Siedepunkt der Ehefrau einzugehen, ebenso wenig wie auf den Racherausch der Geliebten, zwei Faktoren, die den Prozess natürlich beschleunigen könnten. Der Verfasser dieser Zeilen möchte nämlich nicht zu Naturkatastrophen Stellung nehmen, sondern seine Ausführungen ausschließlich mit erprobten statistischen Tatsachen untermauern.«

Es war vier Uhr morgens. Ich wählte noch einmal, legte aber gleich wieder auf. Dr. Spock ging inzwischen zu einer sachlicheren Analyse über, und nachdem ich einen kurzen Blick in unser Schlafzimmer geworfen hatte, vertiefte ich mich wieder in die faszinierende Lektüre.

»Das Doppelleben ist kurzfristig«, schrieb der Gelehrte. »Seine Dauer wird meist von der Situation bestimmt, die in Fachkreisen ›Das Schweigen des Lammes‹ genannt wird, das heißt, der relativen Ruhe zu Hause. Der Vierundfünfzigjährige muss seine Frau verstehen, die unermüdlich versucht, dem weiblichen Störenfried auf die Spur zu kommen. Dazu spezialisiert sie sich auf eine systematische Spionagetätigkeit, indem sie verzweifelt in den Taschen ihres Mannes und im Papierkorb nach Beweismaterial sucht, häufig Kreuzverhöre durchführt und heimlich die Gesprächsabrechnungen der verschiedenen Telefonfirmen sammelt. Erfahrene Hausfrauen machen auch von der Möglichkeit Gebrauch, durch Betätigung der Wiederholungstaste des Telefonapparats in Erfahrung zu bringen, mit wem das letzte Gespräch geführt wurde. Durch die Erfindung des Hosentaschentelefons werden diese Möglichkeiten multipliziert werden, folglich wird der Vierundfünfzigjährige in Zukunft unbedingt zwei Taschentelefone anschaffen müssen, wovon eines zur ehelichen Inspizierung vorgelegt werden kann, das andere als Instrument zur Organisation geheimer Treffen dient.«

Diese letzten Zeilen deutete ich als Wink, mein Schicksal in die Hand zu nehmen und Carla anzurufen. Diesmal nahm sie ab und brüllte in den Hörer:

»Bist du der Kretin, der die ganze Nacht anruft? Der Teufel soll dich holen!«

Mir blieb die Luft weg. Wie kann jemand so fluchen und gleichzeitig so schön sein. Doch die Morgendämmerung ließ mir jetzt keine Zeit zum Rätseln, sondern jagte mich zurück zu Dr. Spocks letzter Passage, die sich mit den Vorsichtsmaßnahmen des aktiven Vierundfünfzigjährigen befasst.

»Der vorsichtige Ehemann leugnet alles, gibt nur zu, was nicht mehr geleugnet werden kann. Wenn er mit dem Rücken zur Wand steht, macht er aus seiner langjährigen Affäre einen lächerlichen Seitensprung von einer oder maximal zwei Nächten, an die er sich kaum noch erinnern kann. Für den vorsichtigen Ehemann gelten einige eiserne Gesetze: zu Hause nicht zu glücklich aussehen, nicht zu nett zu seiner Frau sein, ihr keine Blumen bringen oder sie plötzlich in die Oper einladen. In diese Rubrik fällt auch das sicherheitspolitische Gebot, immer bar zu bezahlen und keine Quittungen mitzunehmen. Darüber hinaus dürfen keine Diäten begonnen und auf gar keinen Fall ein Fitnesstraining aufgenommen werden. Stattdessen sollte er das Haus stets in schlampiger Kleidung verlassen und sich erst im Auto rasieren. Der vorsichtige Ehemann beklagt sich auch über mysteriöse Leiden, die seine physische Stärke beeinträchtigen, und er schluckt regelmäßig giftgrüne Pillen. Ärzte empfehlen dem vorsichtigen Ehemann Prostatabeschwerden, obwohl das bedeutet, dass er mindestens dreimal pro Nacht aufs Klo rennen muss.

Sollte all dies nichts genützt haben und alle Stricke reißen, dann bleibt dem Ehemann noch eine praktische Lösung, nämlich sich der großen Schar der »Na-ja-Menschen« anzuschließen und auf jede skandalöse Polaroidaufnahme, die seine Frau ihm vor die Nase hält, mit einem Räuspern zu reagieren:

›Na ja … na ja…‹

Krisen in Ehen über hundertsechzehn Monaten sind unvermeidlich«, beendet Dr. Spock seine detaillierten Ausführungen. »Ehen ohne Krisen sind jedoch todlangweilig. Viele progressive Eheberater vertreten die Überzeugung, das Doppelleben sei letzten Endes die einzige Chance für den Durchschnittsehemann, ein glückliches und erfülltes Familienleben zu führen.«

Am nächsten Morgen war ich ziemlich erschlagen und schleppte mich zu dem weichen Ei, das die gute Hilde mir gekocht hatte, bevor sie wie immer losgezogen war, die Morgenzeitungen zu kaufen. Ich nützte die Gelegenheit und rief sofort Carla an. Auch ihre Stimme ließ nicht gerade auf übermäßige Frische schließen.

»Guten Morgen, Camillo. Ich habe fast die ganze Nacht nicht geschlafen. Irgendein Idiot hat mich die ganze Zeit angerufen.«

»Carla, Carla«, antwortete ich. »Warum hast du den Stecker nicht rausgezogen?«

»Dafür hätte ich aufstehen müssen. Bist du allein?«

»Ja.«

»Es war schön gestern.«

»Du bist wundervoll. Aber hör gut zu: Sulz teilte meiner Frau mit, dass unsere Szene noch einmal gedreht werden muss. Ich habe keine Lust, das in seinem Studio zu tun.«

»Ich auch nicht. Was wirst du Sulz sagen?«

»Entschuldige, sie ist wieder da.«

»Das versteh ich nicht.«

Ich legte auf und kehrte eiligst zu meinem weichen Ei zurück. Eigentlich hätte meine Frau ruhig mit Carla sprechen können, aber ich handelte dumm und überstürzt wie immer. Hilde setzte sich schweigend in ihren Schaukelstuhl, und das verhieß wieder einmal nichts Gutes. Sie reichte mir die große Morgenzeitung.

»Lies!«

Also, auf der ersten Seite, ja, der ersten Seite erschien ein großes und dunkles Bild von Carla und meiner Wenigkeit, wie wir im Stadtpark fotografiert worden waren. Völlig entsetzt starrten wir in die Kamera und machten den Eindruck eines Pärchens, das unangenehm überrascht wurde. Der Text unter dem Bild war furchtbarer denn je:

DER SEXRITTER REITET WIEDER

»Der auf junge Fotografinnen scharfe Kronprinz Camillo Romanoff verbringt seine Nächte allem Anschein nach in Gesellschaft seiner Serienpartnerin, der Sexbombe Carla Weinstock. Die beiden wurden vom Cheffotografen der Redaktion auf einer Parkbank aufgenommen, um Mitternacht, vertieft in ein äußerst intimes Gespräch, wahrscheinlich über ihre ungehemmte Liebesszene, die sie einige Stunden zuvor vor dem Produzenten Sulz und seinen schockierten Mitarbeitern hingelegt hatten.«

Ich ließ mein Frühstück stehen. Aus den Augen meiner Frau sprach tiefste Verachtung.

»Na ja …«, murmelte ich. »Ich hab dir doch gesagt, dass wir die Fortsetzung der Produktion besprechen mussten.«

Sie nahm die Zeitung in die Hand und sah sich unser Foto noch einmal an.

»Interessant«, bemerkte sie. »Sogar ein Hund hat an der Besprechung teilgenommen.«

Das schwarze Loch

An jenem Morgen hing der Haussegen am seidenen Faden. Das Bild in der Zeitung war zwar dunkel, aber nicht verschwommen genug, um Carlas Pudel verleugnen zu können. Ich hatte die ganze Nacht hauptsächlich deswegen mit Dr. Spock in der Küche verbracht, weil er mir unter anderem auf Seite 206 versprach, dass meine Durchschnittsehefrau erst am Ende einer hunderttägigen Gnadenfrist anfange, misstrauisch zu werden. Kürzere Gnadenfristen hatte der Gelehrte offenbar nicht gekannt.

»Na ja …«, versuchte ich jetzt Zucki zu verteidigen. »Frau Weinstock musste ihren Hund Gassi führen, gleichzeitig mit den Beratungen über die Produktion …«

Ich hatte das Gefühl, genau das Richtige zu sagen. Spock wäre gewiss stolz auf mich gewesen. Doch der Argwohn meiner Frau verunsicherte mich.

»Karl«, sagte sie. »Du lügst mich an.«

In diesem Moment klingelte das Telefon. Hilde stürzte hin und hob ab:

»Ja, Carla, ich bin's …«

Ich vertiefte mich in mein weich gekochtes Ei und lauschte dem lebhaften Gespräch, das sich zwischen den beiden Frauen entwickelte. Ich konnte zwar nur Hildes Antworten hören, aber die Todesangst, die sich meiner in diesen kritischen Augenblicken bemächtigte, verlieh mir die geistigen Kräfte, eine positive Entwicklung herauszuhören.

»Auch ich hatte einmal einen, Linda hieß er«, hörte ich Hildchen sagen. »Ich weiß, wie das mit Hunden ist ... Euer Bild in der Zeitung ist aber wirklich schrecklich, meine Liebe ... Was sich die Zeitungen heutzutage alles erlauben. Gerade erst sagte ich zum armen Camillo, er sollte diesen Unsinn gar nicht erst lesen ... Aber wir stehen ihm schon bei, nicht wahr, meine Süße?«

Hildes Stimme schwankte zwischen einem vorwurfsvollen Alt und einem lustigen Kichern. Dann reichte sie mir strahlend den Hörer:

»Sie will mit dir sprechen, Karli.«

Carla fasste ihre Botschaft in einen kompakten Satz:

»Ruf mich sofort an.«

»Ja, Gnädigste«, antwortete ich. »Meine Frau und ich wünschen Ihnen einen schönen Tag.«

»Sehr witzig!«

Manchmal muss man einfach Glück haben. Auch Hilde beruhigte mich:

»Die Süße hat völlig Recht. War wirklich dumm von mir, dich und deine Potenz zu verdächtigen, wenn ich das so sagen darf.«

Frischen Mutes machte sie sich auf den Weg, den Rest der Zeitungen zu besorgen. Sobald sich die Tür hinter ihr geschlossen hatte, rief ich Carla an, um ihre hohe Intelligenz zu loben.

»Carla, du bist die klügste aller Frauen«, huldigte ich ihr. »Pardon, Hilde kommt zurück.«

Mein Dummerchen hatte den Aufzugschlüssel vergessen. Nachdem sie wieder draußen war und ich schnell zum Hörer griff, klingelte es. Es war die liebe Cutterin Margarete.

»Wie Sie wissen, Camillo, will Sulz eure zärtliche Liebesszene noch einmal drehen. Das müssen Sie unbedingt ablehnen. Diese ergreifenden Minuten retten die ganze erste Folge.«

»Wird es denn eine zweite Folge geben?«

»Das hängt allein von Gerschon Glasskopf ab.«

Rasch beendete ich das Gespräch, um Carla anzurufen, aber das blöde Telefon klingelte schon wieder.

»Erlauben Sie, dass ich mich vorstelle, Herr Romanoff. Mein Name ist Olaf Zubrowitz-Schlizer, Redaktionsmitglied der Abendzeitung ›Populär‹. Wie Sie wissen, wir sind an Wochentagen zwei Millionen Mal verkauft. Ich habe den Unsinn in der heutigen Morgenzeitung gelesen, und ich muss mich für mein Gewerbe schämen. Es war mir gleich klar, dass ich, Olaf Zubrowitz-Schlizer, dem bedeutendsten Schauspieler unserer Generation unverzüglich zu Hilfe eilen muss. Ich hoffe, Sie gewähren mir ein persönliches Interview, Herr Romanoff, um dieses beispiellose Unrecht wieder gutzumachen.«

»Gut, wann?«

»Sofort. Ich möchte, dass unsere Leser schon heute Abend die volle Wahrheit erfahren. In zwei Minuten bin ich bei Ihnen.«

»Bitte schön.«

Endlich konnte ich Carla anrufen:

»Bevor du ein Wort sagst, mein Engel, sie ist wieder da.«

Hilde brachte einen Packen Zeitungen mit.

»Man hat mich den ganzen Weg fotografiert«, berichtete sie. »Verlass das Haus nicht, Karli. Lies in aller Ruhe die Presse durch, du hast Zeit.«

Ich saß natürlich wie auf Kohlen, versuchte jedoch, den Eindruck eines konzentrierten Lesers zu erwecken. Eine Zeitung brachte zum Beispiel ein Blitzinterview mit unserem greisen Hausmeister, das sich mit dem verdächtigen nächtlichen Treffen im Stadtpark befasste.

»Ich sehe Herrn Romanoff fast jeden Tag«, verriet der Greis. »Er macht den Eindruck eines sehr berühmten Mannes. Deshalb kann ich Ihnen jetzt nicht alles erzählen, sonst werde ich gefeuert, und wer nimmt schon einen Hausmeister in meinem Alter? Herr Romanoff ist auch als Star ein sehr wichtiger Mann. Er hat viele Bewunderinnen und er gibt ihnen Autogramme. Auch ich habe schon drei, aber keine ganzen. Mit vollem Namen signiert er nur für junge Mädchen …«

Ein Boulevardblatt übernahm das Interview mit dem Sicherheitsoffizier in der Romanoff-Residenz unter dem Titel *»Er liebt Frischfleisch«*. Die Redaktion betrachtete es als ihre journalistische Pflicht, die Eltern unter ihren Lesern zu warnen, ihre minderjährigen Töchter dem Hause Romanoffs fern zu halten. Danach erschien noch ein kurzes Interview mit dem Serienstar Giorgio Ramasury, der Camillo und Carla vor ihrem Ausflug in den Stadtpark als Letzter gesehen hatte.

»Erst hatten sie hemmungslosen Sex im Studio«, erzählte der Star. »Aber das hat ihnen anscheinend nicht gereicht.« Frau Weinstock habe sich geweigert, der Presse gegenüber Stellung zu beziehen.

Während ich all das las, überlegte ich die ganze Zeit, wie ich Carla unbemerkt anrufen könnte. Dr. Spock hatte mich in der Küche gewarnt, nicht zu häufig von zu Hause zu telefonieren, da meine Partnerin anhand der

Gesprächslisten den Untergrund kontrollieren kann. Und ich hatte schließlich nur ein Hosentaschen-Handy, nicht die von Spock empfohlenen zwei. Für mich als Celebrity war es jedoch zu gefährlich, ein zweites zu kaufen, ohne mich dabei wieder den öffentlichen Tratschereien auszusetzen.

Leider saß Hilde in meinem Zimmer. Ich verzog mich ins Treppenhaus, um von dort die ungeduldig wartende Carla anzurufen. Doch das saublöde Handy hatte im Treppenhaus keinen Empfang, und dann musste ich auch noch an der eigenen Tür klingeln, weil der Schlüssel drinnen steckte.

»Du bist in der letzten Zeit völlig daneben«, bemerkte Hilde, als sie mich einließ. »Auch im Schlaf. Heute Nacht hast du wieder von diesem Berg Popocateetwas gemurmelt, oder wie er heißt …«

Vielleicht, dachte ich, sollte ich es vom Klo aus probieren, aber da tauchte er bereits auf, der gut gesinnte Journalist:

»Herr und Frau Romanoff, es ist mir eine große Ehre, Sie kennen zu lernen.«

Zubrowitz-Schlizer war ein junger, sehr nett aussehender Mann, und sein sympathisches Gesicht strahlte vor echter Freude.

»Ich wagte nicht zu hoffen, dass Camillo Lloyd Romanoff bereit ist, mich sofort zu empfangen, Gnädigste«, gestand der junge Mann meiner Frau. »Die ganze Redaktion ist in heller Aufregung.«

Wie setzten uns ins Wohnzimmer. Zubrowitz-Schlizer wollte nur ein Glas Leitungswasser, da ihm sein Chefredakteur aufgetragen habe, die Wiedergutmachung des journalistischen Unrechts innerhalb einer halben Stunde abzuliefern.

»Die beiden Männer wollen sicherlich unter vier Augen sprechen«, lächelte Hilde charmant und zog sich in ihr Büro zurück.

»Ihre Frau ist sehr eindrucksvoll«, bemerkte Zubrowitz-Schlizer und verriet mir gleich darauf, auch er sei verheiratet und Vater von zwei Kindern, ohne sich jedoch übermäßig anzustrengen, seiner Frau treu zu sein. Ich fühlte sofort, dass die Chemie zwischen uns stimmte. Der nette junge Journalist zögerte nicht, mir die intimsten Affären seines Lebens zu beichten, wobei ein übermütiges Grinsen seine Lippen umspielte:

»Ich bin kein Heiliger, Herr Romanoff. Auch ich renne jeder Schürze hinterher und bumse sogar die Frauen meiner Kollegen.«

Olaf zündete sich eine Zigarette an, rückte näher an mich heran und senkte seine Stimme:

»Die Frau unseres Grafikers, ein tolles Weib, will jedes Mal mit Handschellen an die Wasserleitung gekettet werden, und ihre sechzehnjährige Tochter fängt immer an zu singen, wenn ich mich von ihr massieren lasse.«

Eigentlich mag ich solche Berichte nicht besonders. Aber Olaf strahlte trotz allem eine Art kindlicher Naivität aus. Ich fragte ihn nach seinem Alter. Er gab zu, er gehe schon auf die fünfzig zu, bewahre sich sein jugendliches Aussehen jedoch durch die außergewöhnliche Menge an Sex, die er Tag für Tag konsumiere.

»Vielleicht bin ich zu offen, Herr Romanoff, aber durch Ihre metaformhafte Persönlichkeit haben Sie mein grenzenloses Vertrauen gewonnen«, gestand Olaf und blickte auf die Uhr. »Wenn Sie erlauben, möchte ich Ihnen jetzt meine erste Frage stellen, denn die Zeit drängt. Prinz Romanoff, sind Sie mit der journalistischen Berichterstattung über Ihr Privatleben zufrieden?«

Er bat mich, mit derselben Offenheit zu antworten, wie er sie mir gegenüber an den Tag gelegt hatte, und fügte fairerweise hinzu, falls das eine oder andere nicht gedruckt werden solle, genüge es zu sagen »Off the record«.

Ich schätzte seine Seriosität.

»Ich werde Ihre Offenheit belohnen«, sagte ich. »Sie selbst sind ja wegen der Verleumdungen zu mir gekommen, die heute in den Medien über mich stehen: Prinz Romanoff ist ein Waschlappen, verrückt nach hemmungslosem Sex, missbraucht seinen Status als ›Megastar‹, um mit jungen Fotografinnen und minderjährigen Mädchen von der Straße ins Bett zu steigen. Glauben Sie mir, ich kann darüber nur lachen, mein Freund.«

Olaf hörte anteilnehmend zu und erklärte spontan, die heutige Presse, einschließlich seiner respektablen Abendzeitung, verstoße gegen die elementarsten Gesetze journalistischer Integrität.

»Was dieser Tage über Sie und Fräulein Weinstock veröffentlicht wird, ganz zu schweigen von dem skandalösen offenen Brief der übergeschnappten Fotografin, das lässt doch jedem anständigen Menschen die Haare zu Berge stehen«, meinte mein Interviewer und fragte, was ich von Carla hielte.

»Schauen Sie, Olaf, Carla löst mit ihrer traumhaften Schönheit bei jedem Mann so etwas wie Begierde aus. Aber sie ist gar nicht so. Niemand kennt sie richtig.«

»Entschuldigen Sie, Camillo, wenn ich mir die Frechheit herausnehme, meiner Pflicht als Journalist nachzukommen, und wage, Sie zu fragen, ob Sie mit Fräulein Weinstock intimen Verkehr hatten.«

»Wir sind nur gute Freunde.«

Ich fragte ihn, warum er unser Interview nicht aufzeichne, aber Olaf beruhigte mich, er erinnere sich an jedes Wort, schließlich sei das ja sein Beruf.

»Nur noch eine letzte Frage«, versprach er mir. »In welchem Alter hat Ihr Interesse am schwachen Geschlecht begonnen, und welchen Impakt hatte dies auf Ihre Nächte im Stadtpark, wenn ich fragen darf.«

Bevor ich diese Frage beantworten konnte, betrat Hilde das Wohnzimmer.

»Entschuldigen Sie die Störung, Herr Zubrowitz-Schlizer. Die alberne Theateragentur meines Mannes hat soeben eine Klage gegen ihn eingereicht.«

Hilde nützte die Gelegenheit, mich zu unterstützen:

»Ich hoffe, Camillo hat Ihnen diesen ganzen Skandal geschildert. Sagen Sie ehrlich, Herr Zubrowitz-Schlizer, sieht so ein Ehebrecher aus, ein hemmungsloses Monster? Das ist nicht nur lächerlich, sondern auch sehr, sehr traurig.«

Ich war inzwischen zu allem bereit, um endlich Carla anrufen zu können.

»Ich muss jetzt leider Schluss machen, Olaf«, sagte ich. »Schade um jede Minute. Und was Ihre letzte Frage betrifft, zu meinem Bedauern hab ich einfach zu spät begonnen, mich für Frauen zu interessieren. Aber was die angeblichen nächtlichen Treffen mit Carla Weinstock angeht, völlig bedeutungslos. Hauptsache, meine Frau weiß alles und glaubt mir.«

Olaf verabschiedete sich mit einer tiefen Verbeugung vor Hilde und dankte mir von ganzem Herzen. Er war wirklich sehr höflich, uns beiden sehr sympathisch.

Kaum war er weg, schrillte das Telefon. Hilde wechselte einige fröhliche Worte mit Carla, danach gab sie mir den Hörer und setzte sich auf ihren Schaukelstuhl in meine Nähe.

»Unsere Süße ist dran.«

»Bist du wahnsinnig geworden?«, kreischte Carla am anderen Ende der Leitung. »Ich sitze hier seit zwei Stunden wie eine Idiotin und warte, dass du anrufst. Hab ich das verdient?«

»Wir wollen gerade Mittag essen«, antwortete ich. »Gefüllten Blumenkohl.«

»Hör mir gut zu, du Ehemann, Sulz hat wegen unserer Bettszene angerufen. Er will, dass wir richtig zusammen schlafen. Ich sagte dem Schwein, er soll mit dir reden. Was meinst du dazu?«

»Hauptsache, wir sind gesund.«

»Du kannst mich mal ...«

Damit legte sie auf. Ich fragte meine Frau, ob sie sich nicht zu einem kleinen Nickerchen in ihr Zimmer zurückziehen wolle, aber da klingelte es an der Tür und ein ganzes Team von Kameraleuten, angeführt von Bier-Agent Rudi, stürmte herein.

»Ich bitte tausendmal um Verzeihung, Romanoff«, entschuldigte sich Rudi. »Ihr Foto mit der Weinstock in der Morgenzeitung hat unserem geplanten Wodka-Spot einen unheimlichen Push gegeben.«

»Moment, mein Herr«, schaltete sich meine Sekretärin ein. »Was ist mit der Gage?«

»Hier ist der Bankbeleg«, Rudi zog das Dokument aus seiner hinteren Hosentasche hervor. »Die Summe wurde in aller Hergottsfrüh auf das Konto von Herrn Romanoff überwiesen. Können wir anfangen?«

Sie rückten die Möbel weg, nahmen die Vasen von den Tischen und die Bilder von der Wand. Rudi bat mich, ausgerechnet in Hildes Schaukelstuhl Platz zu nehmen.

»Romanoff. Take one. Action!«

Ich hob ein Glas Wodka und sagte »Zum Wohl, Papa!« Diesmal beherrschte ich den Text, aber Rudi ließ mich den Werbespot trotzdem ein Dutzend Mal wiederholen, während Carla auf meinen Anruf wartete. Zum Schluss weigerte ich mich weiterzumachen. Das Team warf die Vasen auf ihre Plätze zurück und verzog sich ohne ein weiteres Wort.

Ich hatte das Gefühl, augenblicklich zusammenzubrechen, wenn ich nicht bald telefonieren konnte. In der Mitte seines Buches, ich weiß nicht mehr genau, wo, schrieb Dr. Spock, die Bibel, das heißt Gott, habe seinerzeit ausdrücklich erklärt, »Es ist nicht gut, wenn der Mensch alleine ist«. Der Gelehrte stellte weder die Glaubwürdigkeit der Quelle noch die Richtigkeit der Aussage in Frage, fügte jedoch hinzu, manchmal könne der Fall eintreten, dass sich ein über hundertacht Monate verheirateter Mann nichts sehnlicher wünsche, als allein zu sein. Wenigstens ein paar Minuten bitte, dachte ich und ein erlösender Gedanke nahm in mir zunehmend Gestalt an.

»Hildchen«, wandte ich mich an meine Frau. »Rudi hat einen Haufen Geld überwiesen. Kauf ein Auto.«

»Gut, zum Geburtstag.«

»Nein, jetzt. Ich bitte dich, jetzt, in diesem Moment, bevor wir's uns anders überlegen. Kauf einen Kleinwagen mit Dieselmotor.«

»Ich?«

»Ja. Du hast einen erlesenen Geschmack. Ich vertraue dir hundertprozentig.«

»Nett von dir«, errötete Hilde. Ich bat sie, sich zu beeilen, da die Autohändler neuerdings früher schließen. Meine Frau hauchte einen Kuss auf meine Stirn und machte sich guter Dinge auf den Weg in die Stadt. Ich drückte fieberhaft die Tasten des Telefonapparats im Büro, in der Annahme, dort gingen so viele Gespräche ein, dass es auf eines mehr oder weniger nicht mehr ankomme.

Carlas Nummer war besetzt. Zum Platzen gespannt wartete ich neben dem Apparat. Als ich wieder wählen wollte, klingelte es. Benedictina, ausgerechnet jetzt. Ich bat sie, gleich zu Übrigens zu kommen, da ich keine Zeit hätte.

»Für jeden hast du Zeit, nur nicht für mich«, beklagte sich meine Tochter. »Was bist du bloß für ein Vater? Übrigens, ich wollte dich bitten, das Geld direkt nach New Orleans zu überweisen. Es ist doch unlogisch, dass ich zwischen dir und deinem zukünftigen Schwiegersohn vermittle, o. k.?«

»O. K.«

Bei Carla war noch immer besetzt. Wie kann man nur so lange quatschen? Ich wartete noch einige Minuten, dann klingelte das verdammte Telefon wieder. Diesmal war es der wutentbrannte Sulz.

»Hören Sie, Müller«, grölte der Producer. »Ich kann eine Liebesszene nicht nur mit einer läppischen Fummelei senden.«

Ich war auf hundertachtzig.

»Drohen Sie mir nicht, Sulz«, brüllte ich zurück. »Bin ich für die Fehler Ihrer Kameraleute verantwortlich? Ich bin ein durch und durch emotioneller Akteur, ich kann keine Szene wiederholen.«

»Das kommt überhaupt nicht in Frage. Wenn Sie nicht bereit sind, die Szene zu wiederholen, Müller, dann sehen Sie keinen müden Groschen mehr von mir. Ich möchte mit Ihrer Frau sprechen.«

»Ist nicht zu Hause. Sie kauft ein Auto.«

»Also nein?«

»Nein.«

Sulz verlor die Beherrschung.

»Hören Sie zu, Müller«, schrie er. »So einfach geht das nicht! Ich werde Ihre Scheinkarriere in der ganzen Branche ruinieren, verlassen Sie sich darauf. Sie werden noch auf allen vieren angekrochen kommen, um irgendeine kleine Rolle in einem Pornofilm zu erbetteln. Ich verfluche den Tag, an dem ich Sie entdeckt habe.«

»Sie sollten mit meiner Agentur sprechen, Sulz.«

»Ich werde mit niemandem sprechen. Ich werde noch heute abhauen. Ich bin von lauter Debilen umgeben.«

Ich legte auf und es klingelte wieder.

»Also wegen dieser Hure hast du mich verlassen«, überfiel mich die Fotografin Betty. »Ich war dir wohl nicht gut genug, Romanoff.«

»Ach Betty, wirklich …«

»Weißt du überhaupt, Camillo, dass ich zu all deinen perversen Kapricen bereit war? Nächsten Monat kannst du mich splitternackt im ›Penthouse‹ bewundern. Dann wirst du sehen, was du versäumt hast, du Schuft.«

»Aber …«

»Nichts aber! Du hast mich kaputtgemacht und ich … ich …« Betty brach in hemmungsloses Schluchzen aus. »Ich liebe dich noch immer, ich dumme Kuh …«

Dann war die Leitung endlich frei. Schweißgebadet drückte ich die Tasten:

»Carla, meine Liebste, bitte … bitte … Oh Gott!«

Hilde stolperte herein und ließ die Tür hinter sich offen.

»Na«, fragte ich heiser. »Haben wir ein Auto?«

Hilde hielt eine dicke Zeitung unterm Arm, und anstatt mir zu antworten, wankte sie wieder hinaus. Sie setzte sich auf die Treppe im Stiegenhaus und begann bitterlich zu weinen. Noch nie hatte ich sie so verzweifelt gesehen. Ich setzte mich neben sie und umarmte sie. Dabei warf ich einen Blick auf die dicke Zeitung. Es war die auflagenstarke »Populär«, und zwar die achte Auflage der Sonderausgabe an diesem Tag. Wahrscheinlich wegen der Schlagzeile:

ROMANOFF:
ICH BIN EIN WASCHLAPPEN

In einem Exklusivinterview übt der Star erstaunlich offene Selbstkritik an seinem krankhaften Sextrieb. • Carla Weinstock ist die Göttin seiner Träume. • Frau Romanoff ist über ihren perversen Gatten entsetzt.

Ich wollte zurück in die Wohnung. Schaffte es jedoch nur bis zur Schwelle, hielt mich am Türrahmen fest und sank langsam zu Boden. Hilde sprang erschrocken auf und zog mich hinein. Der alarmierte Notarzt stellte nur eine

»leichte Kreislaufstörung« fest und fächelte mir mit der Abendzeitung ein wenig Wind ins Gesicht.

Und das Leben ging rücksichtslos weiter. Das Interview, das mich ermorden sollte, liegt jetzt im Album »Klotz am Bein«, geziert von Olafs Namen und seinem Status in der Redaktion: *Von O. Zubrowitz-Schlizer, Korrespondent für Sitte und Anstand.*

»Camillo Lloyd Romanoff muss unseren Lesern nicht vorgestellt werden. Unsere Redaktion wird von Fanpost an ihn überflutet«, eröffnete Olaf das Interview. »Seit dem rauschenden Erfolg des Piloten von ›Im Wirbel der Leidenschaft‹ macht der Star Schlagzeilen. Heute jedoch bietet sich die erste Gelegenheit, der Öffentlichkeit Romanoff, den Mann, zu präsentieren.«

Olaf schilderte in einigen Sätzen den herzlichen Empfang durch meine Gattin, danach ging er zu einer tiefsinnigen Charakteranalyse meiner komplexen Persönlichkeit über.

»Zunächst soll erwähnt werden, dass der Schauspieler im Leben eine weitaus nettere und solidere Erscheinung abgibt als auf dem Bildschirm. Er redet ruhig und höflich über jedes geläufige Thema. Kommt man jedoch auf seine berühmten sexuellen Affären zu sprechen, wird Romanoff ein völlig anderer Mensch, seine Miene versteinert sich, seine Stimme wird hart und brutal, seine aggressive Offenheit sogar erschreckend. Über seine professionelle Arroganz müssen hier keine Worte verloren werden. Er nennt sich zwar ›Prinz Romanoff‹, es kann jedoch sein, dass er nur die billigen Komplimente wiederholt, mit welchen er von seinem betörten Frauen-Harem überschüttet wird.

Zunächst sprachen wir unter vier Augen. Hier zeigte er sich noch zurückhaltend und kehrte die ›prekären‹ Fragen bezüglich seiner amourösen Abenteuer elegant unter den Teppich, wie zum Beispiel seine herzlose Affäre mit der blutjungen Betty oder das mysteriöse nächtliche Treffen im Stadtpark. Er und Frau Weinstock seien nur gute Freunde, erklärte er und gab gleichzeitig zu, Carla sei die Frau seiner Träume, und nur er kenne ihre weibliche Fähigkeit, glühende Begierde auszulösen. Zu ihrer stürmischen Beischlafszene in der ersten Folge der Serie weigerte sich Romanoff, Stellung zu nehmen. Unsere Leser können sie jedoch in einigen Tagen auf dem Bildschirm sehen.

Den ersten Schock löste das Erscheinen von Frau Romanoff aus, einer stillen, gequälten Frau, die für unsere Leser ihrer seit Jahren angestauten Frustration und Bitterkeit freien Lauf ließ. Sie wies anklagend auf Romanoff und rief, den Tränen nahe:

›Bitte, Herr Zubrowitz-Schlizer, so sieht ein Ehebrecher aus, ein hemmungsloses Monster! Das ist sehr traurig …‹

Romanoffs kalte und herzlose Miene blieb unbewegt. In selbstgefälligem Ton wollte der Star sein brutales Verhalten gegenüber seiner Gattin vor mir damit rechtfertigen, dass er zu seinem großen Bedauern erst viel zu spät begonnen habe, sich für Frauen zu interessieren (›Schade um jede Minute‹). Jetzt jedoch sei er bereit, der Redaktion von ›Populär‹ die Wahrheit über sich zu verraten. Dabei zeigte er nicht die geringste Scham, genau wie ein anderer Adeliger vor dreihundert Jahren, der Marquis Donatien-Alphonse-François de Sade.

›Ich bin ein Waschlappen‹, gestand Romanoff mit klarer Stimme. ›Ich bin einfach wild auf hemmungslosen Sex. Ich missbrauche meinen Status als Megastar, um mit jungen Fotografinnen und minderjährigen Mädchen ins Bett zu steigen. Glauben Sie mir, ich kann darüber nur lachen.‹

Als er das Entsetzen erkannte, das sich auf meinem Gesicht ausbreitete, beendete Romanoff das Interview kaltblütig:

›Die Hauptsache ist, dass meine Frau alles weiß und mir glaubt.‹

Als er dies sagte, wurde das Gesicht von Camillo Lloyd Romanoff wieder menschlicher, so wie wir diesen Filmgiganten seit jeher kennen und lieben.«

Es war nicht leicht, Hildes Geschrei über das Unrecht anzuhören, das ich und dieser dreckige Interviewer von der Zeitung ihr angetan hatten.

»Ich weiß alles, ich glaube dir? Was soll dieser Unsinn, Karl. Was soll ich wissen, was soll ich glauben, verdammt noch mal.«

»Na ja, na ja.«

Ich wunderte mich, wie eine diplomierte Lehrerin für Sozialkunde dermaßen die Fassung verlieren kann, vor allem, da diese Lehrerin seit Wochen nichts anderes tat, als vor lauter Nervosität ununterbrochen in sich hineinzufressen.

»Hildelein«, erklärte ich ihr. »Du stehst im Rampenlicht.«

Ich stand unter Druck. Das Telefon klingelte und es war nicht Carla. Hilde reichte mir den Hörer.

»Hier, sprich mit dem Dreck.«

Olaf konnte vor Aufregung kaum reden.

»Herr Romanoff, es ist ganz furchtbar, was da geschehen ist«, jammerte er. »Mein gemeiner Redakteur hat alle Argumente, mit denen ich Ihre Makellosigkeit unter Beweis stellen wollte, aus dem Zusammenhang gerissen. Herr Redakteur, sagte ich zu ihm vor einigen Minuten, Sie haben einen niederträchtigen Schreiberling aus mir gemacht, aber das war das letzte Mal, dass Sie mich so behandelt haben. Prinz Romanoff, ich habe meine Kündigung eingereicht. Es ist mir egal, dass die Zeitung heute Abend vierzehn Auflagen erlebt, meine Entscheidung ist endgültig, ich bin nicht mehr Mitglied der ›Populär‹-Redaktion.«

Seine aufrichtige Verzweiflung ließ mich nicht unberührt. Letzten Endes hatte er auch bei unserem Interview keinen schlechten Eindruck hinterlassen.

»Bitte, seien Sie doch nicht so kindisch, Olaf«, appellierte ich an seinen gesunden Menschenverstand. »Sie müssen wegen eines charakterlosen Redakteurs doch nicht gleich Ihren Job hinwerfen. Sie haben die echte Begabung zu einem echt talentierten Journalisten, lassen Sie sich in Ihrer Wut nicht zur Flucht verleiten. Ich und meine Frau glauben an Sie.«

Ich streckte den Hörer meiner Frau hin:

»Es ist der Redakteur. Sag Olaf ein gutes Wort.«

»Du lieber Himmel«, zischte Hilde. »Ich bin mit einem Degenerierten verheiratet.«

»Warum?«

Sie rollte schweigend in ihr Büro.

»Hören Sie, Olaf«, wandte ich mich wieder an Olaf. »Meine Frau ist gerade beschäftigt, sie lässt Sie aber ganz herzlich grüßen.«

»Freut mich zu hören, Camillo. Die gnädige Frau weiß sicher zu schätzen, dass ich Sie am Ende des Interviews bewunderte. Gott sei Dank, dass der Redakteur wenigstens das dringelassen hat.«

»Ja, sie war vom Ende sehr beeindruckt.«

»Tausend Dank, Prinz Romanoff. Auch für Ihren freundlichen Rat bezüglich meiner Abdankung. Sollten Sie jemals Hilfe brauchen, dann können Sie sich darauf verlassen, in der Presse einen wahren Freund zu haben, der Ihnen immer und jederzeit zur Verfügung steht.«

Es begann schon zu dunkeln, und noch immer hatte ich Carla nicht zurückgerufen. In meinem Kopf reifte ein wagemutiger Plan, nämlich mich aus dem Fenster zu lehnen und zu versuchen, irgendwie in der freien Luft einen Empfang für mein vertrotteltes Handy zu ergattern. Als ich gerade das zweite Fenster öffnete, kam Hilde herein und fragte, was ich da mache.

»Ich brauche Luft.«

Eigentlich wollte mich Hilde nur ans Telefon in ihrem Büro holen. Rudi suchte mich:

»Hören Sie, Romanoff, Ihr Werbespot ist bei den Säufern sehr gut angekommen. Es gefällt ihnen, wie Sie auf das Wohl Ihres Vaters trinken. Aber jetzt geht es um ein wirklich ernstes Geschäft. Kann Ihre kugelrunde Sekretärin uns hören?«

»Sie ist meine Frau.«

»Mahlzeit. Also, hören Sie gut zu, Romanoff. Sie wissen bestimmt, in ein paar Tagen sind Wahlen für unsere neue Regierung. Die Liberalen sind bereit, so viel zu zahlen, wie Sie wollen, wenn Sie vor laufender Kamera Ihren Beitritt zur Partei bekannt geben.«

»Ich werd mir's überlegen. Über Politik müssen Sie sowieso mit meiner Frau sprechen.«

Hilde übernahm den Hörer. Vielleicht war sie ja liberal, wer weiß? Wie auch immer, ich zog mir schnell einen Pulli über und deutete ihr an, ich müsse gehen. Sie bedeckte die Hörmuschel und fragte, wohin.

»Gewissenssache, Hildelein. Ich geh den armen Psychologen vom vierten Stock besuchen.«

»Der ist doch im Irrenhaus, oder?«

»Na und? Man lässt einen Freund nicht im Stich.«

Auf dem Weg zur Anstalt bat ich den bärtigen Taxifahrer, kurz bei einer Telefonzelle anzuhalten. Auf einmal war bei Carla nicht besetzt, was mich so verwirrte, dass ich sofort auflegte und zurück ins Taxi sprang. Als ich sie dann mit meinem Handy anrief, war ihre Nummer natürlich wieder belegt. Aber die Klinik für Geisteskranke lag so weit entfernt, dass ich es doch noch schaffte, Carla nach einem Dutzend Versuchen zu erreichen.

»Nichts«, meldete sich meine Schöne. »Und das war alles für Ihr Mistblatt.«

Und legte auf. Eigentlich war es mir ganz recht, denn ich wusste nicht, wie ich ihr meinen unverzeihlich späten Rückruf erklären sollte. Gleichzeitig sehnte ich mich dermaßen, ihre Stimme zu hören, dass ich überglücklich war, als ich dann, auf dem halben Weg zu Psycho, endlich wieder mit ihr verknüpft war.

»Ich schäme mich ganz fürchterlich, Carla«, versuchte

ich ihr den Wutanfall zu ersparen. »Es hat einfach nicht geklappt.«

»Hab ich mir gedacht. Auch ich wurde nach deinem bescheuerten Interview von allen Klatschfüchsen überfallen.«

»Tut mir wirklich Leid. Ich konnte nicht anrufen, solange Hilde zu Hause saß.«

»Das Motiv kenne ich. Wirst du diesem Gefängnis jemals entkommen?«

»Wie?«

»Mit schlechtem Benehmen. Das ist die einzige Möglichkeit, auf freien Fuß gesetzt zu werden.«

»Ich sehne mich danach, dich zu sehen, Carla.«

»Ich auch. Ich vermisse deine süße Scham. Aber wir sollten vielleicht eine kurze Pause einlegen, mindestens bis zur Sendung der neuen Folge. Wir dürfen uns nicht jeden Tag zusammen erwischen lassen.«

Plötzlich, auf dem Hintersitz im Taxi, rückte das Bild, wie sie auf dem Bauch liegt, wieder zum Beißen nah.

»Wir könnten uns bei dir treffen, Carla.«

»Das fehlt mir noch, mein Schatz, dass dich die Nachbarn sehen. Vergiss nicht, dass du ein Star bist.«

»Ich komme jetzt, im Dunkeln.«

»Geht nicht. Ich bin nicht allein.«

Ich verstummte. Diese Möglichkeit hatte ich nicht in Betracht gezogen.

»Hallo«, rief Carla. »Bist du noch dran?«

»Ja, trotzdem.«

Dann wusste ich nichts mehr zu sagen. Ich steckte mein Handy weg und bezahlte den Fahrer. Wir hielten schon seit einigen Minuten vor der dunklen Anstalt. Ich wusste nicht, wo mir der Kopf stand. Letzten Endes war dieser ganze Besuch bei Psycho nur eine Ausrede gewesen, um aus dem Haus zu kommen, und jetzt war das Tor der Klinik verschlossen. Ich klingelte. Ein weiß gekleideter Pfleger erschien.

»Was ist los?«

»Ich möchte bitte Herrn Leonard Böhm besuchen.«

»Jetzt? Mitten in der Nacht?«

»Ich bin Camillo Lloyd Romanoff.«

»Moment.«

Nach einer Minute ging das Licht am Eingang an, und ein gepflegter Herr von aristokratischer Erscheinung stellte sich vor:

»Dr. Leonid Bühl, Direktor der Klinik. Es ist uns eine große Ehre, Sie empfangen zu dürfen, Herr Romanoff.«

Der Direktor führte mich in sein Büro und beschrieb in einigen kurzen Sätzen den Besorgnis erregenden Zustand des Patienten Böhm.

»Er ist einer unserer schwersten Fälle. Er kam mit der fixen Idee zu uns, er sei zum Generaldirektor der Klinik ernannt worden. Hin und wieder muss er ruhig gestellt werden, wirklich sehr bedauerlich. Kommen Sie, Herr Romanoff, wir bringen Sie zu ihm.«

Psycho saß in seiner kleinen Zelle und blickte durch die Gitter am Fenster zum Himmel hinauf.

»Böhm, Sie haben Besuch.«

Psycho trat auf mich zu und umarmte mich:

»Danke, dass Sie gekommen sind, danke, dass Sie gekommen sind …«

Irgendwie freute auch ich mich, obwohl ich noch immer keinen triftigen Grund für meinen Besuch finden konnte. Zum Glück hatte ich daheim noch schnell das Büchlein von Dr. Spock in meine Manteltasche gesteckt, als eindeutigen Beweis für Hilde, dass ich nichts anderes vorhatte, als meiner menschlichen Verpflichtung gegenüber dem unglückseligen Psycho nachzukommen.

»Ich habe ein Problem, Herr Böhm«, improvisierte ich mit beachtlichem Talent. »Ich kann bei Dr. Spock keinen Hinweis auf meinen persönlichen Komplex finden. Stellen Sie sich vor, ich liebe es, in den Popo von Frauen zu beißen.«

»Darauf haben Sie kein Monopol, Herr Müller. Laut einer Forschungsarbeit des bekannten Sexologen Dr. Kingsley empfindet fast ein Drittel der heterosexuellen Männer das starke Verlangen, in ein schönes Hinterteil zu beißen.«

»Warum wird dieses Phänomen dann von Spock ignoriert? Ich konnte unter dem Stichwort ›Popo‹ oder ›Po‹ nichts finden.«

»Lieber Herr Müller, Sie müssen unter ›Allerwertester‹ nachschlagen.«

Mit verständlicher Aufregung machte ich mich sofort ans Blättern und wurde auf Seite 309 unten fündig. »Der wohlgeformte weibliche Allerwerteste dient dem vampirischen Drang als Delikatesse«, stand da in fett gedruckten Buchstaben. Ich drückte Psycho dankbar die Hand, und voller Neugier, auch die kleinen Buchstaben zu lesen, beeilte ich mich, aus seiner Zelle zu kommen.

»Auf Wiedersehen, lieber Nachbar.«

»Bitte, gehen Sie nicht«, hielt der Psycho mich auf und nahm ein Stück Papier von seinem Tisch. Er notierte in krakeliger Schrift: »Ich wurde zum Direktor der Klinik berufen, aber man verwechselte mich mit einem Geisteskranken, der glaubt, ein König zu sein. Leonid Bühl wurde zum Direktor der Klinik ernannt, und ich als Irrer eingesperrt. Ich flehe Sie an, retten Sie mich.«

»Ja, ja, klar«, beruhigte ich den Psycho und bewegte mich vorsichtig rückwärts in Richtung Tür. »Ich werde mich darum kümmern.«

»Ein Wahnsinniger leitet die Klinik an meiner Stelle«, rief mir der arme Böhm hinterher, als ich schon draußen war. »Wenigstens einen Fernseher könnten sie mir geben …«

Vor dem Tor wartete der Direktor der Klinik auf mich. Ich erzählte ihm, wie sehr ich meinen ehemaligen Nachbarn bedauerte. Dr. Leonid Bühl unterrichtete mich über die vollkommene Aussichtslosigkeit, Leonard Böhms manische Depression jemals unter Kontrolle zu bekommen. Ich sagte dem zuvorkommenden Direktor, ich müsse nun gehen, würde mich aber freuen, mit ihm auch in naher Zukunft wieder zu diskutieren. Dr. Bühl antwortete mit distanzierter Höflichkeit:

»Wir könnten uns zu unserem großen Bedauern nur noch für einige Tage freimachen.«

»Schade«, sagte ich. »Vielleicht später?«

»Geht nicht. Mit Gottes Gnaden findet in zwei Tagen in der Sixtinischen Kapelle unsere Krönung statt.«

Der kurze Besuch im Irrenhaus hing mir nach. Einerseits fand ich, dass Psycho unter unwürdigen Bedingungen in seiner kleinen Zelle festgehalten wurde, andererseits aber hatte Direktor Bühl den Eindruck eines ernsthaften Mannes hinterlassen, der, abgesehen von seinem Anspruch auf den Thron, durchaus fähig schien, ein medizinisches Institut zu leiten. Ich selbst hatte ja auch nichts dagegen, für einen russischen Kronprinzen gehalten zu werden, nicht wahr?

Während ich nach Hause fuhr, wurde mir klar, dass ich das Unrecht, das Böhm widerfuhr, nicht so einfach ignorieren könne, und beschloss noch im Taxi, ihm ein nagelneues Zweiunddreißig-Inch-Fernsehgerät zu schicken. Im Augenblick aber brannte ich nur darauf, den Eintrag »Allerwertester« auf Seite 309 weiterzulesen, und bat den Fahrer, kurz auf einem Parkplatz anzuhalten.

Dr. Spock hatte das zentrale Thema in meinem Leben doch nicht vernachlässigt. Im Gegenteil, eine gewisse Begeisterung zwischen seinen Zeilen wies sogar darauf hin, dass auch er selbst zu den heimlichen Bewunderern des Allerwertesten gehörte, gemeinsam mit einem Drittel der Männer auf unserer Erde.

»Es handelt sich hier um ein uraltes Problem aus der hellenistischen Epoche, in welcher weibliche Schönheit der Intelligenz von Philosophen fortgeschrittenen Alters vorgezogen wurde.« So Spocks kleine Buchstaben. »Bis zum heutigen Tag finden im männlichen Lager stürmische Diskussionen über die Präferenz der weiblichen Attribute statt: Po oder Busen.«

Dr. Spock schilderte nun seine Weltanschauung: »Der Po ist die Nummer eins, da die beiden Komponenten des Busens im Verlauf der Jahre Unterstützungsmaßnahmen erfordern, während der Allerwerteste längere Zeit ohne jede äußere Hilfe rund und aktiv bleibt. Die Einstellung der Männer zu diesem magnetischen Anziehungspunkt des weiblichen Körpers wird häufig geheim gehalten, sodass es nicht leicht ist, glaubhafte statistische Angaben zu erhalten.«

Ich blätterte zu Seite 310:

»Es kann also nur mit hoher Wahrscheinlichkeit behauptet werden, dass der Durchschnittsitaliener einen schönen Po zu schätzen weiß«, fuhr Spock fort. »Zweifellos aber wurde es dem Italiener zu einem volkstümlichen Brauch, in aller Öffentlichkeit den zwei prallen Hügeln unter dem Rock einen schwungvollen Klaps mit der flachen Hand zu verabreichen. Die Männer Indiens hingegen richten ihre Aufmerksamkeit verstärkt auf die Region der Taille und abwärts, während von den europäischen Intellektuellen zusammenfassend gesagt werden kann, dass sie ihre erotische Erfüllung nicht selten durch häufige Bisse in den Ursprung ihres Verlangens erreichen, wobei sie sich ohne nennenswerte gesundheitliche Risiken eines überirdischen Genusses erfreuen können.«

Ehrlich gesagt, die Tatsache, dem intellektuellen Stand anzugehören, stärkte mein Selbstbewusstsein hinsichtlich der beiden Frauen in meinem Leben. Was jedoch meine gesetzlich Angetraute betraf, war die Einschätzung von mir als Beißer nicht ganz zutreffend. Verständlicherweise hatte meine Sehnsucht nach der schönen Statue namens Carla absoluten Vorrang. Trotzdem war ich felsenfest entschlossen, sie nicht noch einmal anzurufen, um mir die Enttäuschung zu ersparen, falls sie wieder nicht allein zu Hause war.

Vielleicht aber war ich doch kein makelloser europäischer Intellektueller, da ich ja nicht nur in einen Teil von Carla, sondern in die ganze Carla verliebt war. Suchte ich nach Alternativen, landete ich wieder bei ihr. In meinem einstigen Traum im puerto-ricanischen Viertel von Budapest hatte zwar auch Betty einen durchaus respektablen Allerwertesten vorgeführt, aber inzwischen wurde er für mich ebenso ungültig wie der von Frau Sulz, nur um einen anderen zu erwähnen.

Meine tiefschürfenden Überlegungen wurden von der Ungeduld des bärtigen Taxifahrers unterbrochen, der die Fahrt endlich fortsetzen wollte und mich hämisch fragte:

»Sagen Sie, sind Sie nicht zufällig der Waschlappen aus der Zeitung?«

Er war mit seiner kritischen Einstellung nicht allein. Zu Hause wartete eine aufgewühlte Hilde auf mich. Das Interview Olafs war mittlerweile in zweiundzwanzig Auflagen erschienen und ein Konkurrenzblatt warb sogar im Radio mit der Ankündigung, es werde morgen weitere Enthüllungen über den »Sexskandal des Kontinents« veröffentlichen. Im Fernsehen, Schreck lass nach, erzählte die Boutiqueinhaberin, Romanoff habe bei ihr gearbeitet, wurde von ihr jedoch rechtzeitig entlassen, aus Furcht vor seinen seltsamen Neigungen.

Da es den Fernsehsendern nicht gelungen war, Producer Sulz aufzutreiben, hatte der Intendant des ersten Programms die Idee, Frau Romanoff höchstpersönlich für eine Porträt-Sendung einzuladen.

»Ich habe sofort zugestimmt«, berichtete Hilde stolz. »Man muss diesen ganzen Blödsinn, den unsere Feinde über dich verbreiten, ein für alle Mal dementieren. Vor allem, da mich Gerschon Glasskopf vorhin angerufen hat. Er beschwor mich, der Öffentlichkeit die Augen zu öffnen, solange es noch geht.«

Hilde erzählte mir, der große Kritiker sei über mein Interview mit dem dreckigen Olaf sehr verärgert gewesen.

»Jeder Mensch hat das Recht auf persönliche Geheimnisse«, habe er ihr wörtlich anvertraut. »Aber die schamlosen sexuellen Prahlereien Ihres Mannes, Gnädigste, berauben den schauspielerischen Reformator Romanoff seiner ruhmreichen Verdienste.«

Hilde habe Glasskopf versprochen, mich auf die rechte Bahn zurückzulenken. Leicht war es für sie nicht. Denn zu allem anderen bedrückte sie auch noch die Hausmeisterkrise. Fast alle Medienvertreter im Lande hatten den armen Teufel gesucht, ihn aber nicht gefunden. Seine kleine Parterrewohnung war abgeschlossen, an die Tür hatte er einen Zettel mit folgenden Abschiedsworten geklebt: »Ich kann die Verfolgungen nicht mehr aushalten. Der Schlüssel für den Aufzug liegt unter dem Fußabstreifer. Ich bitte die Familie Romanoff um Verzeihung.«

Der einzige Zuspruch kam ausgerechnet von der Theateragentur »Sascha und Sohn GmbH«. Sascha hatte meine Frau angerufen und ihr die Resolution vorgelesen, die er an die Presse schicken wollte:

»Der Klient unserer Agentur, der Magier des Bildschirms, C. L. Romanoff, Star der Erfolgsserie ›Im Wirbel der Leidenschaft‹, ist auch im Bereich seines Privatlebens eine einzigartige und unantastbare Persönlichkeit.«

Was soll ich sagen, mit oder ohne Sascha, die immer näher rückende Sendung bereitete mir gehörige Kopfschmerzen. Mein alter Wunsch, vor der Primetime nach Brasilien abzuhauen, meldete sich jetzt verstärkt wieder, obwohl ich wusste, dass Hilde nie im Leben mitkommen würde. Aber vielleicht Carla oder das Biest namens Betty?

Lauter sinnlose Fantasien eines erschöpften und gestörten Gehirns. Kurz vor Mitternacht rief jemand an und ich hob im Dämmerzustand den Hörer ab.

»Hallo«, sagte der Mann. »Mit wem spreche ich?«

»Mit Müller, Karl Müller.«

»Mit wem?«

»Pardon, ich habe mich mit jemandem verwechselt. Hier spricht Camillo Lloyd Romanoff. Was wünschen Sie, mein Herr?«

»Ich wünsche mir, dass Sie sich samt Ihrer Huren aufhängen.«

Es war mir völlig egal. Außer der Sehnsucht nach Carla interessierte mich überhaupt nichts mehr. Ich wollte sie anrufen, trotz felsenfest.

Am Morgen erteilte mir Hilde beim weich gekochten Ei die strenge Anweisung, das Haus auf keinen Fall zu verlassen.

»Das hat, Karli, auch Carla gesagt.«

»Wann?«

»Gestern, als du im Irrenhaus warst. Ich bin nicht dazu gekommen, es dir auszurichten. Die Süße macht sich Sorgen um dich. Ruf sie doch mal an.«

»Nicht so dringend.«

Es war das Dringendste auf der ganzen Welt. Sie, Carla, machte sich Sorgen um mich! Ich bat Hilde, sich gleich auf den Weg zu machen, um die neuesten Zeitungen zu holen.

»Gern«, stimmte sie lächelnd zu. »Und danach begehen wir gemeinsam Harakiri.«

Fiebernd telefonierte ich vom Apparat im Büro, der der ungefährlichste war. Nicht besetzt. Ich flüsterte mit schwacher Stimme:

»Bitte, meine Herzallerliebste, ich muss dich sehen, bitte.«

»Noffi, es geht nicht. Sie werden uns alle beide begraben.«

Sie nannte mich Noffi, ja Noffi, wahrscheinlich wegen des Endes von Romanoff. Ich war zu Tränen gerührt.

»Wenn ich dich nicht sehe, Carla, sterbe ich. Bitte, hab Erbarmen mit mir, nur für ein paar Minuten. Wir können uns doch an einem stillen Ort außerhalb der Stadt treffen.«

»Dort kennt man dich auch.«

»Ich verkleide mich, ich komme mit einer Maske.«

»Wie willst du das denn machen?«

»Ich bin doch Schauspieler, oder? Es ist alles arrangiert. Bitte.«

Carla antwortete mit einem süßen Kichern.

»Noffi, Noffi, übermorgen Abend wird unsere neue Folge gesendet ...«

»Sehr gut, dann können wir uns in aller Ruhe und ohne Publikum treffen. Alle werden zu Hause vor der Glotze sitzen.«

»Na gut. Bleibt es uns wenigstens erspart, uns selbst im Bett zu sehen. Wo treffen wir uns?«

»Ich geb dir übermorgen früh Bescheid, mein Engel. Ich danke dir von ganzem Herzen. Sie ist zurück.«

Hilde kam mit einem ganzen Packen von Morgenzeitungen herein, und schon wieder verhieß ihr Gesicht nichts Gutes. Aber Noffi lachte nur darüber. Noffi war glücklich. Obwohl Noffi nicht die leiseste Ahnung hatte, wie man ein geheimes Treffen in aller Öffentlichkeit organisiert. Meine Erfahrung auf diesem Bereich war äußerst gering, um nicht zu sagen, unter null.

»Sag mal, Karli, du siehst so nachdenklich aus. Woran denkst du gerade?«

Ich dachte an Olaf.

Es schien mir selbstverständlich. Wenn sich jemand mit der Organisation geheimer Treffen der dritten Art auskannte, dann sicher kein anderer als der erfahrene Experte Olaf Zubrowitz-Schlizer. Mit den Gewissensbissen, die ihn anlässlich des Verrats seines charakterlosen Redakteurs quälten, hatte er nicht nur mein Herz, sondern auch mein Vertrauen gewonnen. Außerdem schien mir, in meinem dürftigen Bekanntenkreis sei er der Einzige, der es verdient hatte, von meiner geheimen Liebe zu Carla Weinstock zu erfahren. In dieser Hinsicht war ich also ruhig. Was mir jedoch Sorgen machte, war wieder einmal die Frage, wie ich mit Olaf Kontakt aufnehmen könnte, wenn sich meine Frau permanent in derselben Wohnung aufhielt, die ich selbst nicht verlassen durfte.

Das Glück meinte es jedoch gut mit mir. Hilde war gerade damit fertig, die Zeitungen durchzublättern, als sie für die geplante Porträt-Sendung ins Fernsehstudio gebeten wurde. Um die Dringlichkeit der Angelegenheit zu betonen, schickte man ihr sogar ein bereits bezahltes Taxi. Schnell zog Hilde ihr weitestes Kleid an und machte sich auf den Weg, ihre Mission zu erfüllen.

»Karli«, verabschiedete sie sich von mir. »Nach dieser Sendung wirst du dich wieder in der Öffentlichkeit blicken lassen können.«

Ich drückte ihr die Daumen, dann rief ich in der Redaktion der »Populär« an. Auch diesmal hatte ich Glück, Zubrowitz-Schlizer kam sofort ans Telefon.

»Olaf, hier spricht R.«, flüsterte ich. »Ich brauche Ihre Hilfe.«

»Ist es dringend?«

»Mehr als dringend, schicksalhaft. Meine Frau ist im Studio. Können Sie sofort kommen?«

»Bin schon unterwegs.«

Hab ich's doch gewusst, dass Verlass auf ihn war. Schon eine Viertelstunde später konnten wir uns im Wohnzimmer beraten. Olaf war jung, nett und sympathisch wie immer. Ich erklärte ihm, ich würde ihm nun »off the record« etwas erzählen, worauf er sein Schreibutensil demonstrativ zurück in seine Manteltasche steckte.

»Ich bin ganz Ohr, Camillo.«

In unserer bereits altbewährten Offenheit erzählte ich ihm von meiner Liebesgeschichte mit Carla. Da ich nicht wusste, wie lange man Hilde im Studio behalten würde, beeilte ich mich, zu der alles entscheidenden Frage zu kommen: Wie und wo werde ich mich mit meiner Schönen am nächsten Abend treffen können, während die neue Folge gesendet wird.

Olaf kapierte sofort.

»Es gibt ein kleines rumänisches Lokal am anderen Ende der Stadt ›Gora Humora‹. Es ist fast immer leer, und erst recht, wenn eure Fummelei im Fernsehen läuft. Die Frage ist nur, wie Sie, Camillo, Ihr Aussehen verändern können.«

Nach kurzem Stirnrunzeln fand Olaf die Antwort:

»Dunkle Brille und andere Kleidung helfen nichts. Sie müssen eine Perücke aufsetzen.«

»Ich habe keine.«

»Ich leihe Ihnen eine. Meine zweite Frau hat ihre blonde Perücke bei mir gelassen, man kann sie für einen Mann zurechtkämmen. Ich hab sie selbst auch schon benützt.«

Ich wusste nicht, wie ich ihm danken sollte. Wir vereinbarten, dass ich Olaf am Nachmittag, wenn meine Frau auf Abendzeitungsrunde war, von meinem Handy anrufe. Und dann wird er die Perücke in einer Tüte vorbeibringen. Ich umarmte ihn an der Tür:

»Olaf, ich danke Ihnen von ganzem Herzen.«

»Keine Ursache. Unter Freunden eine Selbstverständlichkeit.«

Wir hatten uns umsonst beeilt, denn Hilde kam erst zu Mittag nach Hause, erschöpft und verwirrt von dem Gespräch im Studio, das drei Stunden und zwanzig Minuten gedauert hatte.

»Ich hab mit allen Schurken abgerechnet«, sagte sie mit einem müden Lächeln. »In einigen Tagen wird es gesendet. Die Interviewerin, eine kultivierte Dame, sagte mir zum Schluss, ich sei brillant und überzeugend gewesen, die faszinierendste Sendung seit achtzehn Jahren.«

Eigentlich habe es ihr Spaß gemacht, gab Hilde zu. Es sei nicht gut, die ganze Zeit zu Hause zu hocken, erklärte sie und forderte mich auf, auch einmal über dieses Problem nachzudenken.

Fortwährend dachte ich darüber nach.

»Du hast völlig Recht«, sagte ich. »Ich werde anfangen zu joggen. Der Fernseharzt hat mir das längst empfohlen.«

»Freut mich zu hören. Aber man wird dich keinen einzigen Schritt in Ruhe laufen lassen.«

»Richtig, Hildchen. Ich werde abends joggen, im Dunkeln. Schon ab morgen.«

Anscheinend hatte ich eine echte Begabung für spontane strategische Planung. Es sah so aus, als hätte ich alles im Griff, bis dann das verdammte Telefon klingelte. Dem scharfen Ton meiner Frau entnahm ich, es konnte nur Betty sein.

»Lassen Sie meinen Mann in Ruhe, Sie blödes Luder«, schrie Hilde mit neuen Kräften. »Das Zeitungsinterview mit Camillo war genauso erlogen wie Ihr falsches Geständnis. Es interessiert mich nicht, ob Sie ihn lieben oder nicht, er pfeift auf Sie, basta!«

Hilde knallte den Hörer hin, und dann war ich an der Reihe.

»Wann schickst du endlich diesen mageren Frosch zum Teufel? Sie hat ganz bestimmt Aids. Ich rede mir die Lunge aus dem Leib, um dich im Fernsehen zu verteidigen, und du grapschst immer noch nach diesem Flittchen?«

Ich schwieg und flüchtete in die Seiten der feindlichen Presse. Ich entdeckte nur eine einzige wohlwollende Reaktion, und zwar die des pakistanischen Kellners im Hotel-Café:

»Ich fand den Herrn Gast ganz in Ordnung. Ich servierte ihm einen ›Cocktail Romanoff‹ und er probierte ihn. Die schöne Frau, die bei ihm war, gab die Wurst ihrem Hund.«

Dann kam der nächste Hieb. Producer Axel-Sowieso kündigte mir den Filmvertrag für »Leidenschaft im Wirbel«, mit der Begründung, er arbeite nicht mit Waschlappen. Hilde antwortete ihm, sie sei sehr erleichtert, da ihr Mann mit attraktiven Angeboten von den bedeutendsten

Producern überhäuft werde. Ich war nicht überhäuft. Offen gesagt hatten wir unser ganzes Geld in den kleinen Dieselwagen investiert, den Hildchen unter meinem Druck vor meinem Geburtstag leichtsinnig angeschafft hatte. Und auch Rudi hatte das Angebot der Liberalen im Nu zurückgezogen. Unsere einzige Chance auf eine zusätzliche Einnahme hing von einer weiteren Folge der Serie ab, aber Sulz meldete sich nicht mehr.

Die Perücken-Aktion blieb also der einzige Lichtblick in meinem Leben.

Kurz gesagt, alles lief mit der Präzision eines Bankraubs auf der Kinoleinwand. Hilde ging die Abendzeitungen besorgen und ich alarmierte Olaf über das Bürotelefon. Er musste noch schnell ein Interview mit dem Finanzminister beenden, dann aber eilte er sofort zu mir. Ich öffnete die Tüte und war von der Fülle des hellblonden Haares schockiert, auch ein wenig enttäuscht.

»Ich werde wie eine Frau aussehen.«

»Umso besser«, lächelte Olaf. »Dann werden Sie ganz sicher unerkannt bleiben.«

Wir eilten ins Badezimmer. Vor dem Spiegel stülpte ich mir das Haarteil über und augenblicklich brachen wir in schallendes Gelächter aus. Ich war in eine männliche Frau verwandelt. Als der Spitzbub Olaf die Perücke auf seinen Kopf setzte, umarmten wir uns. Erst jetzt fiel mir ein, dass ich verheiratet war und Hilde längst wieder zurück sein musste.

Ich stürzte ans Fenster, schaute hinaus und rief in heller Panik:

»Olaf, sie ist unterwegs. Sie müssen sofort verschwinden. Los!«

Olaf schoss wie ein Pfeil davon. Hilde kam ebenso schnell herein.

»Ich hab ihn gesehen«, schäumte sie und warf die Zeitungen und ein paar Einkaufstüten auf den Boden. »Ich habe deinen Olaf gesehen, wie er die Treppen hinunterrennt. Du triffst dich hinter meinem Rücken mit diesem Dreck? Bist du in alle Schurken dieser Welt verliebt? Eines sollst du wissen, Camillo Romanoff, lange werde ich das nicht mehr dulden.«

Ich auch nicht. Das Weib schrie und nervte ohne Ende, wobei sie Tag für Tag zunahm, während die zauberhafteste Frau der Welt irgendwo außerhalb auf mich wartete.

Bis in die späten Abendstunden wechselten wir kein Wort mehr. Sie war beschäftigt, ihre Einkäufe auszupacken, und ich überlegte, wo ich die riesige Perücke verstecken sollte. Zum Schluss brachte ich sie in mein Zimmer und wickelte sie in mein altes Kostüm, in dem ich in der letzten glücklichen Phase meines Lebens den klugen Esel gespielt hatte.

Als ich schlafen ging, lag Hilde bereits in unserem Bett. Ich starrte in die Dunkelheit des Zimmers und zählte ihre pfeifenden Atemzüge. Ganz langsam begann ich, sie wieder gern zu haben, dieses schmollende Dickerchen, das mich nicht mehr kannte, aber irgendwie doch zu mir gehörte, durch die weich gekochten Eier und den kleinen Dieselwagen …

Als ich versuchte, unter die gemeinsame Decke zu schlüpfen, stieß ich auf ein Päckchen, das auf meiner Seite versteckt war. Ich öffnete es und mein Herz zog sich zusammen. Sie hatte eine komplette Joggingausrüstung für mich gekauft, kurze Hosen, bunte Socken, Turnschuhe, alles.

Ich kniff mit den Fingern meine Nase zusammen, um das aufkommende Schluchzen zu unterdrücken. Ich rannte in die Küche, ließ mich auf einen Hocker fallen und weinte wie nie zuvor in meinem ganzen verworrenen Leben.

Happy End

Erschöpft und beschämt kauerte ich auf der Küchenbank. Mein Kopf konnte keinen klaren Gedanken mehr fassen, mein Herz keine Gefühle mehr empfinden. Ich wollte nicht einmal mit Carla telefonieren, auch nicht, wenn sie gerade auf dem Bauch liegen sollte. Noch weniger mochte ich zurück ins Bett, wo auf der einen Seite meine Joggingausrüstung ruhte, auf der anderen der mollige Schutzengel meines Lebens schnarchte.

Was bleibt einem völlig ratlosen Ehemann vor dem Weltuntergang? Zuflucht bei Dr. Spock. In der Küche, diesmal ohne Obstsalat. In einer Schublade meines Kopfes war die Erinnerung an eine überlange Fußnote des Gelehrten gespeichert, auf Seite 260 unten, wenn ich mich nicht irrte. Ja, klein und abgesetzt stand es da: »Das Doppelleben als zweischneidiges Schwert«.

Für diese Lektion rief Dr. Spock Dichter und Könige zu Hilfe, deren Intelligenz er mit seiner messen konnte:

»Das Leben ist ein Zirkus und wir sind seine Clowns. Ungefähr diese Worte legte William Shakespeare seinem dänischen Prinzen Hamlet in den Mund, aber eigentlich drückte er damit seine eigene Meinung zu den Wirren seines Privatlebens aus. Dieser universale Denker, der alle Fragen und Zweifel kannte, mit welchen sich gewöhnliche Sterbliche abquälen, auch er hat bei allem, was sein Familienleben anging, völlig versagt. Auch er wusste nicht, wie er die Gebote der Natur mit den Gesetzen der Kirche auf einen Nenner bringen könne. Letzten Endes floh er aus seinem Haus in Stratford und ließ die offenen Fragen und seine fünf Kinder zurück.

Sogar der ›Weiseste unter den Menschen‹, kein anderer als König Salomon mit seinen tausend Frauen, auch er musste am Ende seines Lebens zugeben, dass er hinsichtlich des Sinns der Liebe keine Antwort kannte, außer der Bedeutungslosigkeit der Frage.

Das totale Versagen der großen Geister in ihrem Privatleben stellt jedoch nur für diejenigen eine Überraschung dar, die das uralte geometrische Gesetz nicht kennen, dass ein Kreis nicht zum Quadrat gemacht werden kann, und erst recht nicht zu einem Dreieck.«

Mich interessierten keine Dichter und Könige. Ich wollte über Dr. Spocks zweischneidiges Schwert lesen, das seiner Meinung nach über dem Kopf von Männern im gefährlichen Alter von vierundfünfzig Jahren und sechs Wochen schwebt. Ungeduldig sprang ich zur zweiten Seite der Fußnote:

»Der schurkische Bigamist hat eine Frau zu viel, aber manchmal hat auch ein anständiger Ehemann dieses Gefühl«, schrieb Spock. »Selbst das Objekt des blanken Neids der Ehemänner, nämlich der ungebundene Ledige, ja, selbst dieser ist ein Mann, der sich während seines ganzen Lebens immer wieder an Frauen bindet. Zwar ohne Trauschein, dafür aber auch ohne Unterbrechung. Wie zum Beispiel der olympische Champion Casanova, der in den zwölf dicken Bänden seiner Autobiografie sein bitteres Los beklagt, den dornigen Weg des Junggesellen bis zur völligen Erschöpfung beschreiten zu müssen, sodass er nur in der Dunkelheit einer Gefängniszelle ein wenig ausruhen kann.

Es gibt keine endgültige Lösung. In der ganzen menschlichen Geschichte hat es noch nie eine gegeben.

Selbst das mittelalterliche oligarchische Regime konnte seinen Rittern, die ihr kurzes Leben mit überflüssigen Kreuzzügen verschwendeten, keine Lösungen anbieten. Noch weniger Gnade fanden die Adeligen, die über das ›ius primae noctis‹ verfügten und mit jeder Jungfrau schlafen mussten, die auf ihrem herrschaftlichen Gut geboren wurde. Richtig ist, dass das klassische kapitalistische Regime einiges zur Reinhaltung des Familienlebens beitragen konnte, da nach einem sechzehnstündigen Arbeitstag keine Zeit für Seitensprünge bleibt. Die marxistische Lehre hingegen führte die Arbeitszeitverkürzung ein, wenn auch nicht für jeden Tag, so doch wenigstens am Ersten Mai. Dadurch wurden dem Proletariat die Tore zum Sex geöffnet, vor allem führenden Persönlichkeiten wie dem unsterblichen Chinesen Mao, der auf seinem Weg zur Verwirklichung des Sozialismus stets von einem Waggon voll mit erstklassigen Konkubinen begleitet wurde.

Es versteht sich von selbst, dass der Sieg der diversen sexuellen Freiheiten sowie die Anerkennung der Menschenrechte als eine der größten Errungenschaften unserer Epoche den verheirateten Mann von den Fesseln der Moral und den Dogmen der Kirche befreit haben. Das Doppelleben konnte sich dadurch im Verlauf der Jahre von einer verächtlichen Ursünde zu einer geläufigen gesellschaftlichen Norm entwickeln, die nicht mehr auf allzu scharfe öffentliche Ablehnung stößt. Allerdings mit Ausnahme der empörten Frauen, die immerhin eine

Hälfte der Menschheit darstellen, gleichgültig ob sie dem Lager der Ehefrauen oder der Geliebten angehören.«

An dieser Stelle dachte ich mir, das Schwert mag vielleicht zweischneidig sein, aber Dr. Spock war, mit aller Ehre, ausgesprochen einseitig. Ich erwartete Ratschläge und bekam einen Geschichtsunterricht über die allgemeine Unlösbarkeit.

Ziemlich enttäuscht schlurfte ich ins Schlafzimmer, um einen Blick auf meine Hälfte der Menschheit zu werfen. Meine schläfrigen Augen wanderten von der in friedlichen Schlaf versunkenen Hilde zu der farbenprächtigen Joggingausrüstung. Die einzige Konsequenz, die ich aus dem Anblick dieses nächtlichen Bildes zog, war, dass ich diese blöde Sportart eigentlich nicht ausstehen konnte. Schon immer hatte ich es höchst lächerlich gefunden, dass erwachsene Leute in kurzen Hosen auf der Straße herumrennen und sich einbilden, sie würden dadurch gesünder.

Zurück in der Küche wollte ich nur das Licht löschen, aber ein allerletzter Blick, den ich auf Spocks Buch warf, zog mich wieder in seinen Bann.

»Eigentlich hätte ich meinen Klienten doch eine Lösung anzubieten, sie ist jedoch etwas banal«, schrieb der Gelehrte. »Der Vierundfünfzigjährige sollte dem Teufelskreis rechtzeitig entkommen, und zwar bevor er zu Hause den geläufigen Satz zu hören bekommt: ›Schatz, ich muss mit dir reden.‹

Ich beabsichtige keineswegs, meine Meinung über den herrlichen Frühling zu revidieren, der über das graue Leben des Vierundfünfzigjährigen hereinbricht, auch wenn dieser Frühling nicht nur Liebesgefühle entfacht, sondern auch Sodbrennen verursachen kann.

Ich möchte auch nicht gegen die ehrwürdige katholische Kirche opponieren, aber ihre Forderungen sind undurchführbar. Vor allem in einer Zeit, in der sogar Hydraulikpressen mit Bildern halb nackter Mädchen vermarktet werden, kann man von einem jungen Mann nicht erwarten, seine Angetraute zeit seines Lebens zu begehren. Deshalb stellt sich die Frage, warum Ihre Heiligkeit im Vatikan nach wie vor auf der Unauflösbarkeit der Ehe besteht und die Möglichkeit einer kirchlichen Scheidung rigoros ausschließt?

Doch die weisen Päpste denken keineswegs dogmatisch. Sie ziehen lediglich in Betracht, dass die Ehefrauen dicker werden.

Gewöhnlich nehmen Frauen innerhalb von vierundachtzig Monaten nach der Eheschließung deutlich zu. Sie werden rundlich und verlieren ihre jugendlichen Reize. Ihre dicken Ehemänner würden sie mit Sicherheit verlassen, hätte ihnen der Repräsentant Gottes auf Erden nicht strengstens untersagt, diese gemeine Sünde zu begehen.

Es ist also kein Wunder, dass strenggläubige italienische Ehemänner oftmals den englischen König Henry VIII. nachahmen und versuchen, sich der Last der ewigen Zweisamkeit durch die physische Beseitigung ihrer Partnerin zu entledigen. Sie tun dies schweren Herzens, mit heftigen Gewissensbissen und nur, weil sie einfach keine andere Wahl haben. Man erzählt sich, ein fanatisch-religiöser Ehemann aus der schönen Stadt Bologna habe vor hunderten von Jahren aus reinster Verzweiflung versucht, erst sich und dann seine Frau umzubringen. So berichtete jedenfalls seine Witwe.

Erfahrene Eheberater empfehlen den Männern, nicht zu heiraten, bevor sie das reife Alter von siebzig Jahren erreicht haben, um dadurch den Prozess des Dickwerdens zeitlich einzuschränken.

Der Verfasser hat diese Bemerkungen jedoch jenen Vierundfünfzigjährigen gewidmet, die bereits zu der unerträglich schmerzlichen Entscheidung gelangt sind, das gefährliche Paradies des Doppellebens zugunsten der Ehefrau zu verlassen. Natürlich ist das nicht einfach. Sie, die andere Frau, ist viel schöner, viel verführerischer, und die Blicke haben sich ja erst vor einigen Wochen getroffen, während sich die Scheidungsanwälte frühestens in achtzehn Monaten treffen würden.

Selbst die besten Vorsätze, man werde die Sache unverzüglich zu Ende bringen, nützen rein gar nichts, denn der eiserne Wille des Mannes bricht innerhalb einer Woche zusammen. Sogar eine spontane Reise ins Ausland bringt keine Rettung, es sei denn, der Ehemann bindet sich wie Odysseus an den Mast eines Schiffes, um dem Telefonklingeln seiner Sirene widerstehen zu können.«

Dr. Spock beendete seine lange Fußnote an den vierundfünfzig Jahre und sechs Wochen alten Ehemann mit einem klein gedruckten väterlichen Trost:

»Eines Tages wird auch die Geliebte dick.«

Am nächsten Morgen war Hilde wie immer auf ihrer täglichen Zeitungsrunde und ich mit meinem weich gekochten Ei wieder allein. Dr. Spock hinerließ in mir so viele Fragezeichen, dass ich fast vergaß, Carla unbemerkt zu informieren, wo unser heimliches Treffen am Abend stattfinden sollte.

Ohne große Begeisterung rief ich sie vom Apparat im Büro an. Carla hob sofort ab:

»Noffi?«

All die Zweifel, die ich Spock verdankte, lösten sich augenblicklich in Wohlgefallen auf. Eine Welle der Freude überschwemmte mich, als ich Carla die Adresse des kleinen, von Olaf empfohlenen rumänischen Restaurants »Gora Humora« mitteilte.

»Also um halb acht, Noffi«, hauchte Carla. »Bist du sicher, dass man dich nicht entdecken wird?«

»Todsicher, meine Schönste. Und wenn, oh, sie ist zurück.«

Hilde schaffte es kaum, die Tür zu schließen. Sie hatte alle Zeitungen aufgekauft und wirkte sehr nervös:

»Heute Abend um 19 Uhr, zwei Stunden vor deiner Sendung mit Carla, bringt das erste Programm das große Gespräch mit mir«, schnaufte sie. »Seit heute Morgen kündigen sie es jede volle Stunde an.«

»Schön«, antwortete ich. »Nach deinem Porträt geh ich dann joggen.«

»Moment mal, Karli, du hast doch nicht etwa vor, eure Serie zu verpassen?«

»Auf gar keinen Fall. Um neun bin ich wieder da.«

»Du hast Recht. Wenn man seine Fitnessübungen immer wieder mit einer lahmen Ausrede verschiebt, dann kommt man nie zum Joggen.«

»Wie du meinst …«

Siehe da, sagte ich zu mir, ich gehe zu einem geheimen Rendezvous mit meiner Geliebten, auf Befehl meiner Frau. Das bedeutet, dass ich eigentlich völlig legal gehe. Ich musste nicht einmal Mitglied der bekannten Freimaurer-

Organisation sein, die verbietet, jemals irgendjemandem zu verraten, mit welcher Art von Zeremonien sie sich die langen Nächte eigentlich vertreiben. Falls mich mein Gedächtnis nicht trügt, hatte Dr. Spock in der Mitte seines Buches sogar geschrieben, dass achtundneunzig Prozent der Freimaurer verheiratete Männer seien, und auch er, Dr. Spock, habe nicht die leiseste Ahnung, was genau sie dort mauern, doch sei er völlig sicher, dass sie sehr frei sind.

Ich fühlte mich wie ein Ehrenfreimaurer. Und für einen duseligen Augenblick schien es mir gar nicht so sicher, dass ich kein echter Nachkomme aus dem Hause Romanoff war. Vielleicht hatte man mich in der Säuglingsabteilung verwechselt oder so etwas …

Meine Tochter holte mich auf den Boden zurück. Sie rief, den Tränen nahe, aus dem Rundfunkstudio an:

»Du hast meinem Bräutigam kein Geld nach New Orleans überwiesen, und jetzt hat er unsere Verlobung gelöst. Es tut mir übrigens sehr Leid, Papi, aber ich muss gleich in die Staaten fliegen. Einen Mann dieses Kalibers darf ich einfach nicht verlieren.«

Als ich ihr eine gute Reise wünschte, stellte sich heraus, dass sie übrigens auch ein Flugticket brauchte. Ich übergab das Problem meiner Sekretärin und widmete mich der Morgenpresse. Fast alle Schlagzeilen kündigten die wilde Liebesszene zwischen Weinstock und Romanoff an. Hilde gesellte sich zu mir und las mit gerunzelter Stirn die Bemerkungen über die intimen Beziehungen, die sich hinter den Kulissen zwischen der Sexbombe und dem Weltmeister der Leidenschaft angebahnt hatten.

»Weißt du was?«, fauchte Hilde. »Vielleicht lesen wir ab heute keine Zeitungen mehr.«

Ich stimmte ihr zu. Die Presse sei etwas für Masochisten, meinte Hilde und warf die Beute ihrer Morgenrunde in zwei Papierkörbe. Kurz danach begann ihr Porträt im ersten Programm. Wir setzten uns gemütlich aufs Sofa und hielten Händchen. Ich hoffte, dass die Sendung, die über drei Stunden lang aufgenommen worden war, nicht zu lange dauern und mich am Joggen hindern würde.

Zu Anfang erschien ein schnurrbärtiger Moderator:

»In unserem Studio befindet sich die Gattin von Camillo Lloyd Romanoff, dessen erste Folge nach dem unvergessenen Piloten ›Im Wirbel der Leidenschaft‹ heute Abend von unserem Sender ausgestrahlt wird. Wie bereits bekannt, wird in dieser Folge eine hemmungslose Beischlafszene zwischen Herrn Romanoff und seiner Partnerin, Frau Carla Weinstock, serviert. Erlauben Sie mir, Madame Romanoff, Sie zu fragen, was Sie als Gattin des Serienhelden angesichts dieser an einen Softporno grenzenden Szene empfinden?«

»Sehr geehrte gnädige Frau, ich bin diplomierte Lehrerin für Sozialkunde und als solche mit dem Thema, das Sie hier anschneiden, durchaus vertraut ...«

»Es tut mir wirklich Leid, Frau Romanoff«, fuhr der schnurrbärtige Moderator fort, »aber wegen der bevorstehenden Wahlen ist unsere Zeit knapp, und wir müssen unser Gespräch auf die wilden Bettszenen in der Serie konzentrieren.«

»Mein Mann ist eigentlich eher ein Stubenhocker, ein schüchterner Mensch ...«

»Ich freue mich zu hören, Madame Romanoff, dass Sie trotz seiner sexuellen Eskapaden unerschütterliches Vertrauen in Herrn Romanoff setzen. Obwohl Sie den Charakter Ihres Mannes in der Wochenendausgabe der Abendzeitung ›Populär‹ doch mit den Worten ›hemmungsloses Monster‹ bezeichnet haben, wenn ich mich nicht irre. Wir bewundern Sie für Ihre Offenheit, Frau Romanoff, und ich wünsche Ihnen, wobei ich mich aufrichtig bedanke, dass Sie zu uns gekommen sind, um ungeschminkt Ihre Meinung zu sagen, Gesundheit und ein glückliches Eheleben. Die Wahlsendungen folgen gleich nach der Werbung.«

Damit endete das Porträt. Hildchen saß völlig erstarrt auf dem Sofa. Mein Arm, den ich um sie legte, fühlte das Zittern ihrer Schultern. Ich wusste nicht, was ich machen sollte, und streichelte ihren Nacken. Plötzlich stieß Hilde einen verzweifelten Schrei aus, begann herzzerreißend zu schluchzen und barg ihr Gesicht an meiner Brust.

»Verzeih mir, Karli, verzeih mir«, heulte sie. »Ich schäme mich so ...«

Wenn sie weint, dann weine ich mit.

»Du warst völlig in Ordnung«, murmelte ich. »Das hast du richtig schön erzählt, wie ich so gerne schüchtern in der Stube hocke. Ich bin sicher, die Zuschauer und sogar der Moderator waren sehr beeindruckt.«

»Welcher Moderator? Ich kenne diesen Mann überhaupt nicht. Ich sprach stundenlang mit einer kultivierten Dame. Was geht hier bloß vor?«

Mir brach das Herz. Ich versuchte, meine Frau mit dem geringen Wissen zu beruhigen, das ich mir in der Welt des Fernsehens angeeignet hatte:

»Sie haben das Porträt wegen der Wahlen ein wenig gekürzt. Dafür mussten sie wahrscheinlich neue Fragen formulieren. Das macht man auch bei Filmen. Sulz nennt das ›Cutting‹. Ehrlich, es ist gar nichts passiert ...«

Hilde weinte noch immer.

»Aber«, schluchzte sie, »aber bei dem Gespräch mit der kultivierten Dame war von keinem einzigen dieser schrecklichen Dinge die Rede, von denen dieser lackierte Affe gesprochen hat. Ich habe dich nur verteidigt, Karli, genau wie ich's dir versprochen habe. Warum haben sie das getan, warum?«

»Ich weiß nicht. So sind sie eben. Aber es war trotzdem ein sehr wichtiges Porträt, und du bist sehr fotogen, richtig süß.«

»Danke für die Lüge, Schatz.«

»Für mich bist du immer süß, Hildchen.«

Sie nickte traurig:

»Du bist lieb, Karli. Und letzten Endes ist ja nur wichtig, dass wir zusammen sind. Aber jetzt geh joggen, sonst bist du für deine Sendung nicht rechtzeitig zurück.«

»Ich beeile mich ...«

Ich zog alles an, um sie nicht zu kränken. Die roten Hosen, die mir bis zu den Knien reichten, die ekelhaften grünen Socken und das gelbe T-Shirt mit der Aufschrift ›Run, chap, run‹. Ich schlüpfte in die weißen Turnschuhe, und Hilde reichte mir das traditionelle Sandwich, das ich in den kleinen Rucksack packte, in dem sich bereits die blonde Perücke verbarg.

Mein farbenprächtiger Anblick entlockte Hilde ein verkniffenes Lächeln.

»Gut, dass es draußen dunkel ist, Karli«, bemerkte sie. »Aber es ist schon fast acht. Lohnt sich's überhaupt noch, dass du gehst?«

»Warum nicht? Nur eine kleine Runde ...«

In gestrecktem Galopp lief ich die Straße entlang, um

Hilde zu beeindrucken, falls sie mich zufällig vom Fenster aus mit jenem Fernglas beobachten sollte, das ich seinerzeit überflüssigerweise gekauft hatte. An der ersten Ecke blieb ich keuchend stehen. Wie gesagt, ich hasste Jogging. Und die Lügereien zu Hause noch mehr.

Der betagte Taxifahrer, der für den sportlichen Pfau anhielt, fragte mich mit einem breiten Grinsen:

»Sie wollen wohl im Taxi joggen, mein Freund?«

Als ich ihm erklärte, mein Ziel sei das rumänische Restaurant »Gora Humora«, kratzte er sich am Kopf:

»Das ist am Arsch der Welt«, bemerkte er. »Ich muss um neun Uhr zu Hause sein, mein Herr, da beginnt die Schaukelei vom Romanoff mit dieser Nutte, wie heißt sie noch mal …«

»Schon gut, fahren Sie endlich.«

Wir rasten bis zu einer baufälligen Hütte am anderen Ende der Stadt. Während der ganzen Fahrt quälte mich die Frage, wie ich meiner Frau erklären sollte, dass ich zu spät nach Hause komme, und wie ich meine Schönste im Restaurant überzeugen konnte, dass ich keine Kraft mehr für unsere Affäre hätte. Wie auch immer, bevor wir ankamen, setzte ich schnell die blonde Perücke auf.

Der Fahrer drehte sich um, nannte mir einen gesalzenen Preis und begann zu schielen. Er war überzeugt, die Fahrt mit einem Mann begonnen zu haben. Ich bezahlte schnell, gab ihm sogar ein anständiges Trinkgeld, um sein Schweigen zu erkaufen, aber der schockierte Kerl drückte aufs Gas und machte sich aus dem Staub.

Ich betrat das kleine Restaurant. Carla war schon da. Sie saß mit dem Rücken zu mir auf der andern Seite des Lokals. Sie drehte sich um, schaute mich an, erkannte mich jedoch nicht, obwohl sie ihre Brille aufhatte. Erst als ich an ihren Tisch trat, brach sie in schallendes Gelächter aus, sodass ich fürchtete, sie würde vom Stuhl fallen. Rasch zog ich die Perücke vom Kopf, aber Carla deutete mir, sie wieder aufzusetzen.

»Noffi, pass auf«, warnte sie. »Wir haben Publikum …«

Am anderen Ende des winzigen, dunklen Raums saß tatsächlich ein junges Pärchen. Carla sah mit der Brille wie eine Intellektuelle aus, einfach bezaubernd mit ihrem kleinen Pferdeschwanz. Mein Herz schmolz auf der Stelle.

»Es tut mir Leid, Carla, aber das Joggen war die einzige Möglichkeit, von zu Hause fortzukommen …«

»Ich weiß, Noffi, setz dich.«

Ich setzte mich ganz nah zu ihr. Unsere Knie berührten sich, und mein linkes Bein fühlte sofort seinen alten Verehrer, den schleckenden Pudel Zucki. Ich betrachtete die schöne Frau. Ihre Augen lachten noch immer, und im Herzen lachte ich mit.

»Warum«, unterbrach ich das Schweigen, »warum trägst du deine Brille?«

Sie nahm die Brille ab und ihre Hand fuhr durch meine blonde Mähne.

»Woran denkst du gerade, Noffi?«

»An uns.«

»Woran genau, wenn ich fragen darf?«

Unaufhaltsam landete ich wieder auf dem anderen Planeten:

»Ich hab Gedanken eines Menschen, der nicht normal ist, meine Schönste. Ich dachte gerade daran, dir einen Heiratsantrag zu machen. Bitte, lach mich nicht aus.«

»Ich lache nicht, Noffi. Das sind ganz normale Gedanken.«

Ich wurde traurig.

»Meine Carla«, murmelte ich mit gesenktem Blick. »Wie oft kann ein einziger Ehemann in deinen schönen Popo beißen?«

»Das hängt ganz allein von dir ab, mein Liebling. Heute Abend wird man jedenfalls nichts davon im Fernsehen sehen.«

»Jawohl. Ich danke dir immer und ewig, dass du die Kamera rechtzeitig abgeschaltet hast. Danke für alles, meine Carla. Es war für mich das schönste Geschenk, dass ich deinen traumhaften Körper küssen durfte. Ich werde bis zum Ende meiner Tage davon leben.«

»Es ist gleich neun, Noffi. Ruf zu Hause an.«

Oh ja, ich hatte fast vergessen, dass ich beim Joggen war. Ich rief vom Handy an und log mühelos und schweren Herzens, dass ich, der Idiot, mich verlaufen hätte, jedoch versuche, so schnell wie möglich nach Hause zu kommen.

»Beeil dich«, drängte Hilde. »Es fängt gleich an.«

In einigen Minuten ging's also los mit der schlechtesten aller Serien. Carla meinte, der Kritiker Gerschon Glasskopf sei sicherlich mehr als sauer, da sie seine häufigen Telefonate nicht mehr beantwortet habe.

»Seit unserem Abend im Stadtpark, Karl, kommen mir die anderen Männer noch verlogener vor. Und solche wie Glasskopf am allermeisten.«

Die ältliche Kellnerin kam an unseren Tisch gerannt.

»Wenn Sie bestellen wollen, dann bitte schnell. In einigen Minuten beginnt die Sendung mit Romanoff.«

Carla bestellte uns Rotwein. Blitzschnell war die Kellnerin samt Wein und Gläsern wieder da.

»Pardon, es läuft schon …«

Wir lächelten uns zu. Ich legte meine Hand auf die von Carla und genoss wieder das Schweigen zwischen uns.

»Ich muss mich entschuldigen, meine Süße«, sagte ich schließlich. »Ich habe keine Ahnung, was man bei einem solchen Treffen redet.«

»Das ist ganz einfach, Noffi. Der Mann muss fragen, wie eine bezaubernde Lady wie ich so tief sinken konnte.«

»Und was antwortest du?«

»Den geläufigen Text. Mein Onkel hat mich vergewaltigt, als ich vierzehn war.«

»Stimmt das?«

»Ein wenig. Jetzt musst du fragen, wer mein erster Lover war.«

»Wer war es?«

»Du. Dein Gesicht war mir schon bei unserem ersten Treffen vertraut …«

»Oh Gott, ich liebe dich!«

Zucki hatte die ganze Zeit mit meinem Bein geflirtet. Ich hob den Pudel hoch und schlug ihm vor, unsere Beziehung auf eine rein freundschaftliche Basis zu begrenzen. Zucki schnupperte misstrauisch an meiner Perücke.

Ich trank meinen Wein aus und schloss die Augen.

»Carla«, flüsterte ich. »Wir müssen uns trennen.«

Seltsamerweise war sie nicht überrascht.

»Du sagtest doch gerade, dass du mich heiraten willst.«

»Ich liebe dich über alles. Ich denke nur noch an dich, unaufhörlich, ich verzehre mich vor Sehnsucht nach dir.«

»Also?«

»Ich kann meine Frau nicht verlassen. Ich weiß nicht, warum, aber ich kann es einfach nicht. Und das Doppelleben bringt uns alle drei um.«

Meine Augen wurden feucht. Zucki leckte mein Gesicht ab.

»Ist das endgültig?«, fragte Carla. Ich nickte nur, da mir die Stimme versagte. Carla setzte ihre Brille wieder auf. »Schade, Noffi. Ich mag dich wirklich.«

Sie rückte noch näher an mich heran, umarmte mich und den Pudel, der ganz stillhielt, als wollte er uns nicht stören.

»Karl«, flüsterte plötzlich meine Schönste, »ich sehe im Spiegel gegenüber, dass jemand hereingekommen ist ...«

Ich blickte zur Tür. Eine dunkle Gestalt lungerte dort herum und hob dann etwas vor die Nase.

»Fotograf!«

Wutentbrannt sprang ich auf und stürzte mich auf den Eindringling.

»Verschwinde«, brüllte ich, »ich bring dich um!«

Der Blitz blendete zweimal auf, bevor ich den Schurken erreicht hatte. Der Mann rannte weg, ich hinter ihm her. Er blitzte noch einmal, sprang auf sein Motorrad, das er vor dem Restaurant geparkt hatte, und brauste in der Dunkelheit davon. Zucki bellte wie wild und Carla gesellte sich zu mir. Zu dritt blickten wir dem fliehenden Schurken nach.

»Geh heim, Karl«, stöhnte Carla. »Dir steht jetzt ein Riesentheater bevor. Möge Gott dir helfen.«

In meine Augen traten Tränen. Sie nahm mir die Perücke vom Kopf und streichelte mit den Fingern durch mein schweißnasses Haar.

»Noffi, was hast du von mir erwartet?«

»Ich habe erwartet, dass du wenigstens sagst, wie weh dir die Trennung tut. Dass du sagst, ›so einfach geht das nicht‹.«

»Ja, Noffi, das ist der Text der Geliebten. Aber der Lump auf dem Motorrad hat uns das Reden erspart. Seine Zeitung wird schon dafür sorgen, dass wir uns trennen müssen.«

»Um Gottes willen, Carla, du klingst ja so endgültig.«

»Von mir werden die Haie der Redaktion jedenfalls nicht hören ›Jetzt rede ich‹. Ich werde dich immer lieb haben, du dummer Mann du.«

»Werden wir uns nicht wiedersehen?«

»Nein, Noffi.«

»Und wenn doch, Carla, was wirst du dann tun?«

»Mich ausziehen, Liebling.«

Ich rannte durch die Stadt nach Hause, bis zur völligen Erschöpfung, so als wollte ich vor den Schrecken der Zukunft fliehen. Als ich die Treppe hochstürmte und über die Schwelle sprang, war mein Atem nur noch ein Keuchen und Pfeifen. Ich schaffte es gerade noch bis in mein Zimmer, um die fluchbeladene Perücke ins Eselskostüm zu stopfen, dann brach ich vor dem Schrank zusammen. Durch die offene Tür hörte ich, wie Hilde im Büro ein Telefongespräch beendete:

»Ja, Herr Zubrowitz-Schlizer, ich werde meinem Mann Ihre Glückwünsche ausrichten.«

Gleich darauf erschien sie über mir und fächelte frische Luft in mein verschwitztes Gesicht.

»Du meine Güte. Joggen ist nur ein Sport, Karli. Du musst dich dabei nicht gleich umbringen.«

»Ich wollte die Sendung nicht verpassen.«

»Kann ich verstehen, Schatz. Es war wirklich wundervoll. Langsam wirst du ein richtiger Schauspieler. Ich hab mir nicht vorstellen können, dass du einen Liebhaber mit derart überzeugender Zärtlichkeit spielen kannst. Alle haben mir am Telefon gratuliert.«

Hilde deutete auf einen Strauß weißer Rosen in der Ecke.

»Sulz hat ihn vor einigen Minuten geschickt, mit einer Karte ›Danke, Martin‹. Nett von ihm. Wirklich erstaunlich, dass dieser Dilettant von Regisseur eine so rührende Szene zusammenbringt. Ich wollte auch der Süßen gratulieren, aber sie war nicht zu Hause. Was hast du denn, Karli?«

Ich schloss die Augen. Hilde wischte mir mütterlich die Tränen vom Gesicht, während das Wrack vor dem Schrank, das an mich erinnerte, ganz genau wusste, dass am nächsten Morgen seine Welt unwiderruflich zusammenbrechen wird.

»Mein Dummerchen, es war wirklich ganz toll«, tröstete mich mein ahnungsloser Pummel. »Ich bin sicher, auch die Kritiken werden super sein.«

»Bitte«, krächzte ich. »Ich will keine Zeitungen mehr sehen. Das hatten wir doch abgemacht.«

Telefon. Die Cutterin Margarete wollte mit mir sprechen.

»Mein Engel, wie haben Sie das geschafft?«, fragte ich sie.

»Ich nahm ein paar Ausschnitte aus dem Piloten

und Ihre Liebesszene ließ ich genau wie sie war, in ganzer Länge. Was es so großartig machte, war Carlas betörende Schönheit und Ihre Aufrichtigkeit, Ihre echten, unverfälschten Küsse. Die Zuschauerquote belief sich auf dreiundsechzig Prozent. Ich beglückwünsche Sie von ganzem Herzen.«

»Meine Teuerste«, flüsterte ich in den Hörer. »Ich verabschiede mich von Ihnen mit größter Zuneigung. Vielen Dank für alles.«

»Verabschieden? Camillo Romanoff steht doch erst am Anfang seines kometenhaften Aufstiegs.«

»Möge Gott Sie segnen, Sie wunderbare Frau.«

Hilde hörte unserem Gespräch erstaunt zu.

»Hör mal, Karli«, half sie mir beim Aufstehen. »Wenn dich das Joggen derart deprimiert, dann solltest du es lieber lassen. Komm, gehn wir schlafen.«

Ich schluckte alle Schlaftabletten, die ich finden konnte, und stürzte ein großes Glas Wodka pur hinunter. Im Bett umarmte ich Hilde von hinten und nahm auch von ihr Abschied, bevor sich die Finsternis über uns senkte.

Ich wollte nicht mehr aufwachen, aber das Klingeln des Telefons frühmorgens warf mich schlagartig zurück in mein hoffnungsloses Leben. Hilde brachte mir den Apparat ans Bett:

»Dein Dreck ist dran.«

»Camillo, um Himmels willen«, brüllte Olaf, der wahrscheinlich schon in der Redaktion war. »Sind Sie völlig verrückt geworden? Haben Sie Ihr Bild auf unserer Titelseite gesehen?«

»Noch nicht ...«

»Unser Fotograf hat Sie im Restaurant erwischt, angezogen wie ein Clown und mit der Perücke auf dem Kopf. Hätte ich das vorher gewusst, hätte ich diese Katastrophe um jeden Preis verhindert. Unser boshafter Redakteur schrieb in seinem Leitartikel, Sie seien ganz eindeutig ein ›Hermaphrodit‹.«

»Was ist das?«

»Ein Mann und eine Frau in einem.«

»Moment mal, Olaf. Sie allein wussten über unser Rendezvous im Restaurant Bescheid.«

»Seien Sie doch nicht kindisch, Camillo. Das Thema war für mich ›off the record‹, haben Sie das vergessen?«

Hilde war aufgestanden und hatte das Haus beängstigend still verlassen.

»Ich hoffe, Sie verdächtigen mich hier nicht irgendwelcher heimtückischer Machenschaften, Camillo«, warnte Olaf entrüstet. »Sie haben auf der ganzen Welt keinen Freund wie mich.«

»Wer hat dann den Fotografen informiert?«

»Was weiß ich? Wahrscheinlich hat er Sie in Ihrem lächerlichen Aufzug entdeckt und ist Ihnen gefolgt. Ich will mit der Sache überhaupt nichts zu tun haben, mein Freund. Ich habe alles getan, um Ihnen zu helfen, und was ist der Dank? Unsinnige Vorwürfe. Ich hoffe, Sie haben die Perücke versteckt.«

Hilde kam zurück. Die Zeitungen landeten auf dem Tisch und sie schloss sich wortlos in ihrem Zimmer ein. Ich verabschiedete mich von Olaf und entschuldigte mich für das Missverständnis. Hilflos wankte ich vor die verschlossene Tür meiner Frau, klopfte mehrmals, erhielt jedoch keine Antwort. Ich lauschte und hörte dumpfe Geräusche, die mir das Blut in den Adern stocken ließen. Hilde war beim Packen.

❧

Ich schüttete zwei Gläschen in mich hinein, dann machte ich mich über die Zeitungen her, die auf dem Tisch lagen. Gleich obenauf lag die morgendliche Sonderausgabe der Abendzeitung »Populär«, die ihre Titelseite ausschließlich meinem entsetzlichen Foto widmete. Man konnte wirklich Angst vor mir bekommen. Die ekelhafte Gestalt fuchtelte in Regenbogenfarben mit einer Hand in der Luft herum, mit der anderen hielt sie eine riesige Perücke, die beim Amoklauf zur Seite rutschte. Mein Gesicht war von hysterischer Wut völlig verzerrt und mein Mund schief zum Schrei geöffnet.

In überdimensionalen Buchstaben beschrieb die Schlagzeile die ganze grausige Erscheinung in vier vielsagenden Wörtern:

ROMANOPHOBIE –
EIN BISEXUELLES MONSTER

Ich war felsenfest entschlossen, den Leitartikel unter dem Foto nicht zu lesen, aber ich las ihn doch. Der mir und Olaf feindselig gesinnte Redakteur riss dem TV-Megastar die Maske vom Gesicht: »Romanoff ist so tief im Morast des Sex-Sumpfes versunken, dass er sogar heimlich sein Geschlecht verändert hat.«

Der wachsame Chef-Fotograf der Redaktion habe das hermaphroditische Geschöpf aufgespürt, wie es sich in

Gesellschaft leichtsinniger Damen in einem düsteren Restaurant versteckt habe.

»Mein ganzes Mitleid diesem Mann«, beendete der Redakteur seinen schadenfrohen Bericht. »Es schmerzt, den bahnbrechend begabten Künstler auf seinem degoutanten moralischen Tiefpunkt zu sehen, während er soeben auf dem Bildschirm ein mitreißendes Exempel seiner grandiosen schauspielerischen Begabung zeigte.«

Die morgendliche Sensation der »Populär« stellte die gesamte Presse auf den Kopf. Die Zeitungen, die sich bereits auf die bevorstehenden Wahlen eingestellt hatten, sahen sich nun gezwungen, den öffentlichen Schwerpunkt wieder auf meine monströse Persönlichkeit zu legen. »Das kleine Familienjournal« zum Beispiel glänzte mit der herzergreifenden Schlagzeile: *Romanoffs Tochter las die Wettervorhersage weinend.* Olafs Konkurrenzblatt stellte in Anlehnung an das Gutachten eines namhaften Professorenteams fest, ich sei vermutlich lesbisch.

Erneut schleppte ich mich vor Hildes Tür. Die Hoffnung, dass Carla in der Nacht nicht fotografiert worden war, da sie dem Schurken den Rücken zugekehrt hatte, gab mir den Mut, aus vollem Halse zu brüllen:

»Mach die Tür auf, Hilde, du musst die Wahrheit erfahren. Du weißt doch, dass ich mich beim Joggen verlaufen hab, und so ging ich ins erstbeste Restaurant, um nach dem Weg zu fragen, und dann hat eine besoffene Kellnerin ihre Perücke scherzweise auf meinen Kopf gesetzt, das ist alles. Bitte, glaube mir …«

Keine Antwort. Die dumpfen Packgeräusche dauerten an. Ermattet kehrte ich zu meinem persönlichen Friedhof auf dem Tisch zurück. Die angesehene Morgenzeitung, die mit großer Verspätung erschienen war, versetzte mir den wohl schmerzhaftesten Schlag, indem sie auf der Titelseite die Kritik von Gerschon Glasskopf veröffentlichte: *»Die Seifenblase ist zerplatzt.«* Inmitten der Worte des Kritikers erschien eine Karikatur von mir, mit Zylinder und Bikini. Ihr Bildtext war ein deutlicher Hinweis: »Ecce homo«.

G. G. ließ seiner professionellen Ehrlichkeit freien Lauf und nannte meinen aufgeblähten Bluff beim Namen.

»Der berüchtigte Komödiant Romanoff«, legte er los, »der sich als Revolutionär im Bereich der theatralischen Normen aufgespielt hatte, stellte sich gestern Abend in der jämmerlichen Folge einer Serie als armseliger Betrüger heraus, der von den esoterischen Fundamenten der gehobenen Schauspielkunst tausende von Lichtjahren entfernt ist. Die narzisstische Koketterie Romanoffs hat auch nicht für einen einzigen Moment eine cinematografische Transfiguration seines Charakters bewirkt. Ich frage mich, wie ein Meisterregisseur vom Range eines Martin Sulz es zulassen konnte, das bemitleidenswerte Publikum mit einem derart haarsträubenden Dilettantismus zu belästigen.

Bedauerlicherweise ist der Komödiant nicht der alleinig Schuldige an dieser kolossalen Pleite. Seine Partnerin bei den absurden Geschehnissen auf dem Bildschirm war die Synchronschwimmerin Weinstock, die auch nicht viel mehr auf dem esoterischen Kasten hat als ihr bisexueller Kavalier.

Für das Massenausschalten der Fernsehgeräte gestern Abend sorgte vor allem die sub-pornografische Liebesszene dieser beiden maroden Kreaturen. Die himmelschreiende Künstlichkeit ihres Vorspiels brachte nicht nur ihre schauspielerische Laienhaftigkeit in brutalster Form zum Ausdruck, sondern sie warf auch ein scharfes Licht auf ihre verfaulten zwischenmenschlichen Beziehungen. Während Romanoff zumindest versuchte, die Augen zu schließen und verkrampfte Küsse auf dem Stück Fleisch namens Gloria zu verteilen, demonstrierte die Schwimmerin Weinstock eine ganz deutliche Aversion vor jedem physischen Kontakt mit ihm, bis sie sich am Ende des vulgären Akts nicht mehr zurückhalten konnte und von der ramponierten Matratze sprang, wahrscheinlich, um sich zu übergeben.

Der verehrten Schwimmerin soll hiermit nahe gelegt werden: weibliche Rundungen sind keine Garantie dafür, dass ein fragwürdiger menschlicher Charakter auf Zelluloid nicht erbarmungslos wiedergegeben wird.

Der einzige Lichtblick in diesem traurigen Kasperltheater war der schauspielerische Gigant par excellence Giorgio Ramasury, der mein Vertrauen in die Würde der Filmkunst wiederherstellte, als er im Schatten der Kulissen seiner Klinik in einer der metaformhaftesten Szenen der letzten sechzehn Jahre Camillo Lloyd (?) Romanoff als ›widerlichen Zwerg‹ bezeichnete.

Ich hege nicht die Absicht, noch etwas hinzuzufügen. Ich hoffe inständig, mich nie wieder mit dieser beschämenden Serie befassen zu müssen. Ich erlaube mir, hiermit jeden Kontakt zu den Architekten dieser televisionären Katastrophe abzubrechen und die Mitwirkenden, vor allem die Schwimmerinnen unter ihnen, zu bitten, mich nie wieder anzurufen.«

Ein Gerschon Glasskopf ist fraglos unantastbar.

Nach der öffentlichen Hinrichtung durch seine Giftspritze reifte in meinem Dämmerzustand die Einsicht, dass es anscheinend doch ein Leben nach dem Tode gibt. Die leeren Flaschen und die alarmierenden Packgeräusche im Zimmer meiner Frau trugen zu dieser Erleuchtung bei.

Der erste Versuch, meiner Pein zu entkommen, scheiterte kläglich. Mit meinem urblöden Handy rief ich unsere eigene Nummer an, in der Hoffnung, Hilde würde abheben und ich könnte ihr alles erklären. Sie hob nicht ab, packte nur noch geräuschvoller.

Ich begann, mich mit der biblischen Figur Hiobs zu identifizieren, denn auch er hat niemals kapiert, warum gerade er vom Schöpfer des Universums für den Test auserkoren worden war, wie viel Leid man den Bewohnern dieses Planeten aufbürden kann.

Die gelegentlichen Weinkrämpfe, die mich während meiner Überlegungen heimsuchten, führten zu gar nichts, auch nicht zu der erhofften Einstellung der Packgeräusche. Auf meinem persönlichen Kreuzgang gelangte ich zu der felsenfesten Überzeugung, in meinem ganzen Leben keinen Finger mehr zu rühren, sondern mich in der beispielhaften Demut meines biblischen Kollegen mit meinem Schicksal abzufinden.

Ich rief nur noch schnell Carla über das Handy an, wobei ich mich aus dem offenen Fenster hinter dem Sofa lehnte. Das Gespräch war kurz. Ich sagte nur »Hallo« und Carla unterbrach mich:

»Kein Wort. Wir werden abgehört.«

Der Kreis hatte sich geschlossen. Ein Anruf von Margarete unterbrach die Stille:

»Ich wollte Ihnen mitteilen, mein Lieber, dass Sulz mich entlassen hat.«

»Warum denn? Wir haben doch erst gestern große Publikumserfolge gefeiert.«

»Richtig, aber Sulz behauptet, ich sei schuld an der mörderischen Kritik von Glasskopf, da ich nicht esoterisch genug geschnitten habe.«

»Was soll das heißen?«

»Eine nicht esoterische Film-Cutterin ist eine Cutterin, die öffentlich erklärt hat, dass Glasskopf ein Idiot ist.«

»Jetzt begreif ich allmählich, warum auch die undankbare Schwimmerin Carla in Glasskopfs Kritik zerfetzt wurde.«

»Wie auch immer, Sulz hat die Serie gekillt.«

Ich verabschiedete mich von der wunderbaren Frau mit dem Versprechen, sie bis zu meinem allerletzten Tag nicht zu vergessen, aber die unmittelbare Nähe dieses Termins hatte einen erneuten Weinkrampf zur Folge. Ich fühlte mich fremd und unerwünscht auf dieser Welt. Taumelnd trat ich ans Fenster und blickte auf die Straße hinunter. Einige Fußgänger schauten ab und zu herauf und warteten, ob etwas passiert, vielleicht dass ich mich hinunterstürze oder irgendein anderes Happening dieser Art. Ein Junge rannte zwischen den Autos entlang und pries lautstark die Abendzeitung zum Kauf an:

»Sonderausgabe! Der Taxifahrer bricht sein Schweigen! Wer war die Blondine im Restaurant!«

Anscheinend war mit der Blondine nicht meine Carla gemeint. In meiner Verzweiflung rief ich im Gemüseladen an und bat Herrn Tsishek, ob er mir die Sonderausgaben kaufen könnte.

»Bitte sehr, Herr Romanoff«, antwortete der Alte. »Die haben ja wirklich mehr über Ihr Kasperltheater geschrieben als über die bevorstehenden Wahlen ...«

Natürlich, die Wahlen. Ich schaltete den Fernseher an, aber es kam nichts Politisches. Auf dem Bildschirm tanzte soeben der Superstar Ramasury vor einem Studiopublikum herum. Er trug eine blonde Perücke und hielt eine nackte Schaufensterpuppe in seinem muskulösen Arm. Unter nicht enden wollendem Gelächter seiner Zuschauer zwitscherte er mit hoher, femininer Piepsstimme:

»Ich bin Prinzessin Romanoff, ich nasch am liebsten junge Mädchen ...«

Ich fand das gar nicht lustig. Und dann auch noch das Telefon.

»Camillo«, flüsterte Betty mit rauer Stimme. »Ich bin schwanger.«

Ehe ich sie fragen konnte, was ich damit zu tun hätte, öffnete sich die verschlossene Tür und Hilde schleppte drei schwere Koffer ins Wohnzimmer. Ich blockierte mit meinem Körper den Wohnungsausgang und flehte meine Frau an, mich nicht im Stich zu lassen, nicht jetzt. Sie blieb jedoch ruhig und entschlossen:

»Tut mir Leid, Karli, ich bin nicht dumm, nur dick. Such dir eine andere Sekretärin, die gratis arbeitet.«

Ich wollte schon sagen, so einfach geht es nicht, aber irgendwie schämte ich mich.

»Freue dich doch«, fügte Hilde noch hinzu. »Jetzt bist du frei für deine Betty.«

»Sie existiert für mich nicht.«

»Nein? Vor einer Minute hat sie dich angerufen. Komm, hilf mir, die Koffer zum Taxi zu bringen.«

»Ich bitte dich, Hildelein, verlass mich nicht. Ich brauche dich mehr denn je. Denk doch an unsere Tochter. Sie hat im Radio geweint.«

»Das stimmt. Sie ist völlig frustriert. Ihr Bräutigam in Amerika fordert Schadenersatz.«

»Ich verkaufe unser Auto.«

»Das hat man schon längst abgeschleppt. Du musst deinen mageren Frosch ohne Auto erobern.«

Längst vergessene Ängste überfielen mich. Mit einem bitteren Aufschrei rannte ich in mein Zimmer, setzte die verdammte Perücke auf und stürmte zu den Koffern zurück.

»Ich, ein Eroberer«, schluchzte ich. »Was kann ich denn erobern. Sieht so ein Eroberer aus?«

Hilde musterte mich mitleidig. Diesmal ließ sie sich von meinen Tränen nicht erweichen.

»Leb wohl, Karli«, sagte sie, bereits in der Tür. »Pass auf dich auf.«

Für das, was ich nun tat, habe ich keinerlei Erklärung. Wahrscheinlich wusste ich, dass ich etwas Wahnsinniges tun, etwas Schreckliches sagen musste, um meine Frau aufzuhalten.

»Warte«, schrie ich. »Ich bin in Carla verliebt. Mit ihr war ich gestern im Restaurant.«

Hilde drehte sich mit einem Lächeln auf den Lippen um und trat auf mich zu.

»Karli, du kannst einfach nicht lügen«, sagte sie ganz ruhig. »Ich kenne dich durch und durch. Es ist Betty, Punkt.«

Ich fiel auf die Knie und umschlang ihre Beine.

»Bitte, bleib bei mir, wir gehören zusammen.«

»Du hast mich aus Versehen geheiratet.«

»Hilde, was sagst du da? Wenn du nicht verheiratet wärst, würde ich auf der Stelle um deine Hand bitten.«

»Mach keine Witze.«

Ich stand auf, blickte in ihre feuchten Augen und sagte etwas, was ich ihr noch nie in aller Ehrlichkeit gesagt hatte:

»Ich liebe dich.«

Ich wusste nicht, hatte es nicht einmal geahnt, dass diese drei abgedroschenen Worte auch einer Ehefrau mehr sagen können als tausend Sätze. Hilde verstummte, blickte mir lange in die Augen und fiel mir schließlich schweigend um den Hals, während ihre Tränen meinen Rücken hinunterflossen. Wir hielten einander fest, mein Pummelchen und ich. Dann brachen wir plötzlich in lautes Lachen und befreiendes Weinen aus.

»Gut«, sagte Hilde schließlich. »Du kannst deine Perücke jetzt abnehmen.«

Es war wohl an der Zeit. Tsishek vom Gemüseladen stand in der offenen Tür, um mir die neuesten Sonderausgaben zu übergeben.

»Meiner Frau hat die Sendung von Herrn Romanoff gefallen«, nuschelte der Alte. »Mir persönlich gefiel es nicht, dass die Schwimmerin nach dem Akt von der ramponierten Matratze sprang und kotzte.«

Wir bezahlten ihn großzügig, das heißt mit unseren letzten Groschen. Freudig schleppte ich die drei Koffer ins Schlafzimmer zurück und umarmte meine Frau wieder und wieder. Dabei stellte ich mir vor, wie Dr. Spock mich beglückwünscht: »Gut gemacht, Vierundfünfzigjähriger.« Weniger sicher war ich, ob ich von dem Gelehrten auch einen Rat erwarten durfte, wie ich den Kontakt zu Carla wieder herstellen könne. Der Abschied von ihr nagte ununterbrochen an mir, es gelang mir einfach nicht und vielleicht wollte ich es auch nicht, sie aus meinem Kopf zu verbannen.

Wir ließen uns aufs Sofa fallen, ich und meine zurückeroberte Sekretärin, und mit heiterem Ärger legte sich jeder von uns einen Packen frisch bedruckten Zeitungspapiers auf den Schoß. Ja, morgen fanden sie statt, die landesweiten Parlamentswahlen. Alle Zeitungen beteten ihre politischen Einstellungen herunter, doch die ersten Seiten handelten noch immer von mir, beziehungsweise von meinen sexuellen Perversionen als klassischer Hermaphrodit, geschmückt mit alten Bildern und neuen Enthüllungen.

»Hör zu, Karli«, spöttelte Hilde, »wie ist es möglich, dass dir keine Partei einen Parlamentssitz vorgeschlagen hat?«

»Aber meine Liebste, ich bin doch ein gestrauchelter Held.«

»Dummkopf, du bist der Mittelpunkt des Wahlkampfes. Schau her, da, dieser aktuelle Leitartikel im Organ der Grünen oder der Roten, ist ja egal, hör zu, was ihre Einstellung ist: ›Romanoff gehört zu den ambivalenten männlichen Wählern, die sich betont weiblich geben, um ein Gleichgewicht zu ihrem transfigurativen Drang nach schwulem Beischlaf herzustellen.‹ Ein Wahlprogramm, mein Lieber, die können ohne dich gar nicht leben. Hallo, Karli, du hörst nicht zu.«

»Entschuldige, ich fliege eben aus der Schauspielergewerkschaft, da, auf der zweiten Seite. ›Der Präsident bedauert zutiefst, dass er seinerzeit Romanoffs penetrantem Drängen für seine Aufnahme nachgegeben hatte.‹«

»Nach dem pompösen Festakt, also wirklich. Aber ich hab hier den Knüller, Karli.«

Sie reichte mir die Wahlbeilage der linksliberalen Illustrierten, auf deren Titelblatt neben den drei Konterfeis der leitenden Parteivorsitzenden auch ein Ausschnitt eines Fotos von einem weiblichen Popo mit einem eindeutigen Beißmal leuchtete. Darunter die Schlagzeile

GEBISSEN ODER NICHT GEBISSEN?

Ich fühlte, wie mir die Röte ins Gesicht schoss. In meinem Kopf schrillte ein Alarm. Irgendein langohriger Pfleger einer städtischen Irrenanstalt, las ich in der Wahlbeilage, habe diese delikate Problematik in Umlauf gebracht.

»Hallo«, rief Hilde, »hast du auch damit was zu tun?«

Meine Antwort kam zögernd.

»Na ja«, sagte ich, »einmal dürfen sie doch die Wahrheit schreiben.«

»Witzbold«, grinste mein Pummelchen, entriss mir das linksliberale Magazin und schaute das Popo-Foto genauer an. Danach fuhr sie mit dem Finger über die informativen Zeilen: »Das gebissene Hinterteil der jungen Pressefotografin Betty K. Abdruck mit freundlicher Genehmigung des Penthouse-Magazins.«

Mir fiel ein Mühlstein vom Herzen. Aber dass ich so viele Nachahmer hatte?

Hilde feierte ihren Sieg:

»Betty, Betty, wohin ich schaue, Betty. Deine Traumfrau, dieses zerfressene Klappergestell. Mein Gott, wievielmal hab ich dich gewarnt vor ihr.«

»Schau, Hilde«, murmelte ich, »na ja.«

Mit ätzender Triumphstimme las sie mir den dazugehörigen Artikel vor, dem wir später in »Klotz am Bein« einen Ehrenplatz gaben:

»Der Dekan der Universität und Leiter der Fakultät für Zahnmedizin lieferte unserer Redaktion eine kurze Expertise, derzufolge sich anhand der Beißmale am Hintern der jungen Fotografin nicht eindeutig feststellen lasse, von wem sie verursacht wurden, solange dem Dekan nicht ein Original der Röntgenaufnahmen der Zähne des Beißers vorlägen. Mitarbeiter der Redaktion kontaktierten noch in derselben Nacht eine Reihe von Zahnärzten, unter anderem den von C. L. Romanoff, dem Helden des sub-pornografischen Serienflops ›Im Wirbel der Leidenschaft‹. Der Dentist berief sich jedoch auf seine ärztliche Schweigepflicht und weigerte sich, den Beweis zu liefern. Wegen der Brisanz der bevorstehenden Parlamentswahlen und der gegebenen Umstände gesteht unsere Redaktion dem Skandalhelden Romanoff bis zur Klärung der Identität des Beißers den Status ›Im-Zweifel-für-den-Angeklagten‹ zu.«

Hilde pfefferte das Magazin auf den Boden und schlug vor, lieber fernzusehen, anstatt uns mit diesen abgefuckten Presseblödheiten abzuquälen. Wir gerieten in den Anfang der Talk-Show »Weltspiegel«. Komischerweise befürchtete ich, sie könnte sich vielleicht nicht mit mir befassen. Doch schon schwenkte die Kamera auf Sascha, auf das junge Pärchen aus »Gora Humora« sowie auf die Boutiquespinne, die meinen perversen Neigungen bekanntlich nur im letzten Moment entkommen war.

Bedauerlicherweise konnten wir die hochinteressante Sendung nicht ansehen. Mein Vater rief an. Er lag noch immer in der Klinik, sollte aber in zwei Tagen entlassen werden. Wir beglückwünschten ihn zu seiner Genesung.

»Nein, mein Lieber, ich bin sehr krank«, antwortete mein Alter. »Man schmeißt mich raus. Meine Rente reicht nicht aus, um die Behandlungen zu bezahlen. Und ihr, meine Lieben, habt anscheinend euer ganzes Geld verprasst.«

»Kommt nicht in Frage«, rief ich in den Hörer. »Du bleibst in der Klinik. Morgen werde ich das irgendwie in den Griff kriegen.«

»Wie denn, mein Sohn? Mir scheint, man hat eher dich ganz schön im Griff.«

»Du hast also die Zeitungen gelesen …«

»Nur kurz überflogen. Ich befasse mich lieber mit meiner schrumpfenden Zukunft. Die Juden glauben, nach dem Tod gibt es nichts mehr, und das gefällt mir. Ich hab absolut keine Lust, ewig zwischen dem Paradies und der Hölle zu pendeln.«

Mein Vater beendete das Gespräch im Ton eines stillen Abschiednehmens.

»Mein lieber Sohn«, sagte er. »Hör endlich auf, Erfolg zu haben.«

Längst hatte ich aufgehört. Mein Vater schien der Einzige zu sein, der über meinen steilen Abstieg zum Tiefpunkt noch nicht informiert war. Und was unsere finanzielle Situation betraf, so wurde sie von meiner Sekretärin unmissverständlich erfasst:

»Ich glaube, Karli, ich gehe ins Lüstenauer zurück. Inzwischen verkaufe schnell das Auto.«

Auch wenn ich gewusst hätte, wohin mein Auto von den Behörden verschleppt worden war, ich hätte es nicht abholen können. Allein mein Erscheinen auf der Straße wäre in jenen Tagen einer öffentlichen Provokation gleichgekommen. Aber Hilde hatte keine Zeit und keine Lust. Ihre Rückkehr ins Lüstenauer war ihr jetzt wichtiger, als sich um die Freilassung entführter Verkehrsmittel zu kümmern.

Aus Sorge um meinen Vater wandte ich mich an den einzigen Menschen, auf den ich mich in kritischen Situationen verlassen konnte: an Olaf. Wegen der gespannten Atmosphäre, die zwischen ihm und meiner Gattin herrschte, verabredeten wir uns zu einer Zeit, da Hilde auf Zeitungsjagd unterwegs sein würde.

Und wieder einmal erwies sich mein Olaf als wahrer Freund in schweren Zeiten. Er erschien mit der Präzision einer japanischen Funkuhr. Ich beschrieb ihm meine problematische finanzielle Lage und bat ihn, mir beim Verkauf des abgeschleppten Autos zu helfen.

Mein Freund war bereit, zeigte sich aber ein wenig skeptisch.

»Ich würde ein nagelneues Auto nicht so schnell verkaufen, Camillo.«

»Ich brauche das Geld, mein Lieber.«

»Vielleicht gibt es andere Wege …«

Olaf versank in tiefes Nachdenken und deutete mir mit einer flüchtigen Handbewegung an, dass sich in seinem Kopf ein revolutionärer Gedanke zu regen begann. Ich störte ihn nicht, wusste ich doch, dass er über erstaunliche Talente verfügte, unorthodoxe Ideen zu entwickeln.

Olaf zündete sich ein Zigarettchen an und betrachtete nachdenklich die aufsteigenden Rauchringe:

»Camillo, wir werden uns an meinem böswilligen Redakteur rächen, der uns schon zweimal reingelegt hat. Wir werden seine Zeitung um einige Hunderttausend ärmer machen. Bist du dabei?«

»Was heißt das?«

»Mein Plan ist nicht ganz astrein, aber durchaus umsetzbar. Er beschäftigt meine Fantasie schon seit einiger Zeit. Pass gut auf: Du lädst Benedictina zu einer nächtlichen Autofahrt ein, und ich werde dafür sorgen, dass ein Fotograf meiner Redaktion euch knipst, wenn du deine Tochter gerade umarmst und küsst. Ja. Am nächsten Tag wird mein gemeiner Redakteur mit der Schlagzeile herauskommen: ›Romanoff beim Liebesakt im Auto erwischt‹, und wir werden in einem juristischen Verfahren beweisen, dass es sich um einen Vater und seine Tochter gehandelt hat. Bei Gericht klagen wir dann Schadenersatz von mindestens einer halben Million ein, wegen übler Nachrede und Rufmord. Zweihunderttausend für mich, und dreihunderttausend für dich. Was hältst du davon?«

»Klingt gar nicht übel. Aber du verlangst fast die Hälfte.«

»Hör mal, ich verzichte auf meine journalistische Karriere, ich setze alles aufs Spiel. Aber mir genügen auch hunderttausend.«

»In Ordnung. Obwohl ich Benedictina eigentlich kaum sehe, und erst recht nicht heimlich und im Auto.«

»Dann sag ihr eben, du möchtest ihren Flug nach Amerika finanzieren, ohne dass es deine Frau erfährt. Das kann man regeln, mein lieber Camillo, wo ein Wille ist, ist auch ein Weg.«

Olaf kam auf mich zu:

»Aber du musst sehr klug vorgehen, mein Freund. Sei unerreichbar für deine Frau, nimm dein Handy nicht mit, parke dein Auto an einem einsamen Ort und warte still auf deine Tochter. Wenn der Fotograf kommt, dann küsse sie so, dass man dein Gesicht ganz deutlich erkennen kann. Danach fahr nach Hause.«

»Ich kann nicht fahren.«

»Macht nichts. Ich bringe dich zum Blauen See, dann flitz ich in die Redaktion, um keinen Verdacht zu erwecken, und wenn der Fotograf dich geknipst hat, hol ich dich wieder ab. Wie gefällt dir das, Camillo?«

»Ich weiß nicht. Dein Plan ist so perfekt, dass er mir Angst macht.«

»Schau, wir sitzen beide im selben Boot. Ich riskiere mindestens so viel wie du, aber ich hasse meinen Redakteur, ich hasse die ganze Zeitung. Heute Abend um 19 Uhr 30 werde ich vor dem Haus parken. Du kannst im Schutze der Dunkelheit in dein rückgeholtes Auto springen.«

»Warum so eilig?«

»Wir müssen aktiv werden, solange du noch in den Medien bist.«

An der Türe umarmte mich Olaf mit gewohnter Herzlichkeit:

»Ab morgen sind wir keine armen Schlucker mehr, Camillo …«

Kaum war Olaf gegangen, rief ich Benedictina an. Zu meiner großen Überraschung hatte sie keinerlei Einwände, sondern lobte den perfekt durchdachten Plan zur Finanzierung ihrer Amerikareise.

»Ich wusste ja gar nicht, dass du so schlau bist, Papi.«

»Ich auch nicht.«

Es klappte wie geschmiert.

Hilde war mit ihrem Kopf dermaßen in ihrer Privatschule, dass sie mir keinerlei Probleme machte, als ich ihr mit männlicher Entschlossenheit mitteilte, ich würde heute Abend alleine ausgehen, um das Geld für meinen armen Vater zu besorgen. Sie fragte nur:

»Planst du einen Bankraub, Karli?«

»Nein, ich starte einen lukrativen Rachefeldzug.«

Der wunderbare Olaf war pünktlich. Auch meine Tochter hatte versprochen, exakt um acht Uhr am Strand des Blauen Sees zu erscheinen. Hoffnungsvoll und ängstlich hockte ich in meinem Auto. Um Viertel vor acht stieg Olaf aus dem Wagen und verschwand in der Dunkelheit, nicht bevor er mir von ganzem Herzen Erfolg gewünscht hatte. Fünf vor acht wurde ich nervös, denn ich hatte Angst, meine Übrigens-Tochter könnte sich verspäten. Punkt acht atmete ich auf. Eine weibliche Gestalt kam im Laufschritt den dunklen Strand entlang. Ich öffnete die Autotür und sie kletterte schnell herein.

Es war meine Frau. Es war Hilde.

»Benedictina hat angerufen«, stieß sie außer Atem hervor. »Das kleine Dummerchen hat ganz vergessen, dass sie um acht Uhr eine Sendung hat. Ich wollte dich anrufen, aber du hast dein Handy zu Hause vergessen, also bin ich schnell hergelaufen. Was hat es eigentlich mit eurem nächtlichen Rendezvous auf sich? Und seit wann kannst du Auto fahren?«

»Morgen wirst du alles verstehen.«

In diesem Moment vernahm ich das knatternde Geräusch eines sich nähernden Motorrads. Ich schaltete blitzschnell: auch eine rechtmäßig angetraute Ehefrau würde eine Entschädigungsklage rechtfertigen. Ich machte das Licht im Auto an und umarmte mein Dickerchen mit ungewöhnlicher Leidenschaft.

»Karli«, kicherte sie. »Was ist denn mit dir los?«

Vor dem Fenster begannen die bekannten Lichter des Lumpen aus dem Restaurant aufzublitzen. Ich drehte Hildes Kopf zur Scheibe und küsste, ich tat dies ja für meinen Vater, küsste also meine Frau mehrmals auf die Lippen. Nach jedem Blitz ein Kuss, der sich wie von Olaf vorgeschrieben sehen lassen konnte.

Der Schurke machte sich aus dem Staub und ich hielt meine halb ohnmächtige Frau in den Armen. Sie stöhnte vor Wonne, und ich vor Sorge, dass Olaf jeden Moment zurückkommen könnte. Ich war sicher, dass meine Frau nach dem erfolgreichen Abschluss unserer brillanten Aktion ihre beleidigende Meinung über Olafs Charakter revidieren würde, aber inzwischen rann mir der Schweiß herunter.

Zum Glück verspätete sich Olaf. Ich stupste Hilde auf den Fahrersitz, klopfte ihr drängend auf die Schulter und wir rasten nach Hause.

Erschöpft fielen wir in unser Bett. Während sich in meinem Kopf noch alles drehte, schlief Hilde mit einem bedeutungsvollen Lächeln auf den Lippen ein. Um Mitternacht schien es mir an der Zeit, Carla anzurufen. Nur noch einmal wollte ich ihr »Noffi« hören, wusste jedoch nicht, wie ich es anstellen sollte. Um fünf Uhr schreckte mich ein Klingeln aus meinem unruhigen Schlaf. Tsishek vom Gemüseladen stand vor der Tür.

Der Alte folgte mir direkt ins Schlafzimmer und entschuldigte sich bei meiner belämmerten Frau für die Störung. Danach drückte er mir die letzte Spätausgabe der Abendzeitung »Populär« in die Hand.

»Wenn Herr Romanoff sich bei mir verstecken will«, zischte er durch seine spärlichen Zähne, »muss er sofort mit mir in den Laden kommen.«

Ich warf einen Blick auf die Schlagzeile über den beiden riesigen Fotos auf der ersten Seite der Zeitung, die in meiner Hand wie ein Blatt im Wind zitterte. Ich war fassungslos. Konnte meinen Augen nicht trauen.

ERDBEBEN:

ROMANOFF TREIBT ES MIT SEINER TOCHTER!

Mein erster Gedanke war, einen Notkoffer zu packen, aber Tsishek bestand darauf, dass ich auf der Stelle mit ihm käme, so wie ich war, noch bevor sich eine Unmenge Entrüsteter vor dem Haus versammeln würde. Mein neuer Status als entlarvter Inzestler rechtfertigte eine gewisse Eile, und so schnappte ich nur schnell mein Handy und Dr. Spock und ließ mich von dem Alten durch die dunkle Straße ziehen. Hilde folgte uns im Regenmantel über ihrem Nachthemd in den Gemüseladen. Sie war völlig durcheinander.

»Hab ich's nicht gesagt?«, stieß sie immer wieder keuchend hervor. »Ich hab's gesagt. Hab ich's nicht gesagt? ...«

Es war nicht eben angenehm, dies in Anwesenheit unseres Retters hören zu müssen, aber der Alte zeigte keinerlei Reaktion, sondern zog nur blitzschnell die eisernen Rollläden hoch und schob uns mit verschwörerischem Eifer hinein.

»Ich habe schon während Herrn Romanoffs Skandal mit der blonden Perücke alles vorbereitet«, gestand Tsishek und ließ die Rollläden wieder hinunter. »Folgen Sie mir bitte.«

Er führte uns über eine Wendeltreppe in den Keller seines Ladens und schaltete eine kleine Tischlampe ein, die auf dem Deckel eines Gurkenfasses stand. An die Wand war ein Klappstuhl gelehnt und auf dem Boden, zwischen Kisten mit frischem Gemüse, wartete sogar eine nicht mehr ganz frische Matratze auf mich.

Wir dankten Herrn Tsishek für seine Gastfreundlichkeit und gierten, mehr über das Erdbeben zu erfahren, das uns zu dieser frühen Morgenstunde zur Flucht gezwungen hatte. Auf einem der beiden riesigen Fotos lächelten ich und meine Frau einander verliebt an, auf dem anderen küsste ich Hilde gerade auf den Mund. Darüber prangte die besagte Schlagzeile.

Was jetzt kommt, hängt bis heute im Klo unserer Villa. Der Artikel stammte von O. Zubrowitz-Schlizer selbst, Korrespondent für Sitte und Anstand:

»Mir, der ich dem großen, in Ungnade gefallenen Schauspieler vielleicht näher stand als seine abertausende Fans, fällt es ungemein schwer, zu diesen beiden authentischen

Fotos Stellung zu nehmen. Mit blutendem Herzen muss der Verfasser dieser Zeilen seiner journalistischen Pflicht nachkommen und die reine Wahrheit über dieses einzigartige Filmtalent enthüllen.

Angesichts seiner beispiellosen Popularität hätte Romanoff sich erlauben können, auf die esoterische Schauspielkunst zu pfeifen und seine Entlarvung als jämmerlicher, gemeiner Betrüger gleichmütig hinzunehmen. Die breite Schar seiner Fans hätte ihm dies alles verziehen, wäre da nicht die dämonische Besessenheit dieses großen Künstlers gewesen, seine überwältigende körperliche Gier nach bestialischen Perversionen auf allen möglichen und unmöglichen Wegen zu sättigen. Ein Mann, der seine kleine Tochter, versteckt in der Dunkelheit seines Autos, am menschenleeren Ufer des Blauen Sees leidenschaftlich küsst, ist auf einen Tiefpunkt gesunken, der nicht einmal von Säugetieren in der Brunst erreicht werden kann.«

Hilde gab bei diesen Zeilen einen unartikulierten Schrei von sich. Sie verfluchte den »Dreck«, vor dem sie mich schon immer gewarnt hatte. Ich winkte ab und staunend las ich die Diagnose eines namhaften Experten für psychosomatische Anomalitäten, an den sich der umsichtige Olaf gewandt hatte:

»Ich kann bei der bestialischen Verhaltensweise Romanoffs keine dominante sexuelle Motivation erkennen«, erklärte der Experte. »Ich denke, es handelt sich hier eher um eine unterschwellige Obsession, ausgelöst von einem übertriebenen Drang zu Selbstbestätigung.«

Dann wieder Olaf, jetzt mit ganz persönlichen Worten an meine Tochter:

»Arme, kleine Benedictina, wir teilen den Schmerz, der dir widerfahren ist. Versuche, dich mit der Verachtung und dem Abscheu zu trösten, den die zivilisierte menschliche Gesellschaft für das Monster empfindet, das sich dein Vater nennt.«

Mit gemischten Gefühlen legte ich die Zeitung beiseite. Olaf war zwar ein fataler Fehler bezüglich der Identität meiner Partnerin im Auto unterlaufen, aber zwischen den Zeilen ließ sich doch auch eine gewisse Anerkennung für meine künstlerischen Begabungen herauslesen oder so. Ich gab Hilde zu verstehen, dass ich zwischen freundschaftlichen Gefühlen und schmerzlicher Enttäuschung schwanke. Sie aber schnauzte nur den alten Tsishek an, er solle sie sofort aus dem Versteck herauslassen. Nachdem die Rollläden hochgezogen waren, stieg sie die Treppen hoch und zischte zu mir herunter:

»Karli, ich habe immer gedacht, ich sei mit einem Idioten verheiratet. Seit heute weiß ich es.«

Ich rief ihr nach, sie solle mir die Zeitungen mitbringen, aber der Alte hatte den Laden schon wieder dichtgemacht. Ich legte mich auf die Matratze zwischen den Gemüsekisten und schlief ein.

Am Nachmittag kehrte Hilde verkleidet als Tsisheks Kundin in Begleitung ihres Rechtsanwalts Thomas Friedländer zurück.

»Herr Romanoff«, kündigte der Jurist an, »wir fordern von der Abendzeitung ›Populär‹ Schadenersatz in Höhe von achthundertzehntausend Dollar.«

»Wieso?«

»Es handelt sich hier um einen öffentlichen Rufmord ersten Ranges.«

»Ist mir gar nicht aufgefallen.«

»Karli, um Gottes willen«, schaltete sich meine Gattin ein. »Halt doch endlich den Mund.«

Ich war beleidigt. Camillo Lloyd Romanoff bleibt auch im Versteck Camillo Lloyd Romanoff. Ich ließ meine Frau wissen, dass ich dieses Spiel nicht mitmachen werde.

»Ist auch gar nicht nötig, Herr Müller«, meinte Friedländer. »Ich habe das mit Hildi schon besprochen. Es geht hier gar nicht um Sie. Sie können keine Verleumdungsklage gewinnen, da das Gesetz für journalistische Freiheit seinerzeit von Journalisten verfasst wurde und besagt, dass eine Verleumdung nur dann als solche gilt, wenn es dem öffentlichen Ansehen des Klägers schadet. Und, bei aller Ehre, Ihrem Ansehen kann schon nichts mehr schaden.«

»Stimmt«, gab ich zu. »Was machen wir also?«

»Nicht Sie reichen die Klage ein, sondern Ihre Tochter Benedictina.«

»Gut. Wann kann ich hier raus?«

»Bald, Müller. Um richtig abkassieren zu können, müssen wir abwarten, bis alle wichtigen Medien den Inzest veröffentlichen, den Sie begangen haben.«

»Ich habe gar nichts begangen.«

»Tommy weiß das doch«, beruhigte mich Hilde. »Er wird auch mit Benedictina sprechen. Nach dem Prozess wird sie in die Staaten fliegen können, um sich ihren Bräutigam zurückzukaufen.«

Es wurde noch vereinbart, dass Friedländer fünfzehn

Prozent erhält, dann zog Hilde mit ihrem Anwalt von dannen. Ich hatte nicht einmal gewusst, dass er Tommy hieß. Und überhaupt schien mir, als hätte Hilde in den letzten Stunden ein bisschen abgenommen.

Ein Keller voll mit Gemüse kann ziemlich langweilig sein.

Auch die Zeitungen, die Hilde schön brav zu mir herunterwarf, interessierten mich nicht mehr, außer vielleicht der Quatsch über Bettys »hartnäckiges Schweigen« über meinen Aufenthaltsort. Was das Beißmal mit den Zahnreihen von Romanoff betraf, schwieg sie nicht.

»Heutzutage«, soll sie schelmisch gelächelt haben, »ist alles möglich.«

Auch die Wahlergebnisse interessierten wohl nur die Gewählten. Die Sozialisten hatten gewonnen, was mich nicht überraschte, da sich Presseorgane am detailliertesten mit meinem Sexskandal beschäftigt hatten. Tsishek hortete die Zeitungen in seinem Laden, um das Gemüse in all die Sensationen einzuwickeln. Übrigens ging er mir ganz schön auf die Nerven. Jedes Mal, wenn er zu mir herabstieg, um oben seine Vorräte aufzustocken, wollte der alte Lüstling eine Geschichte über meine sexuellen Schandtaten hören.

Die geistige Öde inmitten der Zwiebel- und Kohlrabisteigen machte mich immer nachdenklicher. Wenn man versucht, in dieser verrückten Welt irgendwie normal zu bleiben, grübelte ich, wird man offensichtlich verrückt. Auch schwer zu begreifen, wie ich in kürzester Zeit zum Symbol wahnsinniger Sexualtriebe geworden bin, wo ich doch in derselben Zeit absolut keinen Kontakt zu irgendeinem Frauenkörper gehabt hatte, abgesehen natürlich von Carlas Popo.

Am dritten Tag meiner Gefangenschaft flehte ich Tsishek an, sein Telefon benützen zu dürfen, da mein blödes Handy im bescheuerten Keller keinen Empfang hatte. Tsishek genehmigte mir zwei Anrufe nach Ladenschluss, aber nur wenn ich ihm zuvor meine brutalen Vergewaltigungen der Boutiquebesitzerin erzähle. Ich strapazierte meine Fantasie umsonst, die Schönste war beide Male nicht zu Hause, oder sie ging nicht ans Telefon.

Dann aber traf ich sie doch, auf völlig unerwartete Weise.

Mit äußerster Raffinesse gelang es meiner lieben Frau, die selbst vierundzwanzig Stunden am Tag beobachtet wurde, einen Fernsehapparat in meinen Kerker zu schmuggeln. Der Apparat war so gut wie neu, aber weil es im Keller keine Antenne gab, sendete er nur zittrige Streifen und undefinierbare Geräusche. Kein Wunder, dass ich jetzt erst recht in tiefste Depression versank.

Hilde wurde inzwischen ganz deutlich schlanker, vielleicht sogar auch hübscher, trotzdem erregte der arme Teufel in Tsisheks Gemüsekeller ihr Mitleid, und in einer mondlosen Nacht überraschte sie mich mit einem Videogerät.

»Ich hab dir die Kassette mit eurer Liebesszene eingelegt, die du damals beim Joggen verpasst hast«, sagte Hildchen und fügte etwas spitz hinzu: »Ich möchte, dass du dir ganz genau die prachtvolle Figur der Süßen anschaust und dann endlich deinen mageren Frosch vergisst.«

Sie klang beschwingt, wahrscheinlich weil ich von Betty abgeschnitten war oder wer weiß warum. Ich war auch froh. Nirgendwo sonst hätte ich mir die Szene mit den Küssen, die ich auf dem traumhaften Körper Carlas verteilte, öfter ansehen können als in meiner gemütlichen Höhle. Neuneinhalb Minuten und zwanzig Sekunden, immer und immer wieder, sodass ich richtig enttäuscht war, als plötzlich Herr Tommy mit folgender Botschaft auftauchte:

»Heute Morgen erschien der erwartete Artikel in der ›New York Post‹. Übermorgen geht's los. ›Populär‹ ist so gut wie erledigt.«

Mit bedeutungsvoller Miene reichte er mir die amerikanische Zeitung, die ein Porträt des jungen schwarzen Bräutigams meiner Tochter in New Orleans veröffentlicht hatte: *Ein Sexskandal, der Monika verblassen lässt.* In dem ausführlichen Interview brach mein zukünftiger Schwiegersohn sein Schweigen und beschrieb Romanoffs brutale Behandlung seiner leidgeprüften Tochter und seinen krankhaften Geiz. Zum Schluss erklärte der junge Mann, trotz der schockierenden Ereignisse, die er ja schon immer vorausgeahnt habe, überlege er, Schadenersatz für das seelische Leid zu fordern, das ihm zugefügt worden war. Er schloss nicht aus, die vom Schicksal heimgesuchte, arme Benedictina vielleicht wieder bei sich aufzunehmen.

Dr. Friedländers meisterhafter Plan machte auf mich keinen besonderen Eindruck, aber wie sollte ein Zuchthäusler Vertrauen haben, und noch dazu in den Advokaten seiner Frau. Außerdem hatte ich mich bereits damit abgefunden, mein Dasein auf unbestimmte Zeit als welkendes Gemüse zu fristen.

Dann aber, am Nachmittag, polterte meine altbewährte Retterin die Treppen herunter und begrüßte mich mit »Karli, wach auf«. Sie knipste die Gurkenlampe an und rief:

»Die Freiheit winkt.«

Ich schreckte auf und machte ihr Platz bei mir auf der Matratze.

»Unsere Tochter ist großartig«, strahlte Hilde. »Sie war die Heldin auf der heutigen Pressekonferenz. Tommy hat es geschafft, das ganze Opernhaus mit Journalistenvolk zu füllen. Und jetzt stell dir vor, auf der Bühne vor der Dekoration für Wagners Götterdämmerung hing eine riesige Leinwand mit den zwei Fotos von uns, wie du mich im Auto heiß und schlau küsst. Tommy hat mich sogar auf die Bühne gerufen und ich bekam meine erste Standing Ovation.«

»Und ich?«

»Du warst Siegfried, ich meine der Sieger.«

Sie zog ein Blatt aus ihrer Handtasche und las mir die herzzerreißende Rede vor, die Friedländer für unsere Tochter mit professionellem Schliff formuliert und die Benedictina von Weinkrämpfen geschüttelt deklamiert hatte:

»Die Fotos und Verleumdungen in ›Populär‹ machten mein Leben auf Erden zur Hölle. Nachdem der Schmutz wie ein Lauffeuer in den Medien der Welt verbreitet war, wurde ich beim Rundfunk fristlos entlassen, mein Bräutigam, der sich auf Geschäftsreise in den USA befindet, löste unsere Verlobung und unsere Freunde und Bekannten wollten von mir nichts mehr wissen. Was jedoch ein irreparables seelisches Trauma in mir auslöste, waren nicht diese höllischen Erniedrigungen, sondern vielmehr die schmerzliche Erkenntnis, dass meine eigenen Landsleute dem Mann, der mein Vater ist und den ich mehr als jeden anderen Menschen auf dieser Erde liebe, eine derart entsetzliche Tat unterstellten …«

Hilde küsste das Blatt und schmunzelte.

»Hier brach Benedictina perfekt zusammen und ich frage dich, Karli, von wem zum Teufel hat dieses Mädel ihre theatralische Begabung geerbt?«

Tommy, erzählte sie mir, beendete die eindrucksvolle Veranstaltung mit der kurzen Erklärung, unsere Tochter habe gegen die Abendzeitung eine Klage eingereicht und sie fordere einen Schadenersatz in der Höhe von achthundertzehntausend Dollar. Damit werde ihr seelisches Gleichgewicht zwar nicht wiederhergestellt, ihr jedoch zumindest ermöglicht, die Selbstmordpläne aufzugeben, die die gequälte Seele des armen Mädchens seither überschatteten …

Das war die Wende.

Tsishek knöpfte mir für das Asyl fünfundfünfzig Dollar pro Tag unter der Hand ab, aber was war das schon in Anbetracht des Risikos, das er auf sich genommen hatte. Zu Hause erwartete mich eine Flut von Glückwünschen und ein Strauß mit hundert weißen Rosen aus dem Büro von Martin Sulz.

Der Prozess war dank der unerschütterlichen Argumente kurz und bündig. Tommy lud mich sogar ein, in den Gerichtssaal zu kommen, wenn das Gutachten des Untersuchungsausschusses verlesen werden würde. Im vollen Gerichtssaal bekam nun auch ich meine ersten Standing Ovations, genauer gesagt vereinzeltes Klatschen da und dort, immerhin etwas.

Auf der Anklagebank saßen der Chefredakteur der ›Populär‹ und Olaf Zubrowitz-Schlizer, denen schwere journalistische Verfehlungen zur Last gelegt wurden. Sie vermieden jeglichen Blickkontakt untereinander und besonders zu uns. Ich kann mir nicht helfen, aber irgendwie war mir Olaf noch immer sympathisch. Ein sympathischer Betrüger. So etwas gibt es, ehrliche Leute sind ja auch nicht unbedingt ehrlich …

Die Richterin verurteilte die gemeine Tat der Angeklagten, die das Leben eines unschuldigen Mädchens zerstört hätten, mit schärfsten Worten. Im Vorfeld des angekündigten Urteils bezog sie sich auf einen Auszug aus dem polizeilichen Protokoll über das Geständnis des Chefredakteurs. An ein paar Bruchstücke kann ich mich noch erinnern:

»Zubrowitz-Schlizer ist meine große Enttäuschung, er war von Anfang an mein Liebling … Er hatte immer freie Hand, der Einzige, bei dem ich nie eingriff … Mit den Romanoff-Sensationen wollte er wohl meinen Stuhl ergattern … Ich bitte unsere Leser um Verzeihung, vor allem die Familie Müller …«

Als wir mit den debattierenden Zuschauern aus dem Gerichtssaal drängten, fragte mich Hilde, was ich jetzt von meinem dreckigen Freund halte.

»Na ja«, antwortete ich, »eigentlich tut er mir Leid.«
»Sonst nichts?«
»Nichts.«
»Bist du nicht wütend?«
»Nein. Die Wut ist seine Sache.«
»Gut, mein Waschlappen, warte hier …«
Hilde eilte zurück zu Olaf, der wie ein Häufchen Elend auf der Anklagebank hockte. »Lebenslang, ohne Bewährung«, schmetterte sie ihm entgegen. Sie wandte sich ab, drehte sich jedoch noch einmal zu ihm um:
»Übrigens, lieber Zubrowitz, das war ›off the record‹.«

Der Rest ist äußerst interessant.

Die Anwälte der »Populär« legten Berufung ein, und das oberste Gericht erhöhte den Schadenersatz für meine Tochter auf eine Million zweihundertdreißigtausend Dollar. Der Chefredakteur erhielt sechs Monate bedingt, Olaf sechsundzwanzig Monate unbedingt und zusätzlich das Verbot, jemals wieder als Journalist tätig zu sein.

Sobald Dr. Tommy Friedländer das Geld für uns kassiert hatte, flog meine Tochter, ohne sich von uns zu verabschieden, nach Amerika. Erst aus New Orleans rief sie an, diesmal ohne Übrigens: Mein Schwiegersohn hatte ihr großmütig verziehen.

Uns blieb fast eine Million Dollar. Zuerst regelte ich die beste Pflege für meinen Vater, dann schickte ich Margarete eine brandneue Cutter-Ausrüstung und ließ Gerschon Glasskopf wissen, dass ich eine teure Villa erworben habe. Für die schwere Eingangstür unserer neuen Residenz bestellte ich das Messingschild:

»Karl und Hilde Müller«

Seit einigen Monaten sitze ich nun hier oben in meinem Arbeitszimmer und schreibe diese Geschichte. Nichts stört mich. Keine Termine, kein Journalist, kein Sulz. Nur einmal unterbrach ein kurzer Vorfall meine himmlische Ruhe. Die Theateragentur »Sascha und Söhne GmbH« forderte ihren Anteil an dem Schadenersatz für Benedictina. Das Gericht wies die Klage mit der Begründung ab, meine Tochter habe gewiss kein Theater gemacht.

Das war alles. Gesegnete Windstille.

Dieser Tage nahm ich wieder einmal Dr. Spocks Büchlein zur Hand und suchte darin das Kapitel über das Schicksal des über ganz viele Monate lang verheirateten Vierundfünfzigjährigen aus. Ich fand es mit der fett gedruckten Überschrift: »Beileid dem Erfolgreichen«.

»In dieser Phase der anhaltenden Ereignislosigkeit beginnt der verheiratete Mann im Alter zwischen vierundfünfzig/fünfundfünfzig Jahren zu verstehen, dass zu großer Erfolg genauso zerstörerisch sein kann wie zu großer Misserfolg.« So schrieb der Gelehrte und fügte hinzu: »Der gesunde Menschenverstand verpflichtet also dazu, uns in beiden Fällen mit unserem Schicksal abzufinden. Bei all den unsinnigen Gedanken über die ernüchternde Bedeutungslosigkeit des einzelnen Lebens sollten wir aber niemals vergessen, dass die Friedhöfe bis zum letzten Platz mit Unsterblichen gefüllt sind.«

Spock hat Recht, wie immer. Inzwischen hab ich jedoch auch meine eigenen Gedanken. Gut, der Mensch tut alles für Macht und Geld, wie ein Dichter sagte, das Allerbeste aber ist ein drittes Ziel, nämlich die Unabhängigkeit. Ich weiß, wie Dr. Spock mir widersprechen würde: »Mein guter Freund, für diese Unabhängigkeit braucht man jedoch viel Geld und auch die Macht, und dafür muss man etwas tun.«

Jawohl, Herr Professor, jawohl. Aber ich hab nichts getan, ich hab nur Glück gehabt. Hab einfach einen Trostpreis in der Lotterie des Lebens gewonnen. Freilich sehr angenehm, stolz kann man allerdings nicht darauf sein. Stolz bin ich, lieber Dr. Spock, dass ich inzwischen fähig bin, meine innere Wahrheit zu erkennen …

Vor lauter Nachdenken hab ich heute fast vergessen, Carla anzurufen. Sie ist noch immer die Schönste, aber in den letzten Wochen war ich felsenfest entschlossen, unsere samstäglichen Treffen ein wenig seltener zu genießen.

»Noffi«, flüsterte sie in den Hörer. »Ich muss die Geschichte lesen, die du geschrieben hast.«

»Lieber nicht. Es stehen zu viele Wahrheiten drin und außerdem kommt sie.«

Ich hörte Hildes beschwingten Schritt unten im Flur.

»Komm endlich essen«, rief sie. »Wann bist du endlich fertig mit deiner Schreiberei?«

»Gleich.«

»Kann ich's jetzt lesen?«

»Lieber nicht, Hildchen. Es stehen zu viele Lügen drin.«

Auf dem Weg hinunter ins grüne Speisezimmer blieb

ich in der Rundung der Treppe vor dem großen venezianischen Spiegel stehen. Ein müder Damenfriseur aus einer Kleinstadt schaute mich an. Ein Damenfriseur, der kein Star werden will …

»Karli«, hörte ich von unten, »die Suppe wird eiskalt.«

Der Spiegel sagte mir, jedes Kilo, das Hilde abgespeckt hat, ist zu mir gewandert. Mein weiser Gelehrter würde diesen Prozess gewiss als »Gleichgewicht der langen Ehe« bezeichnen. Die restlichen Stufen hinuntersteigend, begann in mir wieder die Frage zu kreisen, die mich schon die ganze Zeit beschäftigte: Wieso hat Dr. Spock die Ereignisse in meinem Leben so exakt vorausgesehen? Auf dem letzten Absatz dämmerte mir, dass der Gelehrte keineswegs ein Hellseher war, sondern einfach nur die grundlegenden Eigenschaften eines ganz gewöhnlichen Menschen beschrieb, eines Mannes, wie ich ihn gerade im Spiegel gesehen hatte. Und so ließ er mich wissen, dass meine wahnwitzige Geschichte eigentlich eine ganz alltägliche Geschichte ist.

Urkomische Randbemerkungen über Schreiben, Verlegen und Lesen vom Weltklassesatiriker

Mit diesen humorvollen Geständnissen verrät uns Kishon die haarsträubenden Tricks, die angewendet werden müssen, damit ein Buch den Weg zum Leser findet: wie Literaturpreise mehr als zufällig verliehen werden, wie man mit Kritikern umgehen muss, wie Theobald der Tiefseeschwamm zu literarischen Ehren kommt, wie man tatsächlich eine humorvolle Geschichte schreibt und welche entscheidende Rolle der Leser im Leben eines Autors spielt. Dieser darf sich denn auch freuen auf eines der persönlichsten und witzigsten Kishon-Bücher. Hier geht der Autor der primären Aufgabe nach, die ein Satiriker hat, nämlich, die Wahrheit auch über sich selbst zu sagen.

ISBN 3-404-15073-2

BASTEI
LÜBBE

Ein Klassiker der satirischen Literatur in neuer Ausgabe

In diesem Geschichtenband erweist sich Kishon einmal mehr als Meister der Kunst, das Komische in den zwischenmenschlichen Beziehungen, im Alltag, in der Familie, in unserer gewohnten Umgebung zu sehen und pointen- und handlungsreich darzustellen. – Eine höchst amüsante Sammlung menschlicher Schwächen und Eitelkeiten – und ein Spiegel, in dem wir nicht nur unsere Nächsten, sondern auch uns selbst schmunzelnd wiedererkennen ...

ISBN 3-404-14919-X

BASTEI LÜBBE

»Es ist mein Dharma, der Welt mitzuteilen, dass dieser Roman ein Knaller ist: frisch und unglaublich komisch. Ich will auch eine Göttin sein.«

SUSAN E. PHILLIPS

Sonia Singh
WECKE DIE GÖTTIN
IN MIR
Roman
304 Seiten
ISBN 3-404-15432-0

Maya Mehra ist das schwarze Schaf der Familie: Mit knapp 30 Jahren wohnt sie immer noch zu Hause (ihre Eltern sind schließlich extrem gut situiert), hat nie etwas Richtiges gelernt (außer beim Shoppen die Kreditkarte zu zücken), schenkt den indischen Traditionen kaum Beachtung (schließlich leben sie in den USA) und ist noch nicht mal unter der Haube. Da nehmen ihre Tanten die Sache in die Hand und besorgen ihr einen respektablen Ehemann in Indien – den Maya natürlich von vornherein ablehnt. Als plötzlich zwei indische Mönche auftauchen, die sie für die Reinkarnation der Göttin Kali halten, sieht ihre Familie sie mit anderen Augen …

Bastei Lübbe Taschenbuch